Louças de família

Eliane Marques

Louças de família

3ª reimpressão

autêntica contemporânea

EDITORAS RESPONSÁVEIS
Ana Elisa Ribeiro
Rafaela Lamas

PREPARAÇÃO
Sonia Junqueira

REVISÃO
Marina Guedes

CAPA
Diogo Droschi

ILUSTRAÇÃO DE CAPA
Memória Familiar – Nunca estaremos sozinhas (2022), de Larissa de Souza

DIAGRAMAÇÃO
Waldênia Alvarenga

Dados Internacionais de Catalogação na Publicação (CIP)
(Câmara Brasileira do Livro, SP, Brasil)

Marques, Eliane
Louças de família / Eliane Marques. -- 1. ed. ; 3. reimp. -- Belo Horizonte : Autêntica Contemporânea, 2025.

ISBN 978-65-5928-258-6

1. Romance brasileiro I. Título.

23-145394 CDD-B869.3

Índice para catálogo sistemático:
1. Romances : Literatura brasileira B869.3

Aline Graziele Benitez - Bibliotecária - CRB-1/3129

A **AUTÊNTICA CONTEMPORÂNEA** É UMA EDITORA DO **GRUPO AUTÊNTICA** 

Belo Horizonte
Rua Carlos Turner, 420
Silveira . 31140-520
Belo Horizonte . MG
Tel.: (55 31) 3465 4500

São Paulo
Av. Paulista, 2.073 . Conjunto Nacional
Horsa I . Salas 404-406 . Bela Vista
01311-940 . São Paulo . SP
Tel.: (55 11) 3034 4468

www.grupoautentica.com.br
SAC: atendimentoleitor@grupoautentica.com.br

Quem esteve próxima a saborear das casas
bolichos estradas pelas quais passou Cuandu,
a narradora, supôs que identificá-las
ajudaria a leitura destas Louças. A busca foi vã.
A escritura fez delas ostras. Fatos lugares gentes
ainda que pensadas parentesuas (de quem lê)
pertencem à dimensão do mundo de Cuandu.
Aí o eu o tu e o nós estranham a mesma concha.

Ilhas às vezes são habitadas por pombas escuras. Outras vão caindo, lavando feridas, velhas imundícies; então são de água.

Georgina Herrera

primeira parte

I

Bom dia estou vendo com alguns familiares para me ajudarem pagar o velório da Mãe Eluma ficou em 2,770,00 eu entreguei 1450,00 E ficou 1320,00 para junho dia 08, o pablo e a Meine vão ajudar, pois tenho a água dela e luz que eu vou desligar e mais uma conta de roupa que ela fez em janeiro com uma irmã da igreja as roupas falta 256,00 pois eram 7 de 64,00 está faltando 4, luz e 46,00 + água metade dela, metade Maria Antônia RS 167,00, Se for possível me ajudar toda ajuda é bem vinda.

Sobrou isto de sua morte. As contas impagas. Luzágua blusas calçassaias camisetas *jesus também te ama* compradas a prazo de uma irmã da igreja, tão pobre quanto convicta da superioridade carola. Coisas pequenas tão enormes para aquelas que as suportam, para as que ficaram com o dever de pagar, de manter limpo seu retrato. Conta de celular? Não sei, acho que não usava.

O legado dessas contas me dói feito sapato de salto fino bico apertado. Dele não posso abrir mão, como não posso renunciar ao medo de um final supostamente pequeno, supostamente mesquinho, num hospital onde tudo falta numa cidadezinha que não se decide entre nome de santa nome de ana ou de liberdade. Temo que a vida me seja cortada com faca de cabo de prata, que a morte cara de vaca, capa vermelha espartilho vermelho, olhe para mim pelo espelho e me meta sua língua cor de melancia. Temo que a vida me seja cortada mesmo sem faca. Fim pequeno de uma vida que pereceu pequena. Tudo isso eu temo.

Mas foi assim como agora penso?

Posso pensar minhatia pelo que de mim eu temo?

Não estive em seus últimos dias. Ela não esteve nem no começo nem na metade dos meus. Recebi um aviso – *E com tristesa que estou te avisando que a Tia faleceu a gora as 22h.* A sensação de que fui ausência funciona no modelo de máquina de cortar ossos. Ou de fazer guisado para acoutar[1] lenta e simetricamente o sentido de culpa. Ou de vergonha. Sei disso, pero paciência. Nenhuma autoridade jurídica ou eclesiástica disse que ela deveria ter estado comigo em tais momentos ou que eu deveria ter me sentado à cabeceira de ferro de sua cama de enferma, pernas cruzadas saltos quebrados de bico fino, no ato do corte disso tudo que foi tanta miudeza.

Transmiti ao portador da má notícia meu pesar.

Foi-se sem dor para o descanso eterno, graças a deus – me disse ele.

Para quem a azáfama doméstica sob o mando delicado das louças foi tão eterna quanto o céu, ainda receio que minhatia tenha de ser autorizada a transpor seus portões de ouro branco por um homem translúcido que manobra bem a frase-farsa de que ela está dispensada de pedir licença. *Entra, Eluma, apesar de nem tão boa e nem sempre de bom humor, tu não precisa pedir licença.*

---

1 *Acoutar* significa asilar. A narradora elegeu essa palavra em razão de ser usada nos anúncios de fuga de escravizados nos séculos XVIII e XIX no Brasil.

Acho que, para onde se crê ter emigrado sua alma, existe quarto desjanelado, banheirinho, também desjanelado, e elevador titubeante entre os andares, apenas para as domésticas celestes que servem deus e anjinhos e santos, preparando-lhes cremes e sopinhas e doces de pelotas com os quais suas bocas de lobo se lambuzam – quindim bem-casado ninho camafeu papo de anjo olho de sogra pastel de santa clara trouxas de amêndoas fatia de braga queijadinha broinha de coco beijinho de coco panelinha de coco – todos transformados em cocô. Para as gentes dos céus não existe pecado da gula. Nem do dinheiro. Minhatia, a cozinheira a doceira mão e mando da cozinha. Minhatia, também a faxineira a lavadeira a limpadeira mão e mando da lavagem secagem lavagem secagem, e de novo a eternidade inteira. É provável que, com suas vozes sussurradas de doçura, as santas, intermediárias entre deus e as serventas, exijam cuidado com a limpeza da louçaria portuguesa.

Centenas de vezes fui ao casarão onde aqui, no mundo dos vivos, minhatia servia. Ia cumprir mandado da abuela. Eu geralmente carregava recados urgentes dela – da morte de um parente – ou ia recolher restos de coisas que os patrões de minhatia não mais queriam e, para desentulhar os armários de suas comodidades mid-century modern, doavam-nas para as casinhas enegrecidas, como se fossem o crânio de um morto que desqueriam ter o trabalho de enterrar. Há pouco, num desses programas de decoração com os quais gosto de me torturar sonhando com casa que jamais terei, descobri que o estilo do casarão mid-century leva esse o mid-century. Telhado horizontal painéis de vidros grandes imensas áreas de lazer com espaço para piscinas, formas orgânicas que valorizam a iluminação e a paisagem natural, tudisso tudinho para os donos donas e doninhas.

Aos meus olhos a casa não passava de uma casca de noz da grande boca do mundo no fundo da qual eu gostaria de me aconchegar. *Enugbarijo tentou dormir em casa, mas a casa era pequena; Enugbarijo deitou-se na varanda, a varanda era pequena; Enugbarijo deitou-se na casca de uma noz, aí por fim pôde estender seus membros.*[2] Na época, eu ouvia falar mal de *Enugbarijo,* de modo que a frase casca de noz deve ser contemporânea deste escrito e encobridora de pensamento contrário que hoje eu teria vergonha de revelar. Minhanalista diz que toda a lembrança encobre outra cena, por certo vergonhosa; ela diz que a lembrança funciona em nós qual roupa barata e gasta, qual vestidinho de tecido de chita estampado por florzinhas amarelentas desnomeadas que cobrem um corpo constrangido de suas vindouras tetas opíparas.

A mid-century não ostentava tetas opíparas. Ela ocupava toda a esquina no centro da cidade com nome de santa, bem na fronteira seca com a cidade que carrega nome de general, ao norte do país do rio dos pássaros pintados. Eu atravessava seu longo jardim de entrada furiosa com minhavó que me havia feito caminhar até lá num calor de fogão a lenha. Ou num frio de picolé de limão. Quase sempre eu achatava sob o dedão do pé esquerdo a tentação de arrancar jasmins e de levá-los comigo. Vovó costumava pôr ramos dessa *flor da terra* dentro dum copo de água em cima da mesa de luz que ladeava sua cama de viúva. À noite, o perfume assombrava o quarto. Eu tinha a impressão de que morreria sufocada.

---

[2] Oriki de Exu. Adaptação de Adriano Migliavacca a partir de tradução de Pierre Verger no livro *Notas sobre o culto dos orixás e voduns*. A palavra *Exu* foi trocada pela narradora por *Enugbarijo* (a grande boca do mundo), epíteto desse orixá.

Há falsos jasmins. Vovó gostava mesmo do jasmim não venenoso, com folhas ovais brilhantes e cinco ou seis pétalas, nascido de um arbusto espesso. Esse o jasmim verdadeiro, nascido de gesto de amor da *senhora dos jardins*. Ela removeu da lama os vestidos das estrelas e os transformou em pequenas flores perfumadas, chamadas de *estrelas da terra*. Estou numa época em que não mais sei se gesto se escreve com gê ou jota, por isso me perdoe, leitora, se o erro passou pelo revisor.

A história é mais ou menos assim. A mãe das estrelas, lá no seu palácio de nuvens, arrumava das filhas as roupas douradas, feitas por uma nobre costureira – *a senhora dos jardins*. As pequenas estrelas achavam a roupa ou muito apertada ou muito grande, ou muito lantejoulada ou muito opaca; uma queria a roupa com miçangas, outra com búzios da cor da água. A mãe das estrelas estava atordoada com a malcriação quando seu marido, furioso com o tratamento que as filhas destinavam a ela, jogou todas as roupas da discórdia na terra enlameada. Então, com pena, a *senhora dos jardins* interveio e fez jasmins dos vestidos de lama.

A *senhora dos jardins* jamais interveio nas malcriações que tia Eluma, chamada de Ioiô por seus brancos, tinha de suportar deles. Apesar de sempre crianças, ainda que tivessem cento e dois anos, nem eram tão estrelas quanto se pensavam nem tão perfumados quanto seus jasmins. Estavam mais para lentilhas cruas do que para lantejoulas.

Eu ia levando vocês à casa deles e peguei um desvio na lama da história contada por minhavó. Retorno, então, sem me desculpar pelo barro que se prende ao fundo dos meus pés.

Atravessado o jardim, eu parava em frente ao portão. A frase me lembra música de cantor muito apreciado pelas vizinhas da minhavó; certas frases e certas pessoas andam por aí como se tivessem donos. Em frente ao portão, me ajeitava um pouco. Passava cuspe na ponta dos dedos indicador e médio da mão direita. Levava os dedos assim umedecidos no cabelo para acalmar sua falta de mansidão.

Quase um filme de terror, minhas idas à mid.

Tia Eluma temia que seus brancos me vissem.

Eu temia ser vista pelos brancos de tia Eluma.

Pronta, cuidando para não imprimir força, cuidando para que fosse de mansinho, eu apertava a campainha redonda que ficava dentro da boca de um cão de mais ou menos metro e meio. O cão guardava a mid e sua saída. Eu o temia mais do que temia os brancos seus donos, embora o cão também fosse branco e dono. Guardado meu medo no meio das tranças, minhatia aparecia de esguelha, também de mansinho, mantendo o corpo miúdo no titubeio entre sair e entrar, de forma que metade dele ficasse para o lado de dentro da mansão e a outra metade para o lado de fora.

Falávamos rápido. Parecíamos duas wérewère planejando fazer caquinhos das louças de dom joão vi. No início da madrugada, quando a dona o dono e as doninhas estivessem na tranquilidade de seus lençóis de linho branco, eu e minhatia invadiríamos a mid feito duas guerrilheiras tupamaras. Porém, enquanto as tupamaras de raiz assaltavam bancos, clubes de armas e grandes comércios para distribuírem o produto saqueado aos pobres do país do rio dos pássaros pintados, nós, que já tínhamos sido saqueadas, Yaa Nana Asantewaa ludibriada, e não tínhamos mais para distribuir além do corpo fragmentado, rodaríamos e rodaríamos com os braços em posição de asas em voo, no sentido horário sentido anti-horário sentido horário com mais força até ficarmos tontas e batermos as mãos fechadas em todos os armários aparadouros mesas do casarão. Os golpes levariam ao chão anaquéis com pimenteiras taças de vinho travessas sopeiras jogos de xícaras para café da manhã jarros chineses jogos de pratos redondos de porcelana branca encaroçada decorada com esmaltes nas cores habituais da família rosa. Concluído o serviço dos pratos, faríamos as esquálidas bailarinas que adornavam as estantes espatifarem suas caras bobas no chão de quartzo. No final da madrugada, nossos pés descalços pisariam os cacos de todas as louças tombadas. O cão que guardava a saída, também espatifado.

A senhora tinha orgulho de anunciar aos quatro ventos que adquirira as louças numa viagem que fizera à cidade de açúcar, no centro do país das maravilhas. Ela não se cansava de dizer que comprara, em leilão, um dos mais belos jogos de louças de jantar da história da humanidade. As peças faziam parte do serviço dos pavões, coleção real de altíssima qualidade feita em porcelana de pasta dura, confeccionada no país do imperador qianlong, sob a encomenda do continente da mulher que amou (ou foi estuprada por) um boi da cara branca. Comercializado pela companhia das índias ocidentais, junto com as gentes amontoadas nos porões de seus navios, o serviço dos pavões chegou às terras dos antepassados da senhora. A companhia comercializava as gentes e parte dos serviços que a elas seriam atribuídos. Uma dupla competência. Uma verdadeira realeza. O então príncipe regente trouxera consigo as peças para o que ainda não constituía o país das maravilhas quando da fuga de sua família do continente da mulher que amou (ou foi estuprada por) um boi da cara branca.

As louças, leitora, não equivalem a cadeiras mesas relógios de parede anéis baldes de água fria esfregões de aço frigideiras panelas de arroz queimado ou outras coisas que moram em nós como extensões de mãos ou pés ou bocas ou pescoços ou dedões dos pés, sem que nos demos conta de que tão somente retrato de nosso corpo desmontado. As louças são os ossos que sustentam a verticalidade do esqueleto. Se uma delas for quebrada ou lascada, o esqueleto se desmontará.

Minhatia odiava manter dentro de casa qualquer louça quebrada, pouco ou totalmente. Se houvesse prato lascado cristal trincado, atirava imediatamente na boca do lixo. Salvas do destino canibalero, apenas as peças vindas da mid-century – enquanto doava seus cacos para minhatia, a madame presenteava suas pares das casas de família, a quem pretendia impressionar, com louçaria da marca royal, tradição da realeza da dinamarca, de quem afirmava descender diretamente pela linha paterna.

As peças das quais tia Eluma era donatária se guardavam num armário antigo de madeira de lei que guarnecia a cozinha da minhavó. Eu o queria para mim, amante de suas portas de madeira, majestosas e envernizadas, dos espelhos em cada uma delas, das prateleiras que sustentavam os pratos. O guarda-louça, como dizia a abuela, gozava de uma enormidade que eu queria alcançar. Depois da sua morte, não sei o que foi feito dele. Seu corpo desapareceu feito gente assassinada cujo cadáver se esconde. Não pude nem lhe sofrer o luto. Talvez tenha virado lenha.

Eu gostava de remexer o lixo para salvar louças que tia Eluma abandonava. Cheguei a montar um armário com elas no pátio, perto da amoreira. Tijolos e pedaços de madeira branca que rolavam ao redor da casa. Cuspe lodo cocô seco. Estava pronta a argamassa. Montei duas prateleiras. Aí depositei um a um os corpos resgatados. Tinha minha própria coleção serviço de pavões. Quando tia Eluma viu, num supetão, mandou aos céus os pavões, agora virados abutres. Dava azar manter louças quebradas. No entanto, minhabuela guardava no armário rosa-antigo, com forro de compensado, no comedor, restos de pratos xícaras copos que, caídos da concha de suas mãos lavadeiras, se espatifavam no chão vermelho acimentado da cozinha. Maneira muito sua de manter a querela com tia Eluma.

Mesmo contra sua vontade, minhabuela, grávida, tinha de acudir aos toques dos orixás. Só a terreira parecia acalmar tia Eluma, que se agitava em seu ventre. A abuela deixava o lavado no arroio e ia a pé, seguindo com a pupila esquerda um joão-de-barro que sempre passava dando voltas até virar memória na distância. Então ouvia novamente o toque de um tambor, uma voz ordenadora saindo de entre o couro e a madeira. Ela sabia o que ordenava o toque, mas se sentia em pecado, pois já era uma mulher de cristo.

Tia Eluma nasceu preta e se criou preta batuqueira. No entanto, morreu como mulher branca da igreja dos comensais da mesa de deus, mas não totalmente. Quando do seu desligamento da terreira, Mãe Blanca se negou a lavar ou mandar lavar as obrigações dela. Nem com água pura nem com sabão de coco; nada – e de nenhuma forma – seria lavado.

Anos depois do corte de sua relação com os orixás, quando foi batizada na igreja dos comensais, o pastor disse que a água do batismo levaria lavaria limparia qualquer serviço feito anteriormente. *Respondeu joão a todos, dizendo: eu, na verdade, batizo-vos com água, mas eis que vem aquele que é mais poderoso do que eu, do qual não sou digno de desatar a correia das alparcas; esse vos batizará com o espírito santo e com fogo; lucas capítulo três versículo dezesseis.* Minhatia, tão desconfiada quanto eu, primeiro ficou com sérias dúvidas sobre a palavra alparcas; talvez fosse o mesmo que alpargatas, mas não sabia. Depois ficou com seríssimas dúvidas sobre a tal purificação, a tão grande humildade de joão, o fogo e o santo espírito. Contudo preferiu manter silêncio para não despertar a ira de seu novo senhor.

Por isso, não sei se a entristeceu seu féretro não ter sido ninado como se nina um bebê, não sei se a entristeceu desouvir a batida chocha do tambor, desouvir os axexês da capela do cemitério à cova, não sei se a entristeceu suas imagens de orixás não terem sido respeitosamente quebradas, suas guias não terem sido respeitosamente estouradas, não sei se a entristeceu nada ter sido aposto debaixo do seu travesseiro de cadáver, nem búzios nem mel. Os lenços brancos que em sua despedida abanariam o que houvesse de mal ficaram sobre a mesa de jantar da mid-century, sujos com a gordura da boca dos patrões.

Patrão patroa negro branco preta negra retinta serventa são palavras esvaziadas cujo sentido é dado pela sujeita, no caso, por mim, pois nada estaria pronto salvo o almoço do senhor e da senhora. Salvo quanto ao almoço, devo ter ouvido isso de minhanalista, o que não significa que ela tenha dito – o que os ouvidos ouvem nem sempre a boca diz, ainda mais se estiver cheia de comida. Os porcos fome-fome-fome sabem mais disso do que eu.

Não quero invadir o terreno reservado à analista ou rechaçar a interpretação, mas não inventei os sentidos correntes de negro e de branco e nem gozo da brancura das porcelanas para me beneficiar disso que está aí bem antes e bem sentado. Talvez seja assim para os brancos, mas de quem sofre a negridão se exige a fórmula de outra frase que ainda não sei qual será. Talvez o soubesse o crânio do cavalheiro completo que minhatia conheceu e que ela mesma enterrou.

❖

Se qualquer uma de vocês pisar o dedão do pé, direito ou esquerdo, em qualquer cômodo do interior de qualquer das casas de família, nunca mais sairá; hoje vocês não sabem o que isso significa, mas, se não me ouvirem, saberão. Foi o que sentenciou o oráculo de *não existe água em que matamos um rio* para minhadinastia.

Séculos mais tarde, num dia que renunciou à prorrogação das horas, qualquer das ancestras seguia distraidamente a tripa grossa de um rio, roçava seus pés nas águas frescas, recolhia os seixos rolados e os guardava, segundo o tipo, em bolsas de pano de estopa. Eram nove, de tamanhos variados. Nove, tingidas na cor do urucum. Numa bolsa, topázio; ágata cornalina em outra; jaspe numa outra bolsa; quartzo, apenas se fosse rosa, os demais devolvidos para a água. Esmeralda. *É essa a mesma água que qualquer água; é essa a mesma água que quer me seduzir.* Cantava. Ela também carregava uma bolsa especial, bordada com búzios pelas anciãs do mercado, para as pedras mais antigas, que sabia serem as mais redondas, pois rolavam e se atritavam com outras havia muito tempo. O granito seria destinado às fazedoras de esculturas; a granada vermelha e a safira, presentes para os dedos anelares de suas mães. O diamante ficaria guardado até que minhancestra pudesse criar destino melhor para ele.

É essa a mesma água que qualquer água; é essa a mesma água que quer me seduzir. Minhancestra caminhava tomada pela wanran wanran wanran omirosa dos seixos. De repente, vento forte, soprado da água para a terra, expulsou-a do rio, empurrando-a pela cintura através de porta majestosa de madeira de mogno a terreno lodoso onde sombras de vozes a esperavam. Eram sete. Com cantigas para boi dormir, fizeram-na pisar com o dedão do pé esquerdo o cômodo embarrado cuja parede direita estampava brasão de prata com a inscrição *casa de família*.

Boi da cara branca pega essa menina que tem medo...
Boi
Boi

Minhancestra chegara aonde luz apodrecia.
Lá, a madrugada se esquecera de cortar as horas.

O que passa sob meus pés?
Parece que não há mais rio. Apenas lama.
Parece que o rio foge feito olho que não quer saber.
Parece que estremece o olho que quer ver.
Mãe, tu, que és lâmpada, faz com que o rio regresse.
Faz com que sua água me sustente.

Assim pedia minhancestra até suas pernas terem forças para iniciarem diálogo veloz. Contudo, a porta de saída estava guardada pelo cão tricéfalo; seu único rabo e a parte superior das três cabeças pareciam serpentes na forma de chicotes. Ou chicotes na forma de serpentes. Seu pelo, muito liso. Os olhos de um azul turmalinado.

quérberos da silva, o nome do cão que quase abocanhou por inteiro minhancestra. Para evitá-lo, ela teve de retornar ao interior da casa de família onde alguma sombra de paz recém-lavada já ajuntara e se apossara de suas pedras. As pedras paridas dos soluços do rio.

Nunca mais minhancestra saiu.

Nunca mais foi vista, nem mesmo sob a luz da chuva.

Isso o que suponho ter ouvido do que me contaram.

Suponho também que o lugar reservado para minhatia murmurar comigo na mansão mid-century fosse próximo à entrada do quartinho das empregadas. Um sítio na penumbra, de fato, sem porta de saída, apenas de entrada, guardada pela estátua do cão marmorizado.

Ah, ia esquecendo do detalhe, minhatia usava uniforme. Soou meio estranho esse *Ah, ia esquecendo do detalhe*. Parece um falso esquecimento. Concorda comigo, leitora? Talvez o estranho seja não o esquecimento, mas a necessidade do uniforme, uma roupinha que, em vez de deixar tudo uniforme, redobrava a hierarquia entre quem manda vestir e quem se veste do mandado. Embora nenhuma empregada do casarão precisasse de uniforme para se distinguir dos patrões, minhatia usava vestido azul na altura dos joelhos, de corte seco e reto, dividido verticalmente por botões redondos de um azul mais escuro do que o do tecido, e lenço branco cobrindo sua cabeça pequena. Com a roupa feita sob medida para quaisquer corpos de criadagem, a tia ficava parecida com a bandeira do país do rio dos pássaros pintados, o sol seu rosto amarelo. Eu acreditava que ela fosse um pavilhão fincado em território inimigo. Pero no, a bandeira do país do rio dos pássaros pintados ali hasteada era apenas Ioiô. Um tênis vagabundo quase sem solado, de um branco semelhante ao do lenço, se destinava a seu pisar mansinho no interior da mid-century.

Acho que, realizada a profecia, parentaminhas, as que não se incluíam na categoria de serviçal em sentido estrito, despossuíam autorização – o chamado passe – para pisar os pés de barro no solo dos casarões, ainda que apenas nos seus pátios internos. Durante os quase dez anos em que atravessei o jardim da mid para levar recados da vovó a minhatia, o limite para meu corpo foi o do portão de entrada. Talvez por tolerância da senhora, a rua não tenha sido a fronteira entre Eluma e Ioiô, entre mim e os brancos aos quais ela servia. Talvez essa fronteira tenha sido minha sorte.

Se essa rua se essa rua fosse minha
Eu mandava eu mandava ladrilhar
Com pedrinhas com pedrinhas de diamante

Quase como no filme norte-americano de 1946, gilde era o nome da senhora da mid-century, patroa de minhatia, dona de quérberos da silva. Devia ser uma mulher fatal, pelo menos aos olhos enlouçados de suas criadas. Não me lembro de ter visto o filme, mas me lembro de ouvir minhatia dizer que gilde se gabava dos antepassados. De nenhuma forma e nunca a alta dama se enrubescia da procedência de suas pedras preciosas.

Incompleta qual xícara de alça quebrada, mas tão metida quanto faca de cabo de madrepérola numa bainha encouraçada, um dia quase noite depois de terminado o serviço interminável na mid de gilde, minhatia resolveu seguir o cavalheiro completo.[3]

A roupa faz o homem, dizia minhavó enquanto manobrava sua vassoura de palha para empurrar do pátio para a panela de ferro os corpos das andorinhas mortas perdidas da rota. Deve ser em razão desse dito que o cavalheiro completo vestia terno azul-cobalto, fechado com dois botões de madeira nobre. Às pupilas direita e esquerda de minhatia, parecia roupa cara. Com certeza não teria sido adquirida nas lojas dos turcos do centro da cidade com nome de santa, onde, naquele tempo, ela comprava as várias parcelas de suas blusas calçassaias camisetas. Aproveito para avisar ao revisor que, sim, são "as várias parcelas" de suas roupas, e não "em várias parcelas".

O cavalheiro completo se assemelhava ao patrão, marido da patroa de minhatia. Havia meses ela usava sua pupila esquerda para observá-lo passar pela calçada paralela ao casarão, repleto quase transbordante de sua completude. Na quebrada da rua, ele desaparecia num passe dado pela noite. Teria sido engolido por algum bueiro? Caíra num poço?

A completude do cavalheiro completo inquietava minhatia. Na completude apenas dele, parecia altíssimo cabelo preto muito preto liso. Diferentemente dela, que tinha apenas mãos e joelhos, todas as partes do corpo do cavalheiro completo estavam completas.

Enquanto minhatia o seguia pelas ruas, ele ralhava com ela para que voltasse ao lugar de onde tinha saído. Mas sua

---

[3] O "cavaleiro completo" se baseia em trechos de *O bebedor de vinho de palmeira* (1952), de Amos Tutuola, considerado o primeiro romance africano a ter repercussão internacional, traduzido para onze línguas, inclusive o português.

seguidora estava acostumada a fazer ouvidos moucos com o ralhar de gente que não fosse da mid-century. Além disso, desconhecia o que ele queria dizer com tal frase. Feito a bacia de porcelana que havia no quarto da abuela, ela não sabia de que fim de mundo havia saído. O completo cavalheiro, então, se cansou de gastar em vão a garganta e permitiu que Eluma o acompanhasse.

Caminharam muito até saírem do centro da cidade e se internarem na campanha, onde, num terreno de mato e pedras, pastavam uns porcos que gritavam fome-fome-fome. Pelo menos essa a frase ouvida por minhatia. Pode até ser que estivessem gritando outra coisa, mas os ouvidos são moldados à imagem e à serventia do corpo.

Parada 22

Continuaram caminhando pelo chão de mato e pedras e pedras e mato e porcos até que o cavalheiro completo que minhatia acompanhava arrancou fora de si seu pé esquerdo. Leitora, fique tranquila, ele não arrancou o pé esquerdo de minhatia, mas o dele mesmo, que, na verdade, nem dele era. O pé pertencia a outro e, nesse momento solene, ele o devolvia para quem lhe tinha alugado. Com a devolução do pé esquerdo, bem metido numa bota de couro de cano alto, o cavalheiro completo também fez o pagamento do respectivo inquilinato, equivalente a um salário mínimo de hoje, bem mais do que minhatia ganhava para servir aos seus brancos mais de doze horas por dia.

Parada 24

Andaram mais um pouco em linha reta. O cheiro de macela subia aos narizes das gentes e dos porcos. O cavalheiro completo continuava completo, embora manco, como se carregasse chaga na canela. As flores da macela se pegavam no azul-cobalto da barra de suas calças numa espécie de coroa que prefere a terra à cabeça.

Próximos a uma clareira, os caminhantes de quatro e de duas pernas pararam.

E, então, os de duas pernas fizeram das pedras seus bancos.

E os de duas pernas carnearam uma ovelha-ideal que dava sopa pelo mato.

E fizeram churrasco, os de duas pernas.

E, em sua completude, o cavalheiro completo fazia questão de tomar a frente no serviço de churrasqueiro.

E, para evitar a má digestão, tia Eluma tomava a frente na fazedura do chá de macela.

E os de duas e os de quatro pernas comeram até ficarem pesados.

E sobrou um pedaço da ovelha carneada.

O que eu não entendo é o motivo pelo qual carnearam a ovelha-ideal e garantiram a vida dos porcos, que, por sinal, me parecem muito chatos em sua fome incurável. Mas não pretendo cortá-los da história; daria muito trabalho reescrever tudo e eu tenho pressa. Melhor seria que eles tivessem sido carneados pelas gentes de duas pernas para a feitura de linguiça. E me perdoem as veganas e as vegetarianas, não estou pregando a morte dos animais, mas dizendo que, ao menos, nos parecemos aos porcos, esses que fuçam o lodo e depois são pendurados nas âncoras dos matadouros.

Parada 28

O completo cavalheiro entregou ao proprietário, junto com o pagamento do aluguel, o pé direito com que até então pisara. Número quarenta e três ou quarenta e quatro, o pé vinha socado num sapato preto de couro. Minhatia nem se apavorou ao ver o cavalheiro completo rastejando, estava bem mais preocupada em se livrar dos pega-pegas e das urtigas urticantes. Para ela, que se pensava tão incompleta, mesmo sem os pés, o cavalheiro completo continuava completo.

Parada 31

A caminhada prosseguia sempre em linha reta. Tia Eluma desgalhou uma pitangueira e espantou com a vara os porcos que continuavam os seguindo aos gritos de fome-fome-fome. Logo em seguida, chegaram à estância onde o cavalheiro completo alugara o peito a barriga as costelas a cintura. Novamente ele os arrancou de si e devolveu ao dono com o respectivo pagamento. Agora não mais rastejava; pulava, a ponto de Eluma lhe dizer que se aquietasse um pouco, que não carregava nenhum bicho-carpinteiro no corpo. Ocorreu a ela que as costelas do cavalheiro completo não pertenciam a ele nem a adão e muito menos a deus, que se mancomunara com o tal primeiro homem na invenção da história da costela.

Parada 33

Minhatia ordenhou uma vaca-holandesa das centenas que pastavam numa estância. Compartilhou o leite fresco com o cavalheiro completo, que ainda podia segurar o caneco, e com os porcos. Nesse campo, o sem nenhuma perna havia alugado os dois braços fortes que, com a ajuda de tia Eluma, arrancou de si, pagou e devolveu ao proprietário.

Parada 37

Continuaram caminhando, saltando, pelo rincão de matos e pedras e porcos até alcançarem a estância onde o cavalheiro completo alugara o pescoço. Ali havia muita carqueja e, antes de dar uma mão para o cavalheiro completo arrancar o pescoço – ele não tinha mais os membros superiores –, tia Eluma fez e tomou muito chá dessa erva. A abuela dizia que a carqueja cicatrizava feridas.

O cavalheiro completo estava reduzido ao cheiro da carqueja e à completude da cabeça que sabia de outro.

Parada 39

Chegado ao campo onde deveria devolver a carne e a pele que forravam sua cabeça, incluídos os olhos, ele pediu a tia Eluma que as entregasse ao proprietário, juntamente com o dinheiro. Ele, cavalheiro completo, já não podia mais nada. Estava virado apenas num crânio.

Parada 51

Na última parada, tia Eluma cavou com as mãos o buraco na terra que seria a última morada do cavalheiro completo. Nenhuma surpresa. Ele tinha o corpo desmontado feito um conjunto de louças retiradas do armário.

No percurso de retorno à sua casa, minhatia aceitou de bom grado a companhia dos porcos gritões. Quem me emprestará cabeça pés coração dois braços para esta longa viagem de retorno? E depois quem me emprestará mãos lenços todas as vasilhas do mundo quando tantas lágrimas velhas me deem a salobra bem-vinda?[4] Ela retornava,

---

[4] Baseado no poema "Dúvida", de Georgina Herrera (livro *Cabeças de Ifé*, Escola de Poesia, 2021, traduzido por Eliane Marques).

cantando esse samba, apesar de achar que as lágrimas velhas lhe eram completamente estranhas.

Estranho foi tia Eluma recolher de cada estância, junto a cada alugador, os pedaços do corpo que o cavalheiro completo havia devolvido e pago. Ela procedeu ao feitio de quem recolhe caquinhos de louças. Não pagou em dinheiro a devolutiva, prometeu sorte e amor a cada um dos estancieiros. Retornada ao buraco onde o crânio repousava, montou o corpo como se organiza um armário.

Quase no fim da madrugada, encontrou a rua do enforcado onde morava com sua mãe, minhabuela Anagilda. As duas cercaram os porcos no pátio, longe do arame de roupas, comeram mais uns pedaços do assado de carne de ovelha e o sono as envolveu. Os porcos continuaram gritando fome-fome-fome. Tia Eluma passou a entender que a fome era da natureza da porquidão deles.

❖

Malte de cevada lúpulo levedura, 2 a 6% de extrato residual 2 a 6% de etanol 0,35 a 0,50% de dióxido de carbono e 90 a 95% de água. Os valores variam. Contudo, essa a fórmula da frase que tia Eluma talvez tenha encontrado para estender sua vida além do mármore da mid.

Ela bebia. Bebia muito, minhatia Eluma. Tomava tanta cerveja que se mijava nas bermudas de domingo agachada num cantinho da sala ou da cozinha, coluna vertebral pedindo apoio das paredes. Madrinha Lilite a levantava do chão de cimento pintado de vermelho como se levantasse um bebê. Dava-lhe banho de água morna na bacia grande de alumínio e colocava um ramo de arruda atrás de sua orelha direita. Todo esse rito era acompanhado de murmúrios velozes. A arruda servia para que todo o azar ficasse às costas de minhatia, para que todos os males da vida dela fossem espanados como ela mesma espanava o pó das coisas na casa dos outros.

Depois, minhamadrinha a deitava na cama de solteira do seu quarto sem janelas e, em busca de outros afazeres, a abandonava aí. Quero dizer que a madrinha, que não era apenas minha, deitava a tia, que era de todos, no quarto mesmo da tia. Ouvi dizer que um quarto, para ser considerado quarto, precisa ter uma janela, ao menos. Se assim é, nem sei que nome tem o cômodo em que minhatia era deitada para se curar da borracheira. A palavra borracheira não é o feminino de borracheiro. Trata-se apenas de forma mulherista de escapar de alguma realidade impossível de ser vivida o tempo inteiro em completa sobriedade.

Não sei quanto transcorreu entre a consubstanciação da cerveja em bíblia, entre a consubstanciação da tia que dobrava a rótula dos joelhos para fazer xixi na sala ou na cozinha na que dobrava a patela dos joelhos no chão das igrejas que ela mesma limpava para louvar o bom pastor. Sei apenas que o milagre se deu. Mas me equivoco aqui, pois os ossos e a carne de minhatia foram arrebanhados por um pastor protestante da igreja dos comensais da mesa de deus. Das aulas de história no colégio de freiras onde cursei o ensino médio, a professora – baixinha de uns olhos azuis que eu queria e de família rica que eu também queria – explicava que o protestantismo substituiu a doutrina da consubstanciação pelo conceito de união sacramental. Durante a consagração, a substância do corpo e do sangue de cristo se uniria à substância do pão e do vinho. Permaneceriam juntos, feito unha e dedo, após a consagração e unicamente durante o sacramento. Essa parecia ser a relação entre minhatia e seus patrões num sacramento que jamais findava.

Interessantemente, o palavrão sagrado consubstanciação também é empanação. Tal palavra certamente fala mais do que a outra que acabei de mencionar. O corpossangue empretecido de minhatia passou a vida inteira empanando, quero dizer, embebendo no ovo batido e cobrindo com farinha de trigo a carne nobre (filé mignon ou alcatra) para fazer bifes à milanesa, o prato preferido da família servida por ela. Sinto agora o cheiro de ovo e tenho vontade de vomitá-lo. Ovo podre está fedendo ovo podre está fedendo...

A tia também empanava de outros modos; era mais múltipla no processo do que o próprio. Ela empanava passando o pano no chão da mid-century passando o pano nos móveis passando o pano nas louças passando o pano nas paredes passando o pano no que escutava e devia manter no seu oficial sepulcro. Pano seco. Pano com sabão. Pano com água sanitária. Pano com lustra-móveis. Pano com cera. Pano com anil. O único elemento relativamente variável no seu processo de empanação era o pano. Caprichosa como ninguém, se valia de muitos, um para cada cômodo do casarão, um para cada bunda de criança. Imagina, limpar uma bundinha branquinha com o pano com que se limpou a latrina e ainda utilizar o desinfetante industrial, o mesmo que a senhora comprou na promoção e que queimava a garganta, os olhos e as mãos de quem o usava.

A carne a ser consubstanciada em filé vinha da própria estância da família, administrada por seu dono, senhor joquinha, como minhatia a ele se referia de forma carinhosa. Nunca lhe vi a cara nem as botas, mas creio que sua barrigona era bem empanturrada. E seus pés, tenho certeza, nunca se mostravam, protegidos por botas de aço. Esse homem, um total ministério. Eu pretendia escrever mistério, mas saiu ministério, o que dá no mesmo quanto ao culto à divindade. E não era apenas uma fazenda, e sim o quádruplo.

No início de sua carreira de gente enriquecida, o estancieiro criava, melhor, mandava seus peões criarem cavalos-crioulos ovelhas da raça ideal e bovinos da raça jersey. Depois, ele incluiu bovinos da raça holandesa para a produção leiteira. Tornou-se um dos maiores produtores de leite da região onde se situava a cidade com nome de santa. Quando de sua morte, provocada por um ataque cardíaco, as seis mulheres da família, suas filhas e esposa, receberam enorme herança. Tia Eluma era considerada da família, mas não para fins de pagamento pelo tempo que despendeu para que seu joquinha se dedicasse ao enriquecimento. Assim como os cavalos-crioulos bois-jersey vacas-holandesas ovelhas-ideal – o revisor teima em pluralizar o ideal depois de ovelhas –, minhatia tinha raça e não conviria que tivesse patrimônio. Permanecendo no lugar imóvel da serviçal, continuaria a ovelha ideal entre as ovelhas ideais, supostamente sem tempo e sem história que não a de seus joelhos dobrados.

Falando em joelhos dobrados, domingo passado assisti novamente a e o vento levou. Vi tia Eluma em Mammy, me vi em minhatia. As teóricas dizem que há diferença. Para mim, há muita semelhança. Me impressiona que brancos sulistas tenham sido senhores de escravizados empresários nobres farsantes bons bem-vestidos maus indiferentes esfarrapados estupradores ricos pobres que tenham tido filhos que esses tenham morrido que alguns tenham sobrevivido que as mulheres brancas tenham sido damas senhoras trabalhadoras empresárias prostitutas assassinas que tenham casado enviuvado abortado tido filhos; me impressiona que alguns tenham ganhado e outros perdido a guerra civil e que Mammy, durante esse tempo todo, tenha sido sempre a mesma solitária escravizada no vício do serviço. O que mudou na sua vida antes e depois da guerra foi apenas o cabelo, algodoando-se por debaixo do turbante negro, e a anágua, avermelhando-se por debaixo das saias negras, presente do branco mais descolado do pedaço, o capitão mordomo.

Se tia Eluma não precisava da permissão de san pedro para transpor as portas do céu, Mammy também não; bastaria a anágua de tafetá vermelho, presente do rhett, tão dura que ficaria em pé, tão farfalhante que deus pensaria ter sido feita de asas de anjos.[5] Até a terra vermelha de tara mudou. Mammy não. A mesma no servício. Até as geadas nos campos da cidade com nome de santa mudaram. Tia Eluma não. A mesma no servício de puxar as fitas dos corpetes vermelhos das sinhazinhas pré-millenials.

Cometi um erro (outro). Geralmente pessoas como eu não podem contar com nenhum erro a seu favor; os nossos erros são sempre contra. Sob forte determinação de scarlett o'hara, eu gostaria de ter dito *cometi um erro*, em português, com a mesma sonoridade com que se diz a frase em inglês e ainda com sotaque sulista, I've made a mistake. Talvez eu pudesse escrever *eu errei um erro* quando disse que, no início de sua carreira de gente enriquecida, o estancieiro criava tais e tais animais de raça. Na verdade, eu não errei um erro, foi pura mentira mesmo, que não sei como se diz em inglês. A carreira de gente enriquecida dele obviamente começou com seus antepassados escravizadores de gente a quem se atribuiu uma raça.

Minhaprima Xuela diria que o pai do estancieiro foi um homem inglês que desembarcou do navio pelas próprias pernas, tropeçando de bêbado no rastro da miséria que deixara em seu encalço, almejando cumprir um destino de senhor, enquanto o povo de minhatia – e vejam a diferença entre homem e povo na boca de minhaprima – tinha sido retirado do navio como parte de uma horda, a mente esvaziada de tudo que não fosse sofridão, a cara o retrato da cara ao seu lado da cara ao seu lado da cara ao seu lado da cara ao seu lado, todos sem cara, descarados.[6]

---

5 "[...] tão dura que ficaria em pé, tão farfalhante que deus pensaria ter sido feita de asas de anjos" – frase retirada do filme *E o vento levou*.

6 Referência a *A autobiografia da minha mãe*, de Jamaica Kincaid, p. 109.

Bom, volto, porque não sei se estou errando novamente ou mentindo pela primeira vez. É possível que os antepassados do estancieiro não tenham sido escravizadores, mas imigrantes sérios e trabalhadores que chegaram ao país das maravilhas no século dezenove ou mesmo no século vinte para substituir o trabalho dos negros de merda. Essa gente séria e trabalhadora e limpa como a branca de neve, chegando ao país das maravilhas com suas malinhas e relicários e o sonho de construir um lugar somente seu, recebeu lotes de terra arado juntas de bois sementes o perdão da dívida colona ou ressarcimento em módicas condições enquanto os antepassadomeus de minhatia receberam bota na bunda alcunha de vagabundos e portas cerradas, salvo se fosse uma portinhola pela qual passariam para logo deitarem o lombo na limpeza do chão das senhoras.

Certamente sou a retinta-ressentida que recolheu uma concha seca de caracol que rolava pelo quintal da abuela e a ajeitou no armário de louças improvisado com paus e tijolos. Deve ser por isso que me recomendaram análise. Deve ser por isso que sou alérgica ao leite e seus derivados. Eles me causam um inchaço tal na bexiga que não consigo fazer xixi. Sonhei uma vez que eu a tinha fatiado com a faca de cozinha. A alergia deve ser punição por eu ter falado que minhatia se mijava nas calças ou por ter inventado que seus patrões descendiam de escravizadores.

❖

Minhamadrinha, aquela que recolhia tia Eluma do chão como se recolhe a concha de caracol e se utiliza para enfeite de mesa, leva o peso do nome da primeira mulher do mundo segundo escrituras cortadas da bíblia. Ela leva o nome daquela que teria se rebelado contra o domínio de adão e, por isso, veio a ser substituída por eva. Minhamadrinha, essa mulher, não aguentando o peso de seu nome, passou a ser uma das ovelhas-ideal do rebanho da igreja dos comensais da mesa de deus.

Quando eu disser ao ímpio: certamente morrerás; e tu não o avisares nem falares para avisar o ímpio acerca do seu mau caminho, para salvar a sua vida, aquele ímpio morrerá na sua iniquidade, mas o seu sangue, da tua mão o requererei; ezequiel capítulo três versículo dezoito. O senhor deus disse que a alma que pecar, essa morrerá; ezequiel capítulo dezoito versículo vinte. Por isso, os seus servos têm saído pelo mundo anunciando a sua palavra de redenção por intermédio do seu filho jesus; aqueles que rejeitam o cálice da salvação morrerão eternamente, mas os que têm anunciado as boas novas em obediência terão a vida eterna, como servos bons e fiéis ao seu senhor. Esse foi o primeiro sermão que minhamadrinha ouviu na igreja dos comensais. Desde então se sentiu no dever de levar a boa nova à sua família, para que deus não requeresse o sangue dos ímpios de sua mão esquerda.

Tudo aconteceu quando um primomeu, filho dela, se acidentou em exercício do exército. Machucou a rótula do joelho direito, justamente o instrumento de genuflexão. Os médicos não ofereciam solução que tranquilizasse minhamadrinha, até que um pastor lhe trouxe a esperança de cura ao filho e a certeza de mal-estar ao padrinhomeu, que não gostou do assédio espiritual, pero suportou, emburrado.

A madrinha Lilite escreveu carta de propósitos a deus, pedindo que os maus espíritos abandonassem seu filho. Um envelope contendo R$ 650,00, que conseguiu emprestado, um pouco com cada parenta; um pouco com tia Eluma, outro pouco com Alesọ, um tantinho com tia Malvina, outro com Carmen. A carta de propósitos foi acompanhada pelo envelope com dinheiro. No dia da fogueira santa, a carta foi queimada. O envelope com dinheiro, não.

Junto com a rótula do joelho do primomeu, minhamadrinha levou para a igreja suas filhas e genros, padrinhomeu e, por fim, tia Eluma, embora eu não tenha certeza de que a ordem das conversões tenha sido essa. Todos ficaram curados para dobrarem livremente os joelhos amolados. A conversão familiar total aconteceu bem depois da morte da mãe de minhamadrinha, ialorixá lá na cidade com nome de santa. Não sei muito sobre ela; esqueci seu nome, suas feições; lembro-me apenas dos dedos cheios de anéis, do farfalhar de suas saias rodadas brancas e do turbante azul sobre sua cabeça redonda. Sua memória foi para a mesma fogueira santa em que minhamadrinha queimou a carta de propósitos a deus.

Sim, tia Eluma entrou para essa igreja dos comensais cujo saguão abrigou seu corpo. Trocou a alegria artificial da cerveja pelo vício verdadeiro da bíblia, mas a exploração como doméstica, e mais, permaneceu a mesma.

Minhatia chegou pisando de mansinho, com seu sapato branco, no chão de mármore do templo, numa sexta-feira, dia da sessão de descarrego. Sentou-se ao lado de minhamadrinha, que ouvia embasbacada o sermão do pastor. Naquela época havia muitos pastores *Nègres*, vindos da cidade com o nome do crucificado para a cidade com nome de santa. Muitas pessoas têm sido vítimas de uma maldição proferida. Toda palavra é acompanhada de um espírito, então, se a pessoa não tem defesa espiritual e ouve uma palavra negativa, o mal irá agir na vida dela. Talvez, hoje, você tenha visto na sua vida o cumprimento de algo que alguém lhe falou anos atrás, na hora você não acreditou, mas hoje você vê que o que aquela pessoa falou está se cumprindo. Vamos, jesus cristo quebrará essa maldição. Escreva agora num pedaço de papel a praga que rogaram na sua vida. Você vai colocar esse papel sobre o altar e, por meio da fé, vamos quebrar essa praga que está na sua vida.

Tia Eluma forçava a memória para se lembrar de pragas que lhe tivessem sido rogadas. Lembrava que a tinham mandado à merda, mas não sabia se isso era praga. Lembrava que a tinham mandado tomar no cu, mas não sabia se isso era praga. Ela apenas se lembrava de pragas que rogara contra outras pessoas, como que o diabo te carregue, tomara que tu morra seca, tomara que tua mãe morra seca e preta, que esse dinheiro te traga desgraça, que tu e tua família nunca tenham sossego na vida. No fundo ela pensava que alguém, num passado distante, lhe rogara a praga de ter de cuidar dos brancos do seu nascimento à morte deles. Contudo, como deus se apresentava branco, ela achava que aquele pensamento já a punha em estado de pecado. Resolveu depositar o papel em branco sobre o altar, que o pastor interpretasse segundo indicasse o espírito santo, amém.

Enquanto o pastor orava para que deus, com seu chicote, expulsasse os demônios dos corpos dos fiéis, os obreiros caminhavam entre os bancos, com seus aventais brancos, amparando aqueles que manifestassem presença maligna. Objetos e roupas eram levados para o altar como representação dos bloqueios espirituais dos crentes. Uma mulher loira de vestido de festa também foi carregada para o altar, demônios se manifestando no corpo dela desde o nascimento. Ela mesma seria fruto da traição da mãe com um homem que não aquele que a registrou como filha. O espírito maligno ainda confessou que iria matá-la de fome, que já tinha soprado nos ouvidos dela palavras de suicídio. O espírito maligno a chamava de vagabunda. O espírito maligno a chamava de prostituta.

Enquanto o mal fazia confissões ao microfone, o pastor pressionava o corpo possuído para o chão sob as ordens saia dessa vida agora, eu te repreendo, eu te desamarro. Após, com a permissão do espírito santo, ele tocou a cabeça loira de tintura da crente e a libertou. Arroz com charque foi oferecido à recém-liberta, pois por três meses tomara apenas água da torneira e suco de uva de caixinha. Comendo, provou que estava limpa dos espíritos malignos. Instada pelo pastor a relatar seu infortúnio, declarou, com a boca cheia, que um pai de santo fizera trabalho a seu pedido e que desde então andava endemoniada.

Tia Eluma desconfiou que o descarrego no templo dos comensais da mesa de deus fosse na verdade uma sessão de batuque, com filhos em transe, com filhas tomadas por orixás, com o pastor exercendo a função de autoridade civilizatória. Chegou a concluir que o corpo da mulher loira havia sido tomado e que o pastor, reconhecendo isso, utilizara a energia da divindade para purificar os crentes. O pastor vinha do batuque, o pastor fora um iniciado que agora utilizava o conhecimento de matriz africana que auferira e fazia de conta que se tratava de outra coisa. Tia Eluma soube de tudo isso, mas silenciou e assentiu. Ela também silenciou quando, ao limpar uma das salas do templo, viu o nariz do pastor metido num pó branco que não era talco de alfazema.

O padrinhomeu irmão dela, aquele que ficou emburrado com o assédio espiritual do pastor, tinha sido integrante de conjunto musical, ritmista e mestre de bateria de escola de samba. Ele pertencia à *Aí vem a Marinha*, escola mais tradicional da cidade com nome de ana. Azul e branco suas cores. Depois, com outros sambistas, fundou a *Cantinho da Saudade*. Alguns ensaios ocorriam na rua de paralelepípedos onde se situava a casa da abuela. Eu participava deles ao lado da madrinha Lilite, sem o consentimento do expaimeu para quem minha presença ali, no meio daquele monte de borrachos e vagabundos, seria uma vergonha. Se me visse, certamente ele me rogaria praga.

Com a boa-nova dos evangelhos, unida a qualquer dor que o ritmo de seus hinos aplacou e que a mão sobre a pele do repinique talvez tivesse acentuado, o samba foi excomungado da vida de padrinhomeu. Desfilar numa escola de samba; um fazer coletivo em que durante mais ou menos uma hora muitos produziam o mesmo som; onde todos tocavam bem o mínimo, do início ao fim, para produzir algo diferente da cotidianidade. Ouvi isso num podcast. Para minhavó, a graça, de deus, estava numa lufada de vento no rosto; para padrinhomeu, numa comunidade em harmonia no entorno dos tambores.

O nome *Cantinho da Saudade*, prenúncio de tudisso que se foi. E o vento levou e nunca mais trouxe. No lugar, a paga do dízimo, a oferta de mais dinheiro para o alcance de propósitos divinizados.

❖

Minhanalista quer saber de mim quem são hoje os feitores quer saber onde fizeram morada o senhor a sinhá a sinhazinha quer saber onde o patrão a patroa o pastor os donos dos jasmins quer saber se não os incorporei no quartinho dos fundos nos anaquéis do meu armário das louças. Ela diz que posso falar de todas as mulheres da família, mas todas são meus ossos no sustém de quaisquer tiranias. Quem dera toda essa gente estivesse socada num cantinho da saudade. Não, esse monte de gente ainda vive comigo na claroscuridão dos dias.

E seus corpos sem cara me pesam como se costurados nos panos de um vestido amarelo com cheiro de banha de cozinha, a mesma que eu passava em meus cabelos de Mammy. Faço tudo, ou quase, com muita dificuldade, estou sem forças. Gostaria de ter poderes para invocar Nanny (atenção, não quero invocar Mammy, mas Nanny), aquela que venceu várias vezes os bakras nas lutas pela libertação da Jamaica, só que já não sei ou nunca soube quais as palavras para pedir o seu socorro às minhas lutas intestinas. Não é falta de vitamina D nem tristeza – tristeza passa –, porém a sensação de ruína já está comigo há tempos. Ossadas me achatam e me impedem a caminhada dentro da própria casa, se arrastam nos babados de meu vestido surrado. Não tenho onde pisar os pés.

Me falta rio. Me falta arroio. Me falta água.

Minhas sandálias vão, jogadas às costas. Além da invasão do corpo por um vírus coroado, temo a presença desses inquilinos e seus pésmãos de mando.

No entanto, não quero todos os rostos de todas essas mulheres; não quero no meu sangue os restos delas, quero o assombro do repouso e então dormir uma noite inteira. Embora os espelhos sejam seumeus ovários, quero garras de cuandu para sair do ventre comendo amoras azedas.

❖

Uma vez tive os pés queimados.

Na casa de um cômodo onde o expaimeu me inquilinava, havia fogareiro de ferro forjado, sua parte inferior uma garganta quadrada onde remexíamos as brasas de carvão, sua parte superior a grande boca do mundo que quanto mais comia mais fome sentia. Bem pequena, me aconchegava em seu entorno. Um dia fui atiçar o fogo para aumentar sua quentura no rosto, mas ele virou as brasas contra mim. O expaimeu correu desesperado comigo nos braços para o hospital com nome de santa impor minha sobrevivência neste mundo.

Eu achava que o fogareiro quisesse as brasas, mas sua bocarra queria comer meus pés. E eu seria manca, com o aguilhão dos pés tortos e inchados, teria de abandonar a cidade com nome de ana, fugando do expaimeu, e mesmo assim seria uma criminosa, uma parricida, e então poderia acreditar que o inchaço, sem cura, dos pés, não vinha dos tornozelos acorrentados de minhabisavó.

O senhor expaimeu tinha os pés enferidados. De *senhor* ele exigia ser tratado.

As feridas vinham de uma insolação. Ele, tiomeu e um amigo foram pescar muçum num arroio no bairro da carolina. Tomaram muita muita cachaça. Tendo bebido um pouco mais que os outros, o senhor expaimeu adormeceu com os pés no olho do sol. Já era noite quando foi acordado pela ardência das queimaduras.

Minhamãe nasceu com os pés chatos. Minhavó paterna tinha pena dela por isso. Acredito que a pena não era apenas pela chatice dos pés.

Cuandunata pé de pata foi à missa sem sapata. Irmãomeu entoava essa canção para mim. Eu não ouvia o canto, mas o deboche. As rimas em ata me doíam os ouvidos, reverberavam como pedras atiradas num riacho. Desde lá eu já não tinha lugar no terreno para que os pés queimados andassem. De fato, eu andava com os pés de pata cujas sapatas desservem.

Me contou minhavó
que ouviu da minhabisa
que depois da abolição,

minhabisa desejou gastar o pouco dinheiro que nem tinha em sapatos. Foi a uma loja e comprou o que foi possível – um sapato fechado cinza mais ou menos de salto alto com cadarços na parte superior. Os pés acostumados à viração das folhas no terreno não aguentaram a distância do chão, mediada por um objeto estrangeiro. Por isso minhabisa deu de carregar os sapatos nos ombros como papagaio de pirata de filme da sessão da tarde.

Muito católica, vovó cumpria o decreto de ir à missa das dez da manhã todos os domingos na igreja santa santinha. Minhaprima Xuela, cujas palavras me chegaram num sonho, me disse que cumprir tal decreto significava mais uma derrota, pois qual seria o resultado das vidas dos vencidos se não tivéssemos passado a crer nos deuses daqueles que nos haviam derrotado?[7]

---

[7] Referência ao livro *A autobiografia da minha mãe*, de Jamaica Kincaid.

Assim, nos domingos de encontro com o deus dos vencedores, minhavó tomava banho bem cedo e usava sabonete e talco que cheiravam a flores de alfazema. Quando ela estava na lida da cozinha, fazendo arroz e feijão ou sopa ou espinhaço de ovelha ou arroz com charque nas suas panelas de ferro, não raro eu entrava sorrateira no seu quarto, abria a primeira gaveta da cômoda e me apossava de uma caixa azul. Então, minhas narinas se enchiam da alma das flores do mundo, essas que davam seu cheiro à abuela nos domingos. O expaimeu nunca soube. Se soubesse pensaria que eu estava cheirando cocaína e teria me matado por isso.

Com os sapatos do natal, eu acompanhava minhavó agarrada a um de seus braços. Debaixo do sovaco do outro, ela apertava com força a bíblia de capa de couro preto bordas vermelhas folhas finas de contorno dourado. Não queria que a palavra sagrada rolasse pelo chão impuro da rua. Talvez não acreditasse no deus inventado por aquela bíblia; e temesse que, ao derrubá-la, não tivesse a mínima vontade de vergar sua coluna para recolhê-la.

No verão, a abuela gostava da porta da frente da casa bem aberta. *Abram essa porta para entrar a graça de deus*, gritava sentada na cadeira de balanço da cozinha, de costas para o armário das louças. Eu ficava curiosa para saber onde e quando a graça de deus se manifestaria. Do que eu sabia pelas imagens de livros e quadros, ele não tinha graça nenhuma; pelo contrário, tinha até piolhos na barba. Talvez a graça esperada por minhavó fosse apenas uma lufada de vento no rosto. Um ianso.

Ela não calçava os sapatos da missa se antes minhatia não escovasse seu fino cabelo de cinzas com uma escova de pés femininos que se escondia no fundo de outra das gavetas da cômoda. Rápidos dedos dividiam numa encruzilhada a cabeça de ifé da vovó, o rosto coberto de estrias incisas e lábios não marcados. Em cada ângulo, uma trança se costurava na outra.

Para ouvir histórias sobre a virgindade de maria ou sobre a promiscuidade de maria madalena, assim ia vovó calçada à missa. Seus pés pareciam um bolo que crescera e se derramara para fora da forma. A abuela ia bem trançada com saia e blusa de domingo além da meia-calça. Tudo muito limpo e passado. Tudo muito bem-comportado. Ia deambulando até a igreja. Não se saía mal, para quem passava os dias com um vestidinho de chita, arrastando os chinelos pela terra batida do pátio e pelo chão cimentado da cozinha. Mas, quando voltávamos da igreja para casa, já os pés tinham brigado com os sapatos, que preferiam os ombros.

❖

A tia recebeu o nome de Eluma na pia batismal porque minhavó, ao trazê-la à luz, disse *jeová é cheio de graça.* Achei muito estranho vovó elogiar deus, e não a bebezinha. Mas ela quem sabia da divindade de sua crença. Dizem que as pessoas chamadas *Eluma* são intuitivas sensíveis sonhadoras independentes acomodadas sociáveis não conflitivas afetivas. Minhatia não teve tempo de pensar em suas próprias características entre duas frigideiras e potes quebrados entre uma casa e outra entre filhas postiças brancas e um filho negro que se sentia postiço.

Me equivoco (novamente). Minhatia se dividia entre duas casas e uma frigideira *tramontina rasa em aço inox com corpo triplo revestimento interno em antiaderente starflon premium com cabo 3,4 l da linha grano e tecnologia de corpo triplo (aço inox + alumínio + aço inox),* que permitia um cozimento mais rápido dos alimentos. *Com design sofisticado*, embelezava a mesa de jantar da mid-century devido ao elegante acabamento em alto brilho. Projetada para o dia a dia, o desenho sem cantos facilitava a limpeza. Além disso, a frigideira podia ir na máquina de lavar louças, de modo que sobrava às criadas muito tempo para os demais afazeres.

Em resumo, cara leitora, minhatia se dividia entre duas casas que não eram suas – o casarão da gilde e a casinha, ou casebre, da Anagilda; se dividia entre uma frigideira, que era de outros, e um pote quebrado no fundo do qual preparou seu filho para ser um menino que não quisesse sua pretidão dela.

Não sei se ela tinha profusão de pelos nas partes púbicas ou se era dona de uma vagina que sufocava como inhame seco na garganta. Não estive nos seus últimos dias assim como ela não esteve no começo dos meus. Apenas sei que era a mãe dos seios de potes, zonas pretas zumbidas que foram silêncio.

❖

Eluma se impressionava sobremaneira com um quadro de velásquez que havia na sala principal da mid-century, *o triunfo de baco deus do vinho* ou *los borrachos.* Ela tinha algo da loucura imputada a baco. Havia algo de baco na fórmula da cerveja que ela bebia. E havia muito dessa loucura e liquidez alcoólica em mim, especialmente colada com cola de sapateiro na sola dos meus pés. Várias vezes o expaimeu me chamou de negraloca, apesar de eu nunca ter ingerido uma só gota de álcool. Eu me afastava de qualquer bebida, com medo de me igualar a ele ou de me igualar ao avômeu, pai dele, no gosto pela água que passarinho não bebe. Durante um bom tempo, eu não bebia nem água. Não beber era a minha luta contra a loucura. Quanto à negrura, não havia solução.

Enquanto aspirava a (aqui até que o *a* poderia ser craseado) sujeira dos brancos na sala, tia Eluma observava baco com a pupila esquerda e baco a observava com a pupila direita. Será mesmo que os borrachos e as borrachas triunfam em algo que não seja tontear a própria vida e a vida das outras? É provável que também baco se fizesse tal pergunta.

A mitologia que até o momento se considera *a mitologia* enuncia que a divindade que ora invoco nasceu duas vezes. Não me refiro aos brancos e nem ao expaimeu, que, de fato, sempre se autoproclamaram divindades. Me deu uma vontade imensa de agora cantar, em louvação a eles, um samba-enredo que diz assim *devagar com o andor ô ô ô porque o santo é de barro*. Feita a louvação, continuo, destacando que me refiro ao deus "negrego" ou "nemano", baco. O primeiro nascimento dele se deu quando sua mãe desejou se certificar de que o pai do rebento no ventre dela seria um deus, um deus de verdade, e não de barro. Diante da visão divina proibida aos mortais, o fogo a fulminou. baco foi juntado das cinzas do corpo da mãe pelo deus-pai que o gestou nas coxas, como um escravizado moldando telhas, até que estivesse pronto para nascer de novo. Esse o seu segundo nascimento.

Se baco teve dois nascimentos, um deles das cinzas do corpo branco da mãe, e outro de uma das coxas gordas do pai, os meus nascimentos foram três.

O primeiro, quando me separei da pretura do corpo de minhamãe durante uma noite de inverno de renguear cusco num hospital gélido na cidade com nome de ana. O parto cesáreo demorou uma odisseia. Eu me negava a nascer já velha e para a morte. Quando digo nascer para a morte, por favor, não confundam com aquele poema chatíssimo que diz "da primeira vez que me assassinaram".

Certifico e dou fé no uso das atribuições que me confere a lei, que às folhas 62-v-* do livro A 186-* de registro de nascimento foi lavrado hoje o assento de Cuandu XXXX *deletado o nome do pai biológico*, do sexo feminino -* de cor preta -* ... Foi declarante "a mãe". Emolumentos Cr$ 3.122,00. O referido é verdade e dou fé.

Eis a fórmula do registro do meu nascimento oficial para o mundo da burocracia do sexo e da raça do qual nunca mais me livrei. Além do meu nome, nesse momento, alguém já disse que eu era preta e já disse que eu era uma menina preta. Será que foi minhamãe quem me delatou? Será que foi um funcionário do Ofício do Registro Civil das Pessoas Naturais que já me circunscreveu dupla e naturalmente no certificado de nascimento sem eu dizer se era mesmo uma menina preta ou menina e preta?

Talvez aí eu tenha contratado minha primeira dívida em dinheiro – três mil cento e vinte e dois cruzeiros – quantia que minhamãe teve que atirar dos bolsos de sua saia sobre a mesa do oficial escrevente para me ver nascicida (sim, é nascicida mesmo) para um mundo que não apenas o dela, com nome sexo raça classe nacionalidade e outros balangandãs que não as insígnias da liberdade usadas por minhancestras. Me sinto no dever de confessar que nasci com balangandãs cujos amuletos e talismãs foram comidos, com farinha de trigo, pelo cão tricéfalo quérberos da silva, aquele mesmo que trancafiou a fundadora da dinastia num lugar chamado "casa de família". Amoras e cachos de uva e cabaças e mais um pouco descansam na pesada barriga desse animal tão doméstico.

Minhamãe foi a única declarante da minha saída de suas águas. Não sei se vocês se atentaram a esse detalhe. Ela esteve sozinha no meu segundo nascimento tanto quanto esteve em solidão no primeiro. Por muito menos Olocum destruiu a primeira humanidade.

Depois de um tempo imemorial, se deu meu terceiro nascimento. Um nascimento de fogo. Um ato burocrático ocorrido quando, na rua na escola num clube em lugar fora de casa, alguém me gritou negra, verdade, estou enrolando vocês como se enrola o bife enrolado. Lembro bem onde e como foi, embora quisesse deslembrar. Eu ia à escola, atravessava, com esperança de futuro, uma esquina de uma das várias ruas com nome de general da cidade com nome de santa. Do outro lado, fui avistada por um bando de milicos.

Eles riam entre si.

Eles riam de mim.

Eles me acusavam de negra.

Eles diziam que queriam provar de minha vagina.

Eles diziam que queriam saber se minha vagina sufocava como inhame seco na garganta.

Eles queriam saber se minha vagina trezeaneira era apertadinha.

O bando de urubus verdes gritava contra mim. Eu me sentia a carniça deles. Nenhum pai poderia ou quereria me ajuntar das cinzas e me gerar novamente em suas coxas. Fiquei paralisada. Minhas têmporas latejavam. Havia entre elas, sentado num barquinho, um abridor de conchas perfurando cada osso de meu crânio com sua lâmina. Oh, mãe, "abra este dia com o lamento da concha, como fez na minha infância, quando eu era um nome docemente exalado do palato da alvorada". Mentira, além de eu estar plagiando um verso de omeros, minto descaradamente, pois nunca fui um nome exalado do palato da alvorada. Me acusavam de negra de um modo raivoso feito o senhor expaimeu me gritava negraloca ou os porcos de tia Eluma gritavam fome-fome-fome.

Oh, mãe, abra este dia com o lamento da concha. Outros sabiam do segredo que eu procurava guardar dentro do pote duplamente quebrado dos meus registros de nascimentos. Oh, mãe, abra este dia com o lamento da concha. Eu estava marcada para sempre com a sentença de morte que a palavra negra implica e com as dívidas pela prorrogação da minha vida além dos limites regulamentares.

Eu não podia mais bancar a xerazade que a cada noite ganhava um dia enganando o rei com outra história.

O referido é verdade e dou fé.

Mas quem era mesmo o rei? Foi a pergunta de minhanalista.

❖

Embora me sinta achatada, o problema agora tem forma diferente dos pés patológicos, porque a culpa pela distância de tia Eluma deambula pelo meu corpo feito um bicho-carpinteiro acompanhado das dívidas e dúvidas sobre a felicidade das mortas. Se eu não me comportasse como uma "menina", conforme o primeiro registro de meu nascimento, a vovó enchia a boca para me perguntar *não pode ficar quieta um minuto? Está com bicho-carpinteiro na bunda?*

Em razão de sua obediência ao deus proprietário do paraíso, acho que a abuela não usava a palavra *bunda*. Talvez dissesse *não pode ficar quieta um minuto? Está com bicho-carpinteiro no corpo?* Falei bunda por um gosto especial na palavra. O expaimeu me proibia dizer palavrões ou usar qualquer expressão que se assemelhasse a um. Havia um menino neto da Dona Rosa vizinha da minhavó cujo apelido era fodega. Eu estava proibida de enunciar o nome dele. O senhor expaimeu andava fodendo por aí com um monte de mulheres além da minhamãe, talvez até com alguns homens, mas eu não podia usar a palavra fodega. Ele temia que eu já estivesse com um pau que não fosse o dele na minha boca.

A fim de que a leitora não confunda os personagens, alerto-a para o seguinte fato: o expaimeu não disse que as pessoas dormem para deus desfoder com tudo o que elas foderam durante o dia. Foi outro homem que disse isso. O expaimeu era da turma que fodia com tudo e com todos durante o dia e, depois, conseguia dormir muito bem à noite, talvez com o rabo cheio de cachaça. O expaimeu foi o que quase abandonou a casa para foder tudo com todas. Uma pena que minhamãe o impediu.

Pesquisei sobre o bicho-carpinteiro na internet para saber se ele existia no mundo dos outros ou se pertencia com exclusividade ao mundo que eu compartilhava com minhavó. Pois bem, segundo o houaiss, bicho-carpinteiro é o nome genérico de várias espécies de besouros, especialmente das famílias dos buprestídeos e cerambicídeos. Durante o estágio de larva, eles brocam troncos e cascas de árvores. Portanto, com a frase, minhavó propunha que, feito as cascas das árvores, eu tinha, sob a pele, larvas desses insetos, que se remexiam constantemente, fazendo-me cócegas e não me deixando sossegar. Esses bichos fodiam comigo.

Minhavó tinha lá suas experiências foda com os buprestídeos. Sua mãe falecera e seu pai batera as pernas para outras bandas. Ela cresceu criada por uma tal tia Marica. Não sei se tia de adoção ou parenta sanguínea. O que importa é que ela fazia doce de batata-doce de abóbora de laranja de pêssego de melão. Certa vez minhavó foi desafiada a pegar os doces que tia Marica escondia numa peça ao lado daquela em que dormiam as crianças. Entre uma peça e outra, havia um buraco no alto da parede, uma espécie de passagem secreta que dava para o lugar dos sonhos. Na ida, vovó conseguiu subir num guarda-roupa e passar pelo buraco para o outro lado. Aí, pegou alguns vidros de doce e os transpassou às outras crianças que esperavam com as caras e as mãos todas lambuzadas pela doçura. No retorno, minhavó, subida no armário da peça dos doces, alcançou novamente o buraco. Passou sua cabeça um braço outro braço um ombro outro ombro o tronco parte da cintura, mas ficou trancada pela bunda. Quando tia Marica viu aquele corpo despedaçado, quis saber, sob pena de perda da língua de cada uma, o que estavam fazendo. Ninguém falou, todo mundo estava com a boca cheia. Vovó apanhou de relho na bunda e, ainda por cima, com a boca vazia. Tia Marica nem fez questão de retirá-la do buraco durante a surra.

Tia Marica usava uma bengala e batia em quem não pedisse a benção. Minhavó apanhou de bengala. Quando via alguma mulher da família, tia Marica sempre dizia as palavras mágicas *como tu está bem, bem gorda, bem vistosa! Que vestido bonito! Tu compraste ou tua patroa te deu?*

Não cheguei a conhecer a bengala da tia Marica.

Tia Eluma a conheceu. E também deve ter recebido frequentes elogios. Herdado da minhavó, ela manteve durante muitos anos um bicho-carpinteiro alojado em parte de seu corpo, talvez no fígado, mas não sei se ele correspondia à forma foda de felicidade. Desde cedo, me preocupei com a felicidade dela como se eu antevisse nela o meu futuro. Minhanalista já me disse que a vida não precisa ser uma felicidade foda, que não nascemos para cumprirmos o mandamento de viva uma felicidade foda. Porém, a interpretação me soa insuficiente. Continuo à procura de uma morta familiar que me afirme sua felicidade foda para que eu não duvide da possibilidade da minha. E foda-se.

❖

Parece que tia Eluma passou para o outro lado do buraco apenas depois de sua morte. Dessa vez a gente translúcida (e rica) para quem ela (a tia) se arrastou de joelhos tantos anos, feito um bicho-carpinteiro, limpando o chão de mármore da casa limpando a bunda cagada a boca suja das crianças dos adultos doentes limpando o vômito dos adolescentes borrachos nas festas lavando as panelas lavando as roupas com os dedos lavando os segredos das camas com qualquer detergente lavando as feridas os cânceres e sei lá mais o que dessa gente. Essa gente não ajudou com um só centavo na compra do caixão onde foi depositado o seu corpo de cansaço.

Antes de se abraçar ao cansaço, antes de chegada à idade média da vida, minhatia tinha sonhos frequentes de que não andava de quatro pés pelo chão da mid. Pelo contrário, em vez de andar com a cara virada para a terra, bocabajo, andava com a cara voltada para as alturas, com a bunda se arrastando pelo chão,[8] apoiando-se nas duas mãos e na perna esquerda, que era tão arteira que nem vara de mato usada para tocar porco. A perna direita, que ela chamava de cabeça de salamandra, se exibia sempre suspensa no ar, cortada por uma ferida. Minhatia avançava

[8] Referência do livro *Alá e as crianças soldados*, de Ahmadou Kourouma.

aos trancos, de bunda, que nem um marandová. Conforme os seus joelhos foram cada vez mais roçando o chão da mid-century, ela foi se esquecendo do sonho de avançar com a bunda ou se acostumou tanto com ele (com o sonho) que não mais lhe fazia diferença se havia sonhado e esquecido ou simplesmente não sonhado.

Cozinheira de pésmãoscheias, tia Eluma preparava para a gente lá da mid um ótimo chajá, assim como outros e vários pratos. Mais adiante, caso eu não esteja mentindo, repasso para vocês a receita que peguei com minhirmã, que, por sua vez, aprendeu com ela. Eu não aprendi nada; enquanto minhirmã aprendia os segredos da culinária, eu estava socada nalgum lugar, estudando. Achava que estudar me salvaria de ser pobre, achava que estudar me elevaria à tal classe média, achava que estudar me branquearia como a roupa no quarador no pátio da casa da vovó era branqueada pelo sol. Ledo engano. A classe média não é apenas dinheiro sobrando no banco e viagens para disneylândia ou para museus de paris ou filhos em escolas particulares. Classe média é todo um pensamento de vassalagem relativamente à elite que, como aquele narciso na escova de cabelo da minhavó, olha apenas para a própria imagem refletida no espelho. E a classe média tem tempo, tempo para se atirar no sofá, tempo para ficar sentada ou deitada e ser servida, tempo para um monte de coisa, inclusive para ficar com a bunda achatada de tanto sentar.

Porém, se antes eu tinha vergonha de ser pobre, hoje tenho pavor de que me incluam nessa tal classe média. Eu a desprezo com meus espinhos de porco-espinho, desprezo aqueles que para mim são seus presentantes mais próximos. Tenho-lhes um desprezo oculto, abafado sob os panos de prato de minhavó. É um desprezo que se parece mais a uma louça pendurada no meu vestido encardido do que um sentimento. Quando lhes dirijo a palavra, uma falsa cortesia se liberta de meus dentes, uma cortesia que diz *às ordens, dotora*. Suponho que eles me detestem na mesma medida ou talvez eu me esteja dando demais importância, talvez eles nem saibam da minha existência fora do circo da burocracia.

Minhanalista pergunta se, por acaso, me sinto superior a eles ou a elas; se, por acaso, me sinto inferiorizada trabalhando ao lado de gente que, supostamente, não fez tanto esforço quanto eu para qualquer coisa; minhanalista pergunta se, por acaso, penso de um modo impensado que, sendo mais esforçada e quem sabe até mais inteligente, eu deveria ocupar uma posição superior à deles.

Uma vez tentei conversar com uma dessas mulheres da burocracia que adora ser chamada de dotora, como se o título já a retirasse da posição de mortal. Ela vinha da cidade com nome de santo e, com certeza, tinha ainda no seu santo sangue do continente da mulher que amou (ou foi estuprada por) um boi da cara branca a missão de catequizar. A dotora me contou que sua avó, imigrante italiana, tornara-se lavadeira no país das maravilhas e que, agora, sua família "se adonara" não sei de que num município aí. Ora, se sua avó, o santo graal do mundo, pôde amealhar dinheiro e prestígio, as descendentes de minhabuela que fora lavadeira continuavam lavando roupas por quê? Certamente meu desprezo absoluto e mal disfarçado pela dotora se estampou. Certamente brotaram espinhos para dentro de minha pele, certamente eu tive aquela vontade ancestral de colocar uma abelha viva dentro do olho direito arregalado. Mas disfarcei minha insolência de neguinha gnamokodê,[9] mantendo-me silenciosa para que nenhuma louça se quebrasse na mid-century onde a dotora reinava.

Cometi um (outro) erro. Como já disse, pessoas como eu pagam muito caro por seus erros. Pessoas como eu? Pessoas? Acho que estou me achando. Mas não importa agora a dúvida filosófica sobre minha constituição como pessoa bicho-carpinteiro ou porco-espinho. Falo do erro. Resolvi participar de uma festa do grupo de trabalho no final de um ano desses. Eu estava me divertindo, dançando como gosto de dançar. Alguns anos depois a dotora, promotora da festa, me ofereceu bebida alcoólica em outra situação comemorativa. Eu disse que não bebia álcool, que nunca tinha bebido álcool. E vocês já sabem por qual motivo. Foi então que ela me retrucou *mas tu estavas bêbada naquela primeira festa*. Vou fazer uma pausa dramática aqui. As mulheres brancas sempre querem saber mais de nós do que nós mesmas.

Ô mãe, abra este dia com o lamento da concha.

Ô mãe, dai-me paciência para suportar o que não mais suporto!

mas tu estavas bêbada naquela primeira festa. Apenas guardei a frase-revelação entre meus espinhos, ri por dentro o riso cínico, o riso do total desprezo, de quem se deu conta da merda da coisa toda, mas, por dever de ofício, se mantém calada. Uma mulher negra jamais poderá ser livre entre a gente branca e até entre a gente preta. O nosso corpo preto é uma prisão sem portas. Talvez a metáfora seja batida, mas a questão é mesmo

---

9 Referência do livro *Alá e as crianças soldados*, de Ahmadou Kourouma. *Gnamokodê* significa filho da puta ou puta que pariu.

essa, não adianta bater com a cabeça na porta. Às vezes entendo por que o expaimeu exigia que fôssemos sérias e que mantivéssemos a cara amarrada, algo que aprendi muito bem com ele, embora, às vezes, eu pague muito caro pela desobediência.

❖

No capítulo anterior, eu disse que, enquanto minhirmã aprendia os segredos da culinária, eu estava socada nalgum lugar, estudando. Neste ponto, estou faltando com a verdade novamente, pois até tentei aprender o tal ofício de desgostos e panelas queimadas. Minhavó me ensinou a fazer arroz branco – para cada xícara de arroz, duas de água, uma pitada de sal – ela ia me dizendo e remexendo a panela sob a chapa quente. De vez em quando, dobrava os joelhos para soprar as brasas que ficavam no interior da boca do fogão a lenha. Era uma forma de manter aceso o fogo.

Certa vez me animei a cozinhar uma panela de arroz na casa em que o expaimeu me inquilinava. Foi o meu primeiro arroz. *O primeiro amor a gente nunca esquece* é um ditado popular; no meu caso, o ditado se transfigurou em *o primeiro arroz a gente nunca esquece*. O senhor que até então fora meu pai jogou a panela de arroz branco no meu rosto preto porque o prato não estava do seu agrado, porque o grão estava cru ou cozido demais, porque tinha muito ou pouco sal; ele berrava que eu não servia para nada, que eu não prestava para nada, que eu era uma negra de merda.

Eu ainda sinto o arroz quente na cara. Tento arrancá-lo, grão a grão, como se meus dedos indicador e polegar fossem o bico do pássaro do Eu-não,[10] que busca recolher as sementes do terreno encharcado. Seu movimento é vão. O Eu-não supõe que recolhe a semente, mas o que faz é enterrá-la com seu bico cada vez mais na fundura do lodo.

Esse senhor que fez da minha cara um arrozal não suportava nada que considerasse deslize, de ninguém. Nossa vida com ele foi uma eterna panela ardendo no fogo, com seu cheiro de queimação inundando a casa de janelas trancadas para que os vizinhos não cheirassem nada não vissem nada nem ouvissem nada. Eu preferiria que o deus cheio de graça da vovó ou capanga a seu mando o levasse de arrasto, mas não aconteceu. Ele se era o homem branco da casa. Apenas ele poderia provocar queimaduras em nome de deus.

Eu me perguntava de quem ele teria herdado o instrumento chamado *negra de merda*. Um instrumento usado com tanta destreza para queimar meu corpo. Teria aprendido com a gente branca com a qual ele fora criado? Teria sido ele também chamado de negro de merda? Não sei. Também tinha vontade de chamá-lo de negro de merda assim que ele abria a porta da casa e gritava que trouxessem seus chinelos.

O branco quente atirado na minha cara preta se repetiu. Não se tratou de iniciação ao orixá do pano branco. Uma prima distante se casaria. Alesọ autorizou que eu fosse ao salão de beleza de um maquiador conhecido da família. Assim que me sentei na cadeira para ser "embelezada", ele me encheu de pó de arroz, de forma que tive que me lavar toda ao chegar em casa. Para completar o desastre, meu cabelo foi alisado com pente quente

---

[10] Do livro *Death and the king's Horseman*, de Wole Soyinka.

e depois domado com rolos, embora resistisse à tentativa dos caracóis falsificados. Novamente, o branco em mim nada tinha a ver com o caracol da divindade cujos dedos moldaram nossos corpos.

Na época, fazia sucesso nas rádios "Olhos coloridos", na voz de Sandra de Sá – *Meu cabelo enrolado Todos querem imitar Eles estão baratinados Também querem enrolar Você ri da minha roupa Você ri do meu cabelo Você ri da minha pele Você ri do meu sorriso A verdade é que você Tem sangue crioulo Tem cabelo duro Sarará crioulo Sarará crioulo (sarará crioulo) Sarará crioulo (sarará crioulo).*

Embora adorasse Sandra de Sá, eu não achava que alguém quisesse imitar o meu cabelo, especialmente aquelas pessoas que me chamavam de cabelo de bombril. Foi difícil o processo de construção dessa música. Li uma entrevista com macau, seu autor. Ele estava numa exposição de escolas públicas no Estádio de Remo da Lagoa com seu cabelo bleque quando foi convidado à averiguação por um policial militar. Dentro da sala, um sargento lhe dizia *eu estou vendo você lá de baixo, você não é fácil, hein? Você ri demais, fala demais*. A violência se estendeu ao cabelo, à roupa que macau vestia e ao local de sua morada. *Você mora naquela lama ali, cheia de bandido*, ao que macau respondeu *bandido não, ali não tem bandido*. E novamente *é isso mesmo. Tudo pobre, tudo favelado, essa coisa toda, tudo negro*. Ao que macau respondeu *o sangue que corre na sua veia, corre na minha veia também. É vermelho. Você está com preconceito*.

macau conta que foi jogado num camburão às quinze horas, tendo chegado à delegacia por volta da uma hora da madrugada, onde ficou circulando na escuridão de uma cela com um monte de gente. Libertado no dia seguinte, em vez da casa, preferiu o mar. Vendo o mar, *veio, de uma forma única, o texto dos "Olhos coloridos".*

macau compôs e Sandra de Sá cantou o hino de uma geração. Mas eu cantava aquilo da boca para fora; havia algo de mentiroso saindo de minha boca. Enquanto eu cantava, desde que o expaimeu não estivesse em casa, porque ele não gostava que nós cantássemos, minhamãe alisava o meu cabelo, o da minhirmã e o dela.

No clube que me era dado frequentar, o clube dos negros – não nos era dado entrar em outros clubes da cidade com nome de liberdade –, todo mundo dançava e pulava "Olhos coloridos". Contudo, a maioria das mulheres também tinha o cabelo alisado. Na cidade com nome de santa, a letra dos "Olhos coloridos" mais servia para agredir os brancos, dizendo que eles também tinham sangue negro e menos para modificar qualquer sentimento das mulheres negras com relação ao valor de si próprias.

Tia Eluma alisava o cabelo com pente quente apenas se estivesse se preparando para uma festa. No restante do tempo, quando servindo na mid-century, usava um lenço para escondê-lo – aquele lenço que já descrevi – ou o cortava bem curtinho. Numa época já perdida ela usou um tal de alisante marujo, que fez seu cabelo já mirrado cair todinho. Alesọ chamava de micocas as mulheres negras que usassem o cabelo curto e natural. Agora fui fazer a consulta habitual na internet acerca da palavra micocas e encontrei o seguinte significado: *Pretinhas Chinelonas que tem cabelos impermeaveis. Vulgo vileiras.*

Gnamokodê!

A gente de cabelos lisos de quem eu falo mal, em troca dos cuidados que recebia, doava a tia Eluma as louças riscadas os brinquedos quebrados das filhas as roupas antigas os restos das comidas que minhatia mesma fazia. E, ao final do mês, a gente de quem eu falo mal, pelo serviço diário de mais de doze horas, doava a ela metade de um salário mínimo.

Nos raros domingos de folga, tia Eluma passava o pano. Passava o pano no chão da casa onde vivia com minhavó passava o pano nos móveis passava o pano nas louças passava o pano nas paredes. Pano seco. Pano com sabão. Pano com água sanitária. Pano com lustra-móveis. Pano com cera. Pano com anil. O único elemento relativamente variável no seu processo de empanação era o pano, pois, caprichosa como ninguém, se valia de muitos, um para cada cômodo da casa. No final do dia, se deitava no seu quarto sem janelas para ver novela na televisão. Nesses dias de folga, tia Eluma também lavava as roupas da família negra no tanque de pedra do pátio. Foi à beira do tanque, numa tarde quente de verão, que mostrei a Alesọ a calcinha vermelha da minha primeira, e ela, vendo, me perguntou se eu sabia usar absorvente e eu, ouvindo, baixei a cabeça num sinal de "sim".

Eu, que ainda vivia a quentura do branco do arroz na cara empoeirada, agora tinha que me ver com o vermelho da dor todos os meses entre as pernas. O expaimeu, berrando comigo e cutucando a ferida no dedo do pé esquerdo, foi quem disse que eu deveria enrolar o absorvente num jornal antes de colocá-lo na lixeira, talvez um modo de esconder a vergonha de ter uma filha mulher negra. Se confirmava para mim a metáfora batida de que meu corpo era uma prisão sem portas.

❖

Das mulheres negras que ainda sangravam era a casa da abuela. Feita de tábuas pintadas de verde-musgo, tinha a porta da frente ladeada por janelas envernizadas. Da porta, em direção ao pátio, saía um corredor que a repartia ao meio. O quarto da abuela, que às vezes eu invadia, dava para uma das janelas que desembocavam na calçada; depois dele, de quem olhava da rua, vinha o quarto que a tia dividia com seu filho mais velho. Não havia janelas. Sim, eu sei que já disse isso.

O corredor que repartia a casa recebia um tratamento especial de tia Eluma. Depois de muito bem lavado com água de alecrim, ela o cobria com cera vermelha em pasta. Depois de seca a cera, as crianças se autorizavam a deslizar de uma ponta a outra do corredor sobre panos limpos. Assim, enquanto brincavam, faziam o trabalho de lustrar. Quando chovia muito na cidade com nome de ana, minhatia cobria o chão do corredor com lona de estopa para que ninguém o sujasse com os pés enlodados. A lona, o expaimeu trazia do lanifício onde trabalhava. Num safanão, ele a atirava no pátio da casa da abuela. Não se tratava de gentileza com minhatia, mas de vontade de não ser mais incomodado por ela.

A janela oposta abria para a sala guarnecida por uma mesinha cujo centro exibia flores de plástico num vaso.

Duas ou três. Azuis e vermelhas. O vaso de vidro. Um sofá de material que imitava couro encarnado e se rasgava com facilidade ocupava toda uma parede da sala, dando as costas para a vizinha Rosa. À sua frente, a porta que levava ao corredor ladeada por duas poltronas verdes, de modo que os três móveis para acomodar a bunda formavam um triângulo.

Além de depósito formal das visitas de minhavó, a sala já servira de quarto de moribundo e de capela velatória. Vi clê clementino se findar aí, com o esqueleto atirado no falso couro do sofá vermelho, cuidado por minhatia e Alesọ. Sua carcaça já não mais caminhava, apenas sonhava.

❖

Próximo à sua morte, clê sonhou. Sonhou que seu quartucho fora incendiado. Ao remexer as cinzas à procura das sobras de algo seu, um bebê pela metade surgiu tocando sopapo.

O meio-bebê,[11] um bebê gigante cortado ao meio. Da cintura para cima todo o corpo dele. Talvez não soubesse que seu corpo inteiro apenas metade.

Quando clê procurou se afastar na ilusão de que nada tinha visto, o meio-bebê ordenou que se quedasse. Tiomeu não pôde caminhar até que ele escalasse suas costas e montasse em seus ombros como se monta um cavalo. O meio-bebê ordenou ao clê que o carregasse para a campanha. Na beira da estrada em que se internaram, pararam numa venda para comer arroz com charque e tomar cachaça. O meio-bebê comeu e bebeu a comida dele e, num safanão, se apossou da do clê. Não sobrou migalha. O meio-bebê ficou com forças para seguir tocando o sopapo cada vez mais forte.

O clê reclamou que estava cansado e que o bumbo lhe doía os ouvidos. Com raiva das reclamações, o meio-bebê ordenou aos olhos do clê que nada mais vissem. Tiomeu parou de enxergar. Embora pudesse ser um alívio deixar

---

[11] O "meio-bebê" se baseia em trechos de *O bebedor de vinho de palmeira* (1952), de Amos Tutuola.

de ser invadido pelo mundo, agora visto apenas pelo bebê, não foi. A imagem do bebê pela metade já grudara às costas de tiomeu como bonder.

A notícia de um homem montado por um bebê pela metade se espalhou pelas bandas da campanha.

Todas as vendas foram fechadas.

Todas as estradas foram trancadas.

Os dois tiveram que adentrar a mata rala.

O clê tentava abandonar o bebê em algum lugar e fugar para sempre, mas seu cavaleiro não permitia. Nem à noite ele dormia ou deixava o clê fazer outra coisa que não fosse carregá-lo. Ambos já estavam mortos de fome, embora a barriga do bebê pela metade continuasse crescendo, e ele também.

Certa noite eles ouviram os sons de instrumentos e de vozes. O bebê pela metade ordenou que o clê o levasse até o lugar de onde vinha a música. Em menos de duas horas de caminhada, chegaram. Apenas então o meio-bebê desceu dos ombros de tiomeu e se juntou ao tambor, à dança e à música, que eram gente como o clê.

Quando a dança começou a dançar, o meio-bebê e o clê se juntaram a ela na dança. Quando o canto começou a cantar, o meio-bebê e o clê se juntaram a ele no canto. Quando o tambor começou a tamborear, o meio-bebê e o clê se juntaram a ele no tamboreio.

Durante dez dias permaneceram dançando cantando tamboreando, sem descansar um só minuto sem comer sem beber o que quer que fosse.

Ao final desse tempo, o meio-bebê mandou tiomeu abrir a boca.

Queria fazer latrina da goela de sua montadura.

Não sabia que era apenas metade.

Com a boca ainda aberta, tiomeu acordou.

A sensação de queda do lombo de um cavalo o acompanhou por dias.

Bebia muita muita cachaça, o clê. Disseram que teve uma trombose que ficou paralítico que seus pés haviam abandonado o fundo da toca entreaberta dos sapatos[12] que seu casaco velho e puído aguardava em vão na guarda de uma cadeira.

Não sei bem a ordem dos acontecimentos. Paralisia trombose paralisia. Achava tudo a mesma coisa. Depois soube que a trombose se dá quando um coágulo formado nas veias grandes das pernas e das coxas bloqueia o fluxo de sangue e causa inchaço e dor. Fiquei sabendo, também, que o coágulo pode se mover na corrente sanguínea feito um bicho-carpinteiro. A tal embolia.

O clementino carpinteiro nunca malandro não tinha riqueza não tinha fazenda não tinha arroio não tinha filho não tinha ciência nem religião não tinha dentes não tinha roupas para lavar nem casa para limpar sem brancos para servir vagabundeava sem paradeiro pela cidade com nome de ana sempre com as piores roupas o pior sapato o forte perfume de mofo do quarto.

Foi ele quem fez quase todos os móveis de madeira da casa principal. Uma cadeira pequena com assento de palha, do meu tamanho de mais ou menos cinco ou seis anos, ele tinha feito para me agradar. Com seu olhar de azulejo fixo para o meio do pátio, sentada numa outra cadeira da cozinha, vovó passava parte do seu tempo. Então eu me sentava na minha própria cadeira, de marca clê, bem do lado dela, e ficava olhando para o pátio, como se estivesse resolvendo as dívidas da família.

---

[12] De Aimé Césaire.

O clê nunca saiu do entorno da vovó. Morava num quartinho nos fundos do terreno, perto do pé de laranjas do céu. Eu o via aos tropeços, sob o domínio da cachaça, tentando atravessar o corredor que limitava o terreno da casa da vizinha Rosa. Não o conheci sóbrio. Talvez não tenha perdido grande coisa. Às vezes, ele me dava alguns trocados ou arrancava laranjas da copa da árvore para mim. Nunca o vi com namorada, nem namorado, o que seria bem mais difícil naquele tempo. Vivia com a garrafa de cachaça como noivo ou noiva. Não incomodava, dizia tia Eluma. Se fazia mal, apenas a ele mesmo, dizia Alesọ. A vovó lhe gritava sempre que o flagrava atravessando o pátio rumo à rua *clementino vem pegar um prato de comida!*

Depois de sua morte, abri a janela do quartucho. Latas secas de tinta se espalhavam pelo piso de madeira todo arrebentado. A cama de solteiro, desarrumada, estava coberta por um lençol de flores de laranjeira cujo perfume me truncava a respiração. O retirei da cama num susto, queria marca da pisada do clementino que não fosse o cheiro de flor. Encontrei uma ponta de lança com lâmina na forma da cabeça de pássaro contra um pedaço quadrado de madeira bruta que servia de tela. O clementino carpinteiro nunca malandro não tinha riqueza não tinha fazenda não tinha arroio não tinha filho não tinha ciência nem religião talvez tivesse arte e sonhos.

De modo diverso do clê – eu não o chamava de tio –, tia Eluma não ocupou com o corpo de enferma ou com o corpo de morta a sala da casa que foi da minhavó e que até então fora sua. Seus ritos funéreos se fizeram no salão da igreja evangélica que frequentava. Sua morte foi rápida. Certamente não quis dar trabalho. Não podia admitir sair da posição de quem cuida para a de quem poderia ser cuidada.

II

Bom dia Quero solicitar a ajuda para realizarmos a cirurgia da Mãe Eluma, na cidade com nome de santa o que ela tem não é realizado tal procedimento, ela tem uma obstrução entre o fígado e o Pâncreas que faz a bílis liberar o líquido para o corpo, diante dos muitos dias que ela se encontra com está situação e sua idade, há necessidade de fazer já na quinta-feira na cidade com nome de senhora, mas de forma particular. Valor e R$ 8.000,00 E um pacote de internação, cirurgia e anestesia, preciso de ajuda para pagar R$ 4,000,00 pois o outros a patroa dela estará dando, vou colocar minha conta e quem deseja me ajudar para pagarmos o restante deposite e confirme o valor depositado. Dia da cirurgia dia 09/01/20

Consultei a wikipédia. Lá diz que, originalmente, em latim, o órgão doente da minhatia se denominava *iecur*. À época, não sei qual nem exatamente onde – suponho que idade média –, o animal cujo *iecur* fosse destinado ao estômago das gentes do continente da mulher que amou (ou foi estuprada por) um boi da cara branca era antes bem cevado com figo. Ao *iecur* cevado se acrescentava a palavra *ficatum* e se dizia *iecur ficatum*, designação da qual deriva o nome do órgão nas línguas romances (português e galego *fígado*, asturo-leonês *fégadu*, castelhano *hígado*, francês *foie*).

O órgão secreta a bile ou o fel, conforme eu não aprendi nas aulas de ciências. Tia Eluma costumava dizer de bebidas ou comidas mal preparadas *isso é pior que fel* ou *isso aqui é um fel*. Do seu modo de falar, encaretando o rosto que ainda estava na idade média da vida, eu presumia que fel fosse veneno. Agora aprendi que não é bem assim, fel apenas o outro nome da bile. Contudo, bem ao final da vida, fel acabou sendo mesmo o sinônimo do veneno que se esparramou pela miudeza de seu corpo.

A pessoa que pede dinheiro é o pastor richard. A Mãe Eluma será levada para um hospital na cidade com nome de senhora, porque, na cidade com nome de ana, onde ela sobrevive, não há leitos ou equipamentos adequados no nosocômio. Adoro a palavra nosocômio, pensei que fosse sinônima de hospício, mas me equivoquei. Cada uma escolhe seus próprios equívocos, disse minhanalista. Cada um escolhe seus próprios sinônimos, digo eu.

Conheci essa palavra quando enlouqueceu o zé. Muito jovem pele clara cabelo de um cacheado miúdo nem alto nem magro nem gordo nem baixo nem preto nem branco boa gente trabalhador estudante jogávamos vôlei na calçada da casa da minhavó. zé era um dos irmãos da minhamadrinha, mãe do bom pastor que me escreve. Morava com ela e padrinhomeu numa peça nos fundos da casa deles que, por sua vez, foi construída ao lado da de minhavó.

O zé, desejoso de subir na vida, não queria que as pretendentes descobrissem sua morada na casinha anexa à da minhavó, uma casa de madeira verde-musgo com uma única janela frontal verde-bandeira, onde ele morava com uma "dona de casa", um tipógrafo e seus três filhos.

Quando seus interesses amorosos despontavam na outra quadra da rua com nome de enforcado, ele corria para se sentar no muro da casa do betinho, filho do seu betão, bem mais bonita. O zé ficava lá, em posição de dono, se sendo, por um momento, filho do casal branco daquela linda casa de alvenaria. Casa de alvenaria gorda.

Até hoje eu não sabia bem o que significava uma casa de alvenaria, então fui procurar no amansaburro digital. *Amansa burro* é nome grosseiro, como eram grosseiros os doces de batata-doce que minhavó fazia. Fiquei com medo de usar tal grosseria neste texto, mas, como se trata de uma verdade verdadeira, melhor não a esconder da leitora. Nos meus tempos de escola, usava-se a expressão para designar qualquer dicionário. Nos meus tempos de hoje, voltando ao amansa digital, soube que uma construção de alvenaria pode ser comparada a um corpo de alguém ou ao modo de ser de alguém. Por exemplo, *alvenaria insossa* se diz da construção com pedras justapostas sem argamassa. *Alvenaria gorda* se diz daquela cuja argamassa é rica em cal. *Alvenaria magra* aquela feita com pouca cal ou com pouco cimento.

O zé era sem sal sem açúcar que nem uma casa de alvenaria insossa.

Um dia ele amanheceu como se feito de alvenaria gorda *oh clara, morena lengua del río Troumasse, calentado y emboscado por el sol, con lavanderas y hojas viejas y vientos que ocultaron sus viejas canciones en archivos de bambú.*[13] Disseram que ele havia enlouquecido.

Não sei que tipo de loucuras fazia senão *oh, mar, que dejas tus aldeas de barro cuarteado y hojas de zinc, tu coro de*

---

[13] Partes de poemas de Derek Walcott.

maíz barbado en trágicas milpas, tus hijos como negras rocas de petrificados orígenes. Só que disseram que ele estava louco.

A palavra com que o designavam já me dava medo. Eu tentava passar bem longe dele para evitar que me pegasse *ah, mon enfance! Asfixiada bajo las nubes de algodón de la enfermedad, envuelta con los sinuosos aromas del incensario, sepultada con campanas, bañadas en alcohol de lima y flores amarillas.* E eu passava gorda de medo do outro lado da rua.

Depois de meses *que contemplaba ríos como sierpes retorciéndose en el cielorraso*, ele foi recolhido das ruas feito um cão raivoso e levado para um hospital psiquiátrico na capital. Eu já nem estava mais na cidade com nome de liberdade quando do seu retorno liberto da suposta loucura, mas não do apelido de "zé louco".

Sempre tive medo da loucura, de me debater asfixiada debaixo de suas nuvens de algodão. Sempre temi essa doença que não se sabe onde, essa doença que não exige um órgão em que se depositar a culpa, essa doença cujo órgão culpado não pode se arrancar com uma faca como se arranca a laranja podre de uma árvore. Uma loucura como a do zé, uma loucura como a do expaimeu *cuyas canoas de rajada calabaza guardan las muertas esperanzas de las larvas.*

Não, minhatia não estava wérewère, ela não seria levada para um hospício. Ela seria levada para um hospital na cidade com nome de senhora. E, feito cabaças que guardam as esperanças das larvas, parece que, para o deslocamento ao novo nosocômio, ela contou com a ajuda da patroa-filha-herdeira, que se dispôs a doar a *metade* do dinheiro de que sua doméstica precisava para estancar o vazamento da bile. É provável que tal ato tenha se feito acompanhar de uma frase comum aos que exploram o trabalho e a vida das outras *vou lhes ensinar a pescar e não lhes dar todo o peixe*. Espero que minhatia e os no seu entorno não tenham pronunciado a odiosa frase que coroa a ação desses educadores, *mas ela é tão boa*.

Ela é tão boa eu ouvia da Alesọ e da minhavó paterna e, às vezes, daquele que foi meu pai. Qualquer aparente fuga da rotina de exploração por parte de patrões e patroas, os parentemeus próximos consideravam a extrema bondade, elevando-os à santidade. Por certo, tal caridade não passava da devolução da milésima parte de alguma migalha de um todo do qual antes seus patrões haviam abocanhado.

❖

Amo aimé césaire, porém não me é possível, como foi a ele, me preservar de todo ódio. Impossível não fazer de mim essa mulher de ódio, para quem apenas devo ter ódio. Apesar desse sentimento condenado pelos bons cristãos e pela boa etiqueta, que sempre têm elogios para as mulheres negras de fala algodoada, também não é por nenhum amor tirânico que arranco do meu corpo estas memórias.

Tendo lido o manuscrito do que espero seja um livro, alguém me aconselhou ser menos direta, usar mais metáforas ao confessar o amoródio que serpenteia na sola de meu sapato de salto. Contudo – e infelizmente –, tenho que me valer de um excesso de concessivas. Contudo, dispenso dias sem danos nos meus espinhos de porco-espinho. Preciso expor o peso dos quatrocentos anos de insulto de paciência de esforços herculanos para apenas querer viver um pouco. Nisso também me aparento a césaire.

Contudo, no momento, decidi dispensar a leitora do convívio com esse sentimento. Ficará encoberto. Oferecerei a outra face, não a minha, mas a de um irmão de minhabuela que desgostava, palavra mais palatável, dessa gente "tão boa e tão caridosa" tanto quanto eu desgosto.

❖

Respiração pausada, quase de cinco em cinco minutos, olhos inchados pelo sangue dos bois, sangue que ele bebia feito cachaça em taças de latão, pupilas que pareciam querer avançar sobre as louças, o irmão da vovó havia abandonado tempranamente a cidade com nome de santa. De pequeno se internara lá pelas bandas do país do rio dos pássaros pintados, levado por um fazendeiro ricaço a quem prestava pequenos serviços de morte em troca de inhapa. Diziam que ele mesmo vendera sua morte em troca não sei bem de quê. Na vida guapa vivendo de inhapa quis voltar aos pagos para se vingar, na vida guapa vivendo de inhapa quis voltar aos pagos para remoçar, disse a boca que o chamava junguzu, embora seu nome de batismo fosse gontijo.

Avental de estopa faixa na cintura e já num gole de canha para espantar o calor, avental de estopa faixa na cintura e já num gole de pura para espantar o calor, ele parecia ter a cabeça grande desafixada do pescoço. Falava horrores com sua língua grande e, enquanto falava mal das gentes endinheiradas, um vapor quente saía com força do seu nariz. Eles cortam da gente, eu corto deles; eles tosam da gente, eu toso deles, ia por aí ruminando junguzu, com seu martelo de ferro, como também se chamava a tesoura do esquilador.

junguzu, o esquilador, comia o que o lixo lhe dava, mas estava sempre com fome. Minhavó receava as artimanhas de sua negrura, semelhantes ao velo tosando a martelo que quase o envelheceu. Enganava todo mundo de quem podia subtrair dinheiro grande. Quando criança, Anastácia o amarrava a uma figueira na frente da casa para que ele não ganhasse a rua. Mas aí mesmo, na lábia, enganava os passantes, ganhando favores.

Minhavó não o entendia, assim como vocês não devem o estar entendendo. Minhavó não o entendeu quando ele envidou os pagos numa só parada, 33 de espada, mas perdeu de mão. Não é que junguzu desejasse sair da plena penúria. Seu desejo era mesmo o de enterrar gente rica na mais nobre pobreza. Disso, não fazia nenhum segredo. junguzu se nomeava o coveiro da riqueza.

Retornado à cidade com nome de santa, em vez de se hospedar num colchão em um canto da casa da vovó, resolveu se agregar a um estancieiro a fim de lhe prestar serviços na criação de ovelhas-ideal. Além disso, junguzu cuidaria das outras propriedades do tal dom guarisco – a mulher e os filhos.

Quando era tempo de tosquia e o dia já amanhecia com outro sabor, com avental de estopa faixa na cintura e já num gole de canha para espantar o calor, junguzu reunia a peonada, alguns de pelo já curtido. Os esquiladores os tosadores, com seus braços rijos do compasso das tesouradas no velo do animal, iam se passando a canha e abrindo os ouvidos para ouvir o irmão da minhavó.

Cansado de tudo isso, depois de uns meses servindo o paraíso de larvas, como ele dizia, aproveitou uma madrugada de lua minguante para armar o mosquedo. Durante o sono coletivo, se levantou de mansinho com os pés enchinelados, fingiu que ia aos fundos da casa apenas esvaziar a bexiga, pois que não há serviço bem-feito com ela cheia. Desafogado, num tufo de mato seco colocou duas ou três brasas, depois pôs o tufo numa folha de palmeira. Aproximou-se de uma das janelas do quarto do senhor e sua senhora. Seu melhor braço abriu a janela e jogou para dentro do cômodo a folha de palmeira. As chamas se espalharam e atingiram toda a propriedade.

junguzu gritava que estava perdendo todo seu dinheiro no incêndio, assegurava que o havia depositado dentro de uma talha cuja guarda entregara ao dono da casa e das gentes. Para os muitos curiosos que chegavam atraídos pelo fogo, ele repetia e repetia a história, quase um pesadelo que arrepiava o couro curtido do esquilador. Apontava as tesouras de esquila como se fossem seu dedo indicador para o nariz do estancieiro e insinuava que ele pagaria bem caro pela perda do dinheiro. Tudo se queimou. Sobraram cinzas. Mas junguzu continuava reclamando seu dinheiro. Quem vendeu tesouras na ilusão povoeira, volte pra fronteira para se encontrar. Quem vendeu tesouras na ilusão povoeira, volte pra fronteira para se encontrar. E junguzu se encontrou.

Como alguém que não quer se encrencar com quem tem mortes entalhadas no rosto, guarisco entregou o valor reclamado com empréstimos de estancieiros da região. junguzu não ficou rico, mas guarisco ficou sem ter onde cavar sua tumba, perguntando para a própria vida pronde foi a lida que ele conheceu, perguntando para a própria vida pronde foi a lida que ele conheceu.[14]

---

[14] As referências desta parte da narrativa são da música tradicional do Rio Grande do Sul chamada "Esquilador", de Telmo de Lima Freitas.

❖

Se acham que sou rancorosa como junguzu, saibam que Ioiô deixava parte do seu mísero salário com essa gente dona de campos de gado de indústrias dona de gente hoje ontem. Não me perguntem por que motivo ela fazia isso e, pior, por que eles aceitavam ficar com parte do dinheiro dela todo final de mês. Talvez fossem dela mesma os quatro mil doados para a prorrogação de sua vida. Ainda que não fossem, outros muitos milhares nunca entregues a ela, com certeza, o eram.

Minhanalista com nome de ana me assinalou que tia Eluma talvez não pudesse manter o dinheiro em suas mãos próprias. O dinheiro as queimava. Para ela, sobreviver era servir. Sobreviver era pensar que teria uma poupança nas mãos de gente branca que saberia agir para evitar a queima do dinheiro, uma gente que saberia mantê-lo cativo. Tia Eluma, assim como o zé, tinha lá sua loucura. E eu tenho cá a minha.

O problema é que não apenas os brancos estavam ou estão nesse lugar de quem se apropria; se o fosse, talvez menos difícil resistir. Tudo se torna mais grave quando os próprios semelhantes na negridão exercem a tirania.

O expaimeu exercia essa tirania comigo. Ou eu me submetia à tirania dele. Ou seria uma loucura familiar? Eu não sabia como me desviar do soco. Mesmo tendo dinheiro suficiente para viver, ele fazia com que eu lhe mandasse, todos os meses, boa parte do meu salário. Isso durou quase trinta anos. Ele tinha, inclusive, um cartão de crédito como meu dependente. O expaimeu fazia a mesma coisa com Aleso, que tinha de entregar a ele parte do seu dinheiro de empregada doméstica e depois de comerciária; e com minhirmã, forçada a dividir com ele o seu salário de professora. Eu soube mais tarde que ele gastava o dinheiro explorando a prostituição de outras mulheres.

Sua violência conosco diminuía quando lhe dávamos o dinheiro a que ele achava que tinha direito por nos ter "criado". Passados dois ou três dias, sua costumeira tirania retornava com ainda mais força. O dinheiro acalmava o monstro como a injeção de certa fórmula química tranquiliza um louco. Contudo, em troca da paz, nós perdíamos a possibilidade de construir um espaço próprio de segurança que não fosse o labirinto construído pelo rei minos.

Quando criança ou até adolescente, o minotauro me mandava comprar garrafas de cachaça num armazém que ficava quase lá no limite da cidade vizinha com nome de general. Eu ia buscar parte do veneno que estava nos matando. Levava uma bolsa para escondê-lo dos vizinhos. Se havia dinheiro, era velho barreiro; se não, qualquer cachaça servia.

Curioso é que o nome do touro de minos até rima com o nome da fera que eu alimentava e da qual ainda não estou totalmente liberta. Às vezes, eu tinha vontade de furar seu fígado cheio de cachaça com uma faca de cozinha. A qualquer pessoa que ameaçasse nos trazer socorro ou conforto ele emprestava a alcunha de monstro, tia Eluma uma dessas socorristas. Depois, acho que ela cansou das tentativas de entrar no labirinto sem o fio de ariadne.

Iecur ficatum. O primeiro e único marido dela, o pai do tokô, também tinha algum problema no fígado, dizem que derivado da cachaça. Não o conheci. Não deu tempo. Ele foi assassinado por alguém num baile. Lhe furaram o fígado com uma adaga no dia em que o tokô nasceu. Não falarei mal do morto. Apenas tenho uma dúvida: ele estaria no baile comemorando o nascimento do filho? Mas havia rumores de que o filho não era dele, e sim de um sujeito chamado crânio, que minhatia, muito nova de idade, conhecera na saída da mid-century.

Na função de pai do tokô ficou o avômeu boaventura. Com o pano de prato sobre um dos ombros, secava a louça arrastando os pés no chão cimentado da cozinha. Baixo gordinho amarelo. Não deixava tia Eluma corrigir ou ralhar com o filho postiço, que não escutou mais ninguém depois que ele se foi.

Vocês dirão que sou maria vai com as outras, que sofro com todo mundo. É verdade, sofro. Minhanalista diz que quero ocupar todos os lugares, da tia, do primo, da sobrinha, do que sofre, do que é sofrido, que quero ser a mais infeliz, a mais sofredora e também a mais pobre ou a mais rica.

Não importa, eu sofria muito com o tokô. Tia Eluma o chamava de quinho ou kinhô. kinhô não tinha riqueza não tinha fazenda não tinha arroio não tinha profissão não tinha pai não tinha filho nem ciência nem religião não tinha roupas para lavar nem casa para limpar vagabundeava sem paradeiro pela cidade com nome de ana sempre com as melhores roupas os melhores sapatos o melhor perfume gostava de se gabar de ser admitido nos clubes dos brancuricos da cidade com nome de santa desenhava muito bem muito inteligente esperto quase malandro. Todo esse melhor comprado com o dinheiro da serventia de sua mãe como doméstica na casa dos brancos. Desde que me sei de mim, lembro-me dele já jovem adulto, considerado o tempo do relógio de ouro que ele utilizava no pulso.

No natal, tokô perambulava sozinho por várias casas, inclusive pela minha, digo, do expaimeu, na época, o pai. O expaimeu não gostava dele, o que nenhuma novidade, pois desgostava de todo o mundo conhecido. *Já vem esse vagabundo!* Alesọ ficava sem saber onde meter as mãos. Então oferecia doce ou salgado para a visita. Ela, nunca ruim ou agressiva com ninguém, ainda menos com o filho de sua irmã, ficava entre a cruz e a caldeirinha. Terminada a refeição, tokô saía não sei para onde em busca de não sei o quê e nós ficávamos sob a guerra armada pelo pai assassino da gente de seu povo sem jamais sofrer da culpa que fez de Ogum um orixá.

Essa pessoa talhada ao meio com o machado que minhavó escondia num canto da cozinha, tokô, o garoto cortado que tinha de ceder sua mãe para uma família branca rica repleta de filhas loiras lindas em troca de uma prosperidade postiça que ele aparentava gosto em ostentar. Se entende por que aspirava brancura.

Lembro-me do nome dessas que foram as meninas da família que minhatia servia. Hoje são socialites na crise da meia-idade; enquanto minhatia, uma morta velha com as contas impagas. Uma, luísa, chamada de zuzu; outra, mais velha, adelaide, laide, com certeza; a do meio, lala, acho que úrsula; e a temporã, que não conheci, cila, priscila. Elas formavam o centro da vida da tia Eluma lá no casarão mid-century. Minhatia serviu a mãe da mãe delas, depois serviu a mãe e o pai delas. No final da vida, continuou servindo uma delas, a que ficou na cidade com nome de santa. Louça da família, tia Eluma passou de uma geração a outra.

Eu me sentia meio tokô, também cortada, a pretinha destinatária dos brinquedos gastos, aquela que não podia ter apelidos charmosos – zuzu laide lala cila – nomes que se encontrariam num elenco de novela da tevê globo. Eu era menos um nome que morria de inveja por não ser bonita nem rica, enfim, por não ser branca, por não poder chamar minhatia de Ioiô, como elas faziam. Ioiô, um nome reservado à família branca.

Tia Eluma usava esses disfarces de Ioiô ou de Mãe Eluma conforme a força das circunstâncias do território onde deveria servir. Seu nome cambiava como o camaleão, mas a servidão era constante. Para ela, o mundo se mantinha pantanoso e cheio de água, um lugar inóspito em que apenas se servia os outros. Para ela, não existia terreno onde pisar; Orixanlá acabara de depositar a terra da concha; a pomba e a galinha de cinco dedos haviam ciscado para espalhá-la. Porém, minhatia, o camaleão enviado por Olorum para verificar se a terra estava firme e seca, não retornava ao Orum com uma resposta positiva, cada vez mais adotava a forma do mundo pantanoso onde estava perdida.

Não sei por que acho que essa gente branca deveria pagar a morte de minhatia, essa gente que ela pariu ou viu nascer e ajudou a criar. Essa gente de quem recebeu o nome-camaleão de Ioiô. Agora já não pode mais servir essa gente, lavar suas roupas sujas e limpar seus banheiros de mármore carrara. A morte lavou seu negrume. Terão que arrumar outra que se dobre a seus gostos de apelidos dissílabos.

❖

No natal e no ano-novo, meia-noite terminava seu expediente. Ia para casa, na subida do grêmio, a pé e rápida. Talvez ainda desse tempo para ver o *reveion* da globo na tv a válvula. Na bolsa, trazia os restos de ceia da brancura caridosa.

Desculpem. Não sei escrever aqueles textos em que tudo parece ordinário, em que tudo parece nascido das escolhas que a pessoa fez na vida. Não sei escrever textos em que a raiva não desponte. Não consigo fazer de conta que esse defeito em mim não existe. Agora, se a raiva era dela ou deles, não sei. Também não sei se a tenho que dividir em dois lados, como os cômodos da casa da vovó, ou mantê-la íntegra como raiva, apenas raiva, uma palavra sólida e rastejante, um bicho-carpinteiro sobre as cascas do corpo.

Quem me pede ajuda na abertura do capítulo é primomeu. Ele realizará o derradeiro ato de mandar cortar a luz da casa de sua Mãe Eluma. Mandar cortar a luz corresponde a mandar apagar o fogo que minhavó tinha a missão de manter aceso. Engraçado. O avômeu fora empregado da companhia estadual de energia elétrica na cidade com nome de liberdade. Trabalhava como eletricista. Depois que morreu, minhavó e suas filhas mantiveram acesas as luzes da casa. Depois que minhavó morreu, minhatia manteve acesas as luzes da casa. Com sua partida, não sobrou quem se animasse a isso. Talvez, como em Ruanda, acender e manter o fogo seja um serviço exclusivo das mulheres.

Em determinado momento, enchi o saco de livros escritos por gente branca, que fazia de sua vidinha enfadonha a melhor e única matéria para um poema ou romance. Cansei desse narcisismo em que um texto apenas ecoa outro. Peguei verdadeiro horror. Comecei a ler escritoras negras. Conheci Scholastique Mukasonga, cuja fotografia comigo é capa do meu celular. Mukasonga, filha de Stefania, protegida por Stefania, conta que sua mãe era a guardiã do fogo que, no centro do *inzu*, nunca deveria se apagar. Se acaso apagasse, Stefania teria de buscá-lo nas vizinhas. Num tufo de mato seco, ela colocaria a brasa e, então, guardaria tudo numa folha de bananeira até chegar ao *inzu*. A mulher que andasse muito nas vizinhas buscando fogo seria vista como péssima dona de casa. Stefania se negava a usar fósforos, levados para Ruanda pelos padres brancos junto com males piores.

Em sua casa, minhavó também era guardiã do fogo. Ela se negava a usar o fogão a gás comprado a muitas prestações por tia Eluma. Preferia o fogo verdadeiro das brasas de lenha se espalhando pela chapa do fogão e aquecendo toda a cozinha como se sempre primavera.

Não havendo mulher que mantenha viva a ilusão do fogo, esse primomeu, um bom pastor da igreja dos comensais da mesa de deus, mandará cortá-lo como se corta a raiz de um pecado. Num texto de cujo título não me recordo (e agora estou com preguiça de procurá-lo), freud conta que o homem primeiro tinha a mania de apagar o fogo com o jato de sua urina. Primomeu fará isso.

Quando criança, eu, pouco mais velha, o ensinava a fórmula de báskara o teorema de pitágoras e bobagens semelhantes. Ele sonhava com muitas coisas que agora condena. Sonhos que se quebraram como um prato partido ao meio. Pastor richard, assim hoje é conhecido, mas ricardo o nome constante de sua certidão de nascimento. Ele ainda chama minhatia de Mãe Eluma; às vezes, a chamava de Didum. Didum ajudou em sua criação, embora não fosse sua mãe biológica. Era mãe do pablo, um menino meio loirinho. Isso deu muita dor de cabeça e muita briga com o tokô, o filho mais velho, bem mais preto e bem mais sofrido.

Não sei em que época e nem por que um homem quase loiro magro nem alto nem baixo cabelo ralo vesgo foi morar na casa da minhavó. Tia Eluma teve um filho com ele, o pablo. O tal homem sumiu em direção à nova capitania. É difícil dizer de modo seco e rápido, mas foi assim. Quando vimos, ela já estava com a criança na barriga. Houve amor romance apenas sexo? Quem sabe?

A pele escura bem escura do rosto dos braços das pernas do tokô estava recoberta por quadradinhos irregulares brancos, como se ali riscados com a ponta afinada de um giz. Lembrava mais a pele de um peixe com a doença dos pontos brancos de algodão. Soube que ele teve uma única namorada, branca como os pontos de algodão de sua pele.

O garoto cortado morreu com mais os menos cinquenta anos, ainda na casa de sua mãe ainda sustentado por ela ainda batendo nela no cubículo desjanelado em que ambos dormiam ainda sendo por ela chamado de kinhô. Parece que um botijão de gás de cozinha caiu sobre ele, esmagando seus órgãos internos, especialmente o fígado. Foi hospitalizado, mas, como disseram, antes de o botijão machucá-lo, seu corpo já havia sido consumido pela cocaína, sua mãe branca. A mãe negra servia, mas não o suficiente para a demanda de suas narinas.

Aleso sofreu muito com a morte dele. Foi um dia de muito frio. A geada cobria os pastos da cidade com nome de santa. Nunca me perguntei se ele foi feliz, não estive na sua despedida, mas não me importo com isso. Me importo, sim, se a mãe dele, tia Eluma, foi feliz, ao menos em algum momento e lugar que não fosse na mid-century ou no céu de irene.

III

Boa noite! Como esta a Tia. e madrinha e o padrinho. Ja esta chovendo. Abraço. Choveu uma hora estão bem dentro da situação de cada um o pai passou a manhã deitado, medicamos ele depois passou bem e a mãe Eluma passou bem as dores são constantes para aliviar a baixo de medicamentos.

Tia Eluma adorava o chá-chá-chá opressivo da chuva batendo no teto de seu quarto desventanado como alguém que insiste em pedir saída de um lugar onde está aprisionada. Pouco antes de desabar o céu, suas mãos de miudeza espalhavam vasos de porcelana pelo pátio da casa da abuela para ajuntar a água que, depois de misturada ao anil, seria utilizada na limpeza dos cômodos. Os vasos eram distribuídos de dois em dois. Nove pares. Segundo a cambona, todas as coisas haviam sido criadas em duplas, o que se vê o invisível, o masculino o feminino, o pacífico o violento, a mão direita a esquerda.

Sempre achei que tia Eluma fosse fazedora de chuva. O toró desabava logo depois da dança dos vasos. Mas, não, minhatia não era fazedora de chuva. No máximo fazia as vezes de guardiã da água, de guardiã da morte das gentes empretecidas e de seus esqueletos enlouçados. Assim como de guardiã da vida das louças embranquecidas que guarneciam a casa de seus amos.

Guardiã de tudo isso em seu mundo de serviço, sem intervalos, tia Eluma também foi guardiã de registros de nascimentos casamentos óbitos. Não sei se havia registros de propriedade para serem guardados, acho que sim, ao menos um. Vou procurar e em outro capítulo falo sobre esses porcos porcelanados que me caem dos bolsos. Falando em porcos, minhatia não conseguia entender por que as coisas domésticas eram quase sempre arredondadas, panelas frigideiras bacias colheres colherinhas baldes xícaras pratos, sempre arredondadas. É possível que tais formas se relacionassem com a maior ou menor facilidade para serem levadas à boca, também arredondada, mas ela não tinha certeza.

Os documentos resguardados pela guardiã Eluma pousavam numa bacia arredondada de louça com bordas irregulares verde-água. Quando foi que nós passamos a ter documentos que não dissessem respeito à nossa propriedade por outros? Teria sido quando das cartas de alforria que carregávamos como se fossem parte estranha de nossos corpos?

No fundo externo da bacia, havia uma coroa sustentada por fita grossa com inscrição ilegível, seguida da palavra *france*. Me lembrava brasão ou emblema de nobreza. Na bacia de nobres, então, minhavó iniciou a tradição de dar o primeiro banho nas netas e netos recém-nascidas, tradição quebrada com sua morte. A primeira neta cuja cabeça foi aí mergulhada ainda se chama Carmen. Os documentos que comprovavam sua vida um dia permitiram a consumação de outra morte.

Não sei qual a origem da bacia de porcelana da minhabuela. Tal objeto sempre me pareceu coisa refinada, dessas que hoje apenas se veem em antiquários ou novelas de época acompanhadas de um jarro também de porcelana e delicadamente entornado por certa mão branca. Talvez nem devesse ser chamada de coisa. A bacia de porcelana da abuela estava intacta, mas já fora recebida por ela desparceirada do jarro. Uma bacia completa pela metade. Tia Eluma não gostava nada disso.

Depositada na parte superior do guarda-roupa no quarto da abuela ao lado da cômoda dos bons aromas de alfazema, a bacia guardava segredos ou balangandã da minhabisa. Suponho que seu desenho de bordas irregulares devesse remeter a uma ostra. Quando aí mergulhadas, as netas viravam corpos estranhos, gênese das pérolas negras da família. Não quero dizer com isso que se lhes atribuísse grande valor.

❖

Anastácia (brochado). Assim chamavam minhabisa. Escravizada pela família cujo sobrenome vai entre parênteses, era *cria da casa*. Tia Eluma contava que *Nègres* como nós – e então me dava conta mais uma vez de minha negridão e de nossa negrice – tiveram o sobrenome saqueado; suas mães e pais (se conhecidos) não podiam dar o que lhes fora pilhado. Por isso, os pilhadores o faziam, de modo que suas marcas em nossos corpos o estigma do dono posto a ferro no gado.

Não quero sujar minhas mãos com linhagens outras. O tempo o espaço por elas tomados nos corpos de minhavó minhabisa minhatia foram demasiados. Suas mãos, as mãos delas, perdidas para si e plenamente de outras. Essa gente leva a honra pelo trabalho delas daquelas a quem vazaram o vinho da cabaça. E assim se dão grandes importâncias e são orgulhosas de seus antepassados, esses que de traficantes se fizeram governantes. E assim são orgulhosas da procedência das joias de suas coroas.

(brochado) foi um escapulário que pendeu do pescoço de minhabisa a vida inteira. Para não gastar o tempo que não tenho, farei de conta que a história dessa família, e suas joias, é um trabalho de escola que tenho obrigação de cumprir para passar para o outro lado do buraco.

Escravizadores da minhabisa, mas não apenas dela, num mundo emaranhado de arame farpado, os (brochado) descendem de um tal cavaleiro brochard de borgonha, degringolês que se bandeou para o então condado portucalense com o fim de lutar contra os chamados mouros. Do condado, um de seus herdeiros emigrou para a cidade do crucificado e amealhou enorme fortuna no comércio de tecidos. Retornado a portus cale, fundou o banco lisboa, nos açores, ficando ainda mais rico. Faleceu solteiro. Deixou metade de seus bens para a irmã e a outra metade para quem se habilitasse parente. Os (brochado) escravizadores da minhabisa vêm da sementeira de um fazendeiro que assim se habilitou num mundo emaranhado de arame farpado, num mundo compartimentado.

Os herdeiros do fazendeiro habilitado na herança do banqueiro trabalhavam na exploração de hulha na área da atual cidade dos butiás. Não que houvesse floresta de butiás que desse ao local seu nome. A floresta era de carvão. Havia apenas um pé de butiá, considerado árvore sagrada pelos tupis-guaranis, que, apesar disso, não habitavam aqueles pagos. Teriam sido exterminados junto com os demais butiás? Esse pé descalço em solidão ficava próximo à fazenda da tal dona luisinha setembrina de souza. Lá pelos 1800, o pé, em sua nudeza, servia de ponto de referência a quem passasse pelas estradas próximas.

A Justina fora escravizada dessa gente de quem sua filha Anastácia arrastava o nome pelos corredores, os herdeiros do tal cavaleiro brochard de borgonha. Há gerações de escravizados e, na mesma proporção, gerações de escravizadores. Pero no. Parece que os escravizados nasceram de geração espontânea, feito as larvas dos frutos secos do pé de butiá. Seus descendentes continuaram "escravos" pelo resto da vida e da morte, deixando, eles mesmos, esse estigma como herança. Não sei como a gente branca se orgulha tanto de seus antepassados sequestradores de gente que se fizeram condes duques viscondes. Nem como não se enrubesce da origem de suas tiaras de diamantes coroas.

Por motivo que desconheço, em certa data, Justina se transladou com "seus amos" do povoado com nome de árvore e cheiro de carvão para a cidade com nome de santa. As ruas de terra batida iluminadas por lampiões a querosene nem de calçadas eram servidas. Ali, onde fica a praça principal, se fazia chão para enterro de mortos brancos. Apenas bem mais tarde se transferiu o cemitério para longe do centro da cidade, com lugares separados para o enterro conforme a pele do defunto.

Os cubeiros corriam o centro da cidade com nome de santa em suas carroças exalantes de cheiro de merda. Eram contratados pela municipalidade para recolhimento transporte despejo, num arroio qualquer, dos dejetos das gentes ricas, descarregados do cu diretamente numa caixa chamada cubo. Isso antes da chegada dos banheiros com vc. Depois, lavavam os cubos com desinfetante e devolviam a seus donos, que os recebiam antes da entrada da porta, com cara de nojo, não dos cubos, mas dos cubeiros.

Para as gentes *Nègres* não havia cubeiros. Os cubos eram um buraco feito diretamente no chão do pátio, num lugar mais ou menos afastado da casa de moradia. A terra se encarregava de absorver e de transformar merda em outra coisa. Muitas vezes tive medo de cair no buraco de merda. Não sei de nenhum parente cubeiro, embora todos os cubeiros da cidade com nome de santa fossem parentemeus. Houve um interessado por minhamãe, mas o namoro não vingou.

Justina não durou muito na terra com nome de liberdade. Mil réis a quem (com vida) aos seus donos (família brochado) braço da fazenda. A senhora sem fome e fortes dores no peito. Ossuda alta a cabeça guirlanda. A boca um pote de terra. Ainda com anjos maometanos e outras bobagens. Atrevida. Desconhece dinheiro. Pelo nome *justina* que talvez ainda atenda.

Quisera que Justina fosse a mulher do poema, que tivesse perdido seu nome por outro inventado por ela mesma num ato de fuga que lhe trouxesse liberdade e dores de cabeça e prejuízo financeiro ao seu senhor e sua senhora. Quisera que alguma liberdade a tivesse alcançado antes da morte. Algo me diz que apenas assim eu confiaria na possibilidade de me ver livre dos corpos que me achatam.

Depois da morte de Justina, como herdeira natural e inconteste, Anastácia continuou no vício de servir a família (brochado). Ela estava especialmente encarregada de uma pequena ama, cujo nome esqueci e, se lembrasse, não revelaria, pelo simples prazer de lhe negar a humanidade da nomeação. Não sei com que subornos ou ameaças a tal amita impôs à minhabisa que cumprisse a ordem de acompanhá-la à atividade proibida na casa de certo moço.

A (brochado) mãe e ama maior descobriu o pecado da filha e quis castigar Anastácia pela negligência nos cuidados com a amita. Numa das paredes do cômodo onde a escravizada planchava as roupas da família, havia um ferrete de cabo de madeira utilizado pelo capataz para marcar o gado na estância. Quando a ama mor o ergueu para acertá-la pelas costas, Anastácia se virou com a plancha levantada e, antes de estigmatizada pelo ferrete, acertou bem acertada a testa da senhora com a plancha quente pelo carvão em brasa. A senhora perdeu uma bela oportunidade de bater as botas.

Anastácia fugou da casa-grande. Não calçava chinelos. Não houve armadilha ou cobra de que não desviasse. Permaneceu semanas acoutada no mato sem comida além das drupas apodrecidas do pé de butiá solitário. E sem água. Mas aqueles (brochado) jamais a encontraram. A fugitiva soube fazer bem as coisas.

Pero nem tudo correu tão bem feito. Josefa pensou que o mundo dos vivos fosse um bolo e resolveu experimentar. Com o dedo indicador. Durante a fuga, sua mãe se viu forçada a pari-la, no mato. Depois de dias tendo os pastos como berço, Josefa morreu.

Depois do feito, a bisa impedia que vingasse a semente que caísse no terreno do seu corpo. Desqueria descendência escravizada cujo brasão (brochado) queimasse como brasa. Contudo, a força do pensamento seria insuficiente para expulsar a futura criança de um nascimento escravizado. Recorria a ervas cujo cheiro ou cor ou forma ou alguma intuição ou histórias passadas de ancestra a outra dessem conta de seu desejo de liberdade. Fez poções fortes de chás de arruda sene boldo-do-chile carqueja buchinha-do-norte artemísia-hibiscus (*hibiscus sabdariffa*). Alguma poção fez efeito. Depois de dias e dias de intensas dores, o sangue escorria pelo meio de suas pernas como uma fonte de água. Nunca precisou retirar a futura criança do ventre com a força das mãos, como se retirasse de um buraco bicho acantonado. Isso era coisa de minhaprima Xuela. Mas noutro aspecto, minhabisa e Xuela se pareciam bastante. Ambas mandavam em suas próprias barrigas. Esse poder distribuíram a outras mulheres. Escondidas dos brancos, a bisa carregava ervas no bolso de suas saias.

Josefa havia nascido para a morte. Desgostou do blá-blá-blá estrangeiro que ouviu durante sua estada. Um amontoado de palavras desprovidas de sentido salvo o ruído de varas e chicotadas.

Assim pensava tia Eluma, olhando bem para minha cara arredondada de olhos rasgados. Dizia que Josefa queria refúgio no meio de outra gente. Eu achava a coisa bem confusa, pois já tinha me defrontado com a morte do avômeu, com a morte de uma prima, a Carmenza, e, nas aulas de ciências, os professores diziam que o ciclo da vida se encerrava com a morte para todos os seres vivos. Muito difícil entender isso que minhatia dizia. Que Josefa nascera para a morte.

Tia Eluma pensava que os abortos de Anastácia nada tinham a ver com arrudas carquejas hibiscos ou demais invencionices de gosto amarguento. Havia uma mesma criança que morria e voltava morria e voltava morria e voltava ao ventre de Anastácia, causando-lhe sofrimento. Quando cansadas do jogo de ioiô, às vezes, crianças dessa desnatureza decidiam descansar por aqui. Outras vezes, seu pouso dependia de que se encontrasse alguém com poderes suficientes para dar basta nas idas e vindas. Alguém com força para cortar com tesoura a corda que as mantinha ligadas a outra sociedade.

Conheci uma benzedeira que tinha essa força. A vovó me mandava lá por qualquer mal-estar ou dor de que eu reclamasse. Dona Nida. Atendia na sala de sua casa de chão de tábuas que choramingavam ao serem pisadas. Mulher ossuda de pele escuridão salpicada de padilhas. Dona Nida exalava cheiro de arruda. Tínhamos que atravessar os trilhos por onde corria o trem para chegarmos à casa dela.

Ela aparecia na porta. *Passem!* Suas mãos nos meus ombros tinham o peso das pedras que cuidavam da entrada da casa da minhavó, me aterravam. Murmurando rezas rápidas como se falasse com alguém invisível, salpicava de cima a baixo do meu corpo uma infusão com cheiro de arruda. Eu saía de lá recendendo à benzedura e com um raminho da erva atrás da orelha, que me custava abandonar, pois me conferia a proteção que eu normalmente não tinha. Por alguns momentos, meu corpo deixava de ser um perigo.

Segundo tia Eluma, Dona Nida já descobrira o pacto de uma criança-ioiô com outra sociedade. Enterrado próximo à raiz de uma laranjeira, na casa da mãe terrena da criança, havia um diamante enrolado em um tecido encardido. Em troca de papos de anjo quindins doces de abóbora e de batata-doce, a criança-ioiô contou isso à benzedeira. Foi sob suborno, pois nenhuma criança-ioiô entrega seus segredos de livre vontade; a maioria não os entrega nunca.

No início, a ioiô se negava a contar onde estava escondida a pedra, insígnia de um pacto por meio do qual se assegurava sua morte prematura e retorno para o tormento da mãe. A benzedeira pediu que ninguém se metesse. A ioiô era assunto dela. Depois de oito voltas no pátio sob a desculpa de busca, com todo o pessoal da rua em procissão atrás dela, a ioiô apontou o chão com o dedo indicador.

A benzedeira cavou a terra com suas enormes mãos de cura. À medida que cavava, os olhos da ioiô iam se abrindo até ficarem quase do tamanho de um punhado de amoras. A criança negou que a pedra fosse dela. Contudo, pressionada pelas mãos da benzedeira, confessou a trama e se viu livre da obrigação da morte prematura. O achado da benzedeira prorrogou a vida da criança-ioiô.

Se a ioiô viveu muito, se Josefa não viveu quase nada, a vontade de vida da bisa fora apenas um intervalo entre duas grandes casas num mundo sem intervalos. Imediatamente à natimorte de Josefa, ela, minhabisa, foi recapturada por gente do outro ramo da família (brochado). Gente que morava na zona urbana da cidade, para onde ela foi arrastada pelas tranças. Minhabisa, Anastácia, perdeu novamente a provisória liberdade. De volta à casa, mesmo assim sem casa. Antes, ainda conseguiu atirar um punhado de merda na cara dos covardes. Tudo se passou mais rápido e conciso que este parágrafo.

Na maior parte do tempo, talvez ela nem quisesse viver, talvez não se sentisse pertencente a esta terra. Eu mesma não me sinto pertencente a nada no meu entorno ou fora dele. Tudo nesta terra me é enormemente pesado, as mãos da Dona Nida sobre os meus ombros, me achatando, me aterrando. Tudo me é tormentoso. As manhãs são louças de dureza que se espatifa e me corta. Não posso me comparar à bisa, que foi escravizada, mas carrego um pouco de seu sentido de desmundo, onde tudo se quebra e nada se abre.

O fundador do banco lisboa, igualmente fundador da família que a bisa sujou de merda o sobrenome, não se casou, porque não quis ou porque não o quiseram, pouco importa. O importante é que poderia abrir o dicionário da sua gente e se defrontar com *casamento*, lhe sendo possível fazer com essa palavra o que desejasse, até mesmo mordê-la ou ignorá-la. Conosco era diferente. No tempo de minhabisa fugitiva – sim, uma de nossas matriarcas –, pessoas empretecidas não podiam ler nem mesmo abrir livros. Incluídos os dicionários. Ainda que pudessem, havia palavras reservadas a nós e outras reservadas a eles. *Casamento* era propriedade deles. Restava ao nosso léxico *ajuntar* ou *amasiar*.

Recapturada, bisa Anastácia tocou sua sobrevida. Escravizada de ganho, juntou dinheiro e comprou sua alforria. Se ajuntou com o faustino (brochado), teve Mãe Joaninha; se amasiou com o gonçalves, teve mais Anagilda e Adelina. Quero crer que Anastácia (brochado) não era irmã do faustino (brochado), talvez fossem apenas propriedade do mesmo amo.

❖

Tia Eluma, filha de Anagilda neta de Anastácia bisneta de Justina. Os nomes que fundaram a família foram perdidos. Por isso, bem antes de rezar ao deus da cruz, tia Eluma atendia aos tambores de sua dinastia. Tinha livre acesso ao terreiro da Dona Blanca. Atuava no trabalho de cambona, as que não incorporam orixás mas os auxiliam e servem. Sem elas não há bom andamento do terreiro, ela me dizia. A cambonagem exigia que a filha fosse ativa e calma ao mesmo tempo, exigia que a filha soubesse interpretar os orixás e acertar nas decisões daí advindas, sem quebrar qualquer preceito da casa. A cambona cuidava das roupas e paramentos da entidade e estava sempre atenta ao que acontecia à sua volta. Cambonar era servir, era servir.

Antes e depois de cumprir suas obrigações no terreiro, tia Eluma servia. Servia os patrões e o filho mais velho, deuses ciumentos exigentes egoístas, a quem deveria sempre ouvir interpretar atender. Deles, se mantinha permanente devedora de oferendas, sem a contrapartida da proteção que uma filha espera de suas divindades.

Certa feita, resolveu se apropriar de parte do dinheiro que os frequentadores do terreiro lhe entregavam para comprar os ingredientes dos ebós. Se o custo fosse R$ 100,00, ela pedia R$ 150,00; se fosse R$ 150,00, ela pedia R$ 200,00, e assim por diante. Tia Eluma contava isso rindo. Depois que se tornou evangélica, achava engraçado o dom que tinha de enganar a Dona Blanca e o povo de axé. Talvez quisesse se sentir como seus patrões ao se apropriar do dinheiro que não era seu.

Na mesma época em que tia Eluma fazia tais negócios, se foi o avômeu. Velado na sala da casa principal, como o clê, seu caixão bem no meio do cômodo cercado por coroas de flores falsas. Padecia de alguma doença, acho que insuficiência renal. Estava proibido de comer sal, com o que tinham grandes preocupações as mulheres que o cuidavam. Após sua morte, tia Eluma foi revisar as roupas que ele comumente usava, para quem sabe encontrar aí algum dinheiro esquecido pelo morto; achou uma grande quantidade de sal escondida nos bolsos. O sal era a cocaína do avômeu. Ele também aspirava a brancura.

IV

Estou com ela no hospital eu cheguei as 8:00 e até agora ela tem dormido, as enfermeira falou que como ela estava muito agitada a noite deram remédio e fez efeito no dia a glicose estava alta deram insulina.

Tão doce quanto o chajá que tia Eluma preparava. Mãe Joaninha. Não a conheci, mas seu nome na boca das mulheres enegrecidas um puro amor que jamais eu provaria. Minhanalista me assinala que a queixa de falta de amor nada mais que puríssima fantasia, pois se eu não tivesse quem me alimentasse, me fizesse dormir, me ensinasse a caminhar, me vestisse, se não tivesse quem matasse minha sede, não teria sobrevivido. Alguém me amou, diz ela, que também é ana. Talvez minha queixa seja pela falta de um amor tal qual eu demande hoje, um amor total, que, em vez de salvar, mate.

Não importa. Mãe Joaninha encarnava o amor total. Esse que minhatia Eluma teve. Minhamãe teve. E que eu não tenho. Um amor que esteve mais implicado com a vida e menos com a sobrevivência. Ouvi uma frase assim num documentário, acho que sobre a vida e a obra da Toni Morrison. Alguém dizia que nós fomos obrigadas a inventar estratégias de sobrevivência durante os séculos de escravidão e que agora teríamos que aprender a viver, teríamos que inventar estratégias de vida e não apenas modos de evitação da morte.

Torço na cabeça de pano branco engomado com as pontas de renda de onde caem folhas de arruda como se fossem diamantes da cor verde-maçã ligeiramente aturquesada, nas orelhas brincos de argolas de ouro não folheado nem falsificado, no pescoço fio de miçangas corais prata correntes de elos largos todos pendendo para as costas. Nenhum escapulário. Anéis em todos os dedos. Sapato de couro de salto. Mãe Joaninha, minhatiavó, vestida assim espalhava o tal amor de vida, um amor que costurava as relações entre ela e as demais mulheres da família. Talvez a forma de unir uma à outra adviesse do seu ofício de linha e agulha. Exímia costureira, ela atuava especialmente sob demanda. Disputadíssima, fazia vestidos de festa vestidos de noivas enxovais e ganhava muito dinheiro.

Eu quero um vestido à francesa, três peças – uma sobressaia, a saia interior e um peito que remeta a um triângulo. Sobre eles, quero um espartilho e um guarda-infantes (para esconder meus filhos durante a festa de gala). Início do século XX, e uma cliente de minhatiavó, famosa mulher de sociedade, luisinha setembrina de souza hernandez, queria que ela desenhasse e costurasse um traje do século XVIII, de antes da revolução francesa, aquela mesma que anunciou liberdade e igualdade, mas apenas para os homens brancos.

Tia Eluma conta que Mãe Joaninha, de pernas cruzadas bem sentada num sofá vermelho da sala do casarão de setembrina – que intimidade estranha ela tinha com essa gente – ouvia com sua proverbial atenção e depreendia o sentido do desejo do ritmo das frases da senhora. Já em sua casa, ordenava esse desejo desenhando e costurando o tecido à sua própria moda. O tal vestido à francesa do século XVIII resultou num longo de brocado de lyon cor laranja com motivo de flores ribetes manga pagoda com duplo volante peito de renda saia de tecido a juego engageantes de linho calado e barbas de renda de malinas. Parece que setembrina até pagou um pouco mais pela peça.

Se a clientela da dior incluía a princesa margarida da inglaterra e evita perón, então primeira dama da argentina, entre as clientes de minhatiavó se encontravam as ricaças da cidade com nome de santa, as mulheres herdeiras das charqueadas, as mulheres dos donos dos frigoríficos, as esposas dos donos dos lanifícios, as donas das estâncias e das vacas, que valorizavam o refinamento em suas salas e a brutalidade mal disfarçada em suas cozinhas.

Também eram clientes da minhatiavó Alesọ e tia Eluma, que igualmente valorizavam o refinamento, acima de tudo. Mãe Joaninha desenhava e costurava todas as roupas delas quando meninas e adolescentes. Assim, as mimava com vestidos que nem as princesas do continente da mulher que amou (ou foi estuprada por) um boi da cara branca tinham e papos de anjo quindins fios de ovos olho de sogra e joias. Mãe Joaninha lhes era *a mãe dos jardins*. Às vezes minhancestras achavam a roupa muito apertada ou muito grande ou muito lantejoulada ou muito opaca; uma queria a roupa com miçangas, outra com búzios da cor da água. Contudo, Mãe Joaninha jamais se atordoava.

Um vestido bordado, rosa-antigo, que se alargava ou se estreitava segundo a linha do corpo, o que realçava a cintura fina e a saia acampanada, alcançando o tipo de perfeição que apenas se poderia encontrar na alta costura, foi o presente de quinze anos de Mãe Joaninha para tia Eluma. Alesọ ganhou um relógio pesado de ouro.

Por gosto ou profissão, pois não queria dar ensejo ao brocardo *casa de ferreira espeto de pau*, Mãe Joaninha sempre andava muito bem-arrumada muito bem-perfumada muito bem-penteada muito bem-calçada. Desconfio, porém, que fosse um pouco como eu e junguzu. Andar pelas ruas da cidade com nome de ana, tão inesperada, era uma vingança contra a época em que as mulheres negras não podiam usar vestidos de tecidos nobres de seda ou cambraia ou holanda, com rendas ou sem elas, uma vingança contra a época em que não podiam usar guarnições de ouro ou de prata ou qualquer objeto de luxo, uma vingança contra a época em que não podíamos usar sapatos.

Mãe Joaninha era bonita. Mãe Joaninha era perfumada. Mãe Joaninha era luxuosa e luxenta. Escuto agora a ressonância de seus sapatos de salto arrastando-se como se pés de prata no piso frio de meu apartamento. Mãe, devo te oferecer os pedaços de pano de minhas roupas? É o que tenho. Mãe, são os panos a tua espada. Mãe, o que quer de mim, o que posso fazer? Mãe, como se fossem dos teus seios, verte teu amor sobre mim.

Mãe Joaninha não teve de seu sangue filhos ou filhas. Não sei nem se os gerou e depois se viu livre deles para não cumprir o destino de ser mãe de trabalhadores sem emprego, de ser mãe de homens bêbados do nascer do dia ao cair da noite. Não sei nem se amou algum homem ou mulher que não fossem as mulheres da família. Também não sei se amou os homens da família. Com certeza sabia que eva descansa apenas quando adão não está de ronda, embora soubesse que nada tinha a ver com essa mulher da bíblia.

Mas um dia, cedo demais, porque antes de meu nascimento, porque sei que ela teria me amado, porque sei que eu a teria amado. Mas um dia, cedo demais, antes de meu nascimento, sua beleza se foi carregada por um sopro forte de Oyá, que a amava. Não falo do sopro cobrindo seu corpo como roupa; falo do fim de suas mãos de costureira, que foram sua espada, do fim do seu cheiro de jasmim. Houve uma dor, não sei que dor, não sei de onde, mas houve uma dor que fez seu corpo já tão miúdo murchar em cima de uma cama. O seu corpo miúdo foi sua prisão, como o meu é para mim.

Oh, mãe, que tu não sejas recebida com grosseria.

Oh, mãe, que tu não sejas recebida com rudeza.

Os médicos registrariam no atestado de óbito que ela padecera de alguma forma avançada de reumatismo. Com certeza a doença decorrera do desgaste natural dos sistemas ósseo e muscular, diriam. Eu não nego a ciência, não albergo a planitude da terra ou teses semelhantes. Mas desconfio que a pretensa cientificidade alcança a nós mulheres negras de forma bem apoucada.

Foram os considerados cientistas que inventaram a inferioridade negra com fundamento em medidas do crânio e toadas desse tipo; foram eles que utilizaram, sem consentimento, o corpo de mulheres negras para inventar a correção cirúrgica da fístula vesicovaginal, pequena abertura entre a vagina e a bexiga, causada pelo parto, que provoca dores severas e muita vontade de urinar. Lucy foi uma das mulheres feitas cobaias. Esperou pacientemente, com as mãos na segurança dos joelhos, enquanto o médico tentava reconstruir a falha entre sua vagina e a bexiga, sem anestesia. Lucy desenvolveu septicemia, porque o médico tentou criar um cateter a partir de um pedaço de esponja. Ele esperava que ela morresse, ela impôs sua sobrevivência. Foram os considerados cientistas que utilizaram corpos de homens negros para testar medicamentos contra a sífilis, sem que eles soubessem. São eles que nos negam anestesia nos hospitais sob a justificativa de que somos fortes.

Além de rancorosa, sou muito desconfiada. Sou da escola das ressentidas. Não preciso afirmar isso. Vocês já puderam ler. Mas preciso afirmar que não somos fortes, apenas não temos outra saída senão suportar, senão sobreviver.

Eu desconfio que Mãe Joaninha, na verdade, tenha padecido de alguma grande tristeza, uma dessas que fazem com que não tenhamos mais vontade de tomar banho, de pentear o cabelo, uma dessas que faz com que não tenhamos mais vontade de sair para fora de casa. Depois que ficou assim, Alesọ foi quem lhe deu banho e, depois, a recolocou na cama. Quem sabe por quanto tempo minhatiavó ficou com essa dor que lhe percorreu o corpo feito a agulha fura a roupa. Quem sabe.

Oh, mãe, que tu não sejas recebida com grosseria.

Oh, mãe, que tu não sejas recebida com rudeza.

São 15h13 do dia 17 de maio de 2020. Estou ouvindo Lizzo no youtube. Ela veste uma roupa que poderia ter sido desenhada e costurada por Mãe Joaninha – um vestido alaranjado bergamota. Soube, pela manhã, que falecera um primomeu, bem mais velho. Talvez eu não devesse ouvir música. Quando era criança e morria alguém da família ou de nossas relações, ninguém podia ouvir música, mesmo que o expaimeu não estivesse em casa, nem varrer a casa ou olhar televisão. Devíamos esse tipo de respeito ao morto, ainda que quando vivo todos quiséssemos nos ver livres dele.

Primomeu de quem anuncio a morte não foi vítima da covid-19. Morreu de câncer e loucura. Sua morte não me abalou. Sofreu muito mesmo antes de cair doente e também fez sofrer muito suas irmãs, sua mãe – Malvina, irmã da minhamãe – e outras gentes. Não quero saber se ele foi feliz em sua vida ou se será feliz em sua morte. A felicidade dele me importa bulhufas.

V

Estou aqui com ela. a tia Eluma hoje está melhor. Esta devagarinho conversando e abriu os olhos graças a Deus. Mais ainda esta com sonda e oxigênio. Hoje esta calma, a noite passada ela passou muito agitada.

Também devagarinho, com os olhos abertos num susto, quase de joelhos, as sobras dos parentes lhe suplicando que a levasse consigo. Talvez com quatro ou cinco anos, chamava-se Firmina. Sua mãe uterina falecera havia uns meses; o pai estava sendo velado naquele instante. Anagilda o conhecia, fora um dos carpinteiros que levantaram as paredes de sua casa na avenida do almirante, ali onde se bifurcam a cidade com nome de general e a com nome de santa.

Tendo o morto por testemunha, ela não se sentia autorizada a rechaçar, de pronto, a afiliação, embora lhe pesasse o incômodo de ainda não ter marido. Apesar disso, Firmina saiu do ato final de despedida do pai feito rainha em seu trono, o colo da minhavó, mãe e solteira e contrariada por não ter contraído a tal doença do matrimônio. A menina levava uma flor de jasmim que recolhera de um ramalhete oferecido ao defunto.

Unindo-se de papel passado e amassado a seu primeiro marido antes de minhatia Firmina completar seis anos, vovó quebrou a tradição de que a palavra casamento não se incluísse no léxico das mulheres negras. À palavra ajuntamento, solitária até então, juntou-se *casamento*, de modo que as mulheres como nós ficassem com mais uma possibilidade. Ou se casavam ou se ajuntavam, o que parecia mais vantagem do que dano.

Casamento ingressou em nosso thesaurus acompanhada de suas irmãs, *separação* e *divórcio*, que decaíram pelo desuso. Mais comum era o *abandono* desacompanhado de qualquer palavra ou propriamente a morte por doença ou infelicidade acompanhada do cheiro de iodo, violeta de genciana e ácido carbólico.

Não precisei me preocupar com separação divórcio. Rompi com a tradição inaugurada por minhavó. Não me casei nem me ajuntei; não tive que conviver com *separação divórcio abandono*. Meu vocabulário foi sempre reduzido quanto ao tema. Tudo para mim esteve na esfera do dano. Por isso tentei compensar a falta dessas palavras com a presença de outras a mim menos familiares, tais como léxico Xuela xixi bifurcação freud cubeiro transfiguração nosocômio.

Na adolescência, achava que poderia me desviar da luz que havia projetado para mim se inventasse de contrair a doença do casamento. Talvez tivesse que viver limpando cozinhando lavando, para uma família negra e outra branca, tendo de cuidar de tudo em solidão enquanto o marido, se houvesse, fosse dar uma voltinha de vinte e quatro ou quarenta e oito horas no centro da cidade com nome de ana. Não queria ficar aí pisada pelas patas de minotauro do meu suposto pai e de um marido que provavelmente se parecesse com ele. O meu desejo era fugar do labirinto por cima. Um mistério que minhamãe aguentasse o tal matrimônio. Muitas vezes a culpei por nos submeter a tamanhas brutalidades sob o domínio daquele homem. Agora, eu me sinto culpada por tê-la culpado. Acho que ela também vivia labirintada; por isso, fez o que fez.

Os brancos se negavam a lavar roupa suja em casa. Dia após dia, Firmina ajudava minhavó a recolher trouxas das casas deles. Contudo, não lhes era autorizado transpor a porta. Alguma empregada, também empretecida, de uniforme da cor da bandeira do país do rio dos pássaros pintados, as atendia quase na calçada. Minhavó entregava as peças limpas engomadas passadas e recebia as sujas. Primeiro ajeitava uma trouxa menos pesada na cabeça de tia Firmina e depois colocava sobre sua própria a trouxa maior, com as cargas mais encorpadas, toalhas lençóis cobertores. Lavadas engomadas passadas, as lavadeiras as devolviam, recebendo sua apoucada paga e mais roupas para serem lavadas engomadas passadas. Tudo na beira da porta.

Uma mesa de ponta a ponta do cômodo coberta por toalha engomada de linho branco bordada com renda. Sobre a toalha copos de cristal pratos de porcelana vinhos da madeira e do porto servidos em cálices com os quais os comensais se saúdam cada vez que os entornam. Ainda sobre a toalha um copo enorme de vidro comum que as criadas mantêm cheio de água pura e fresca. Há um frango recheado gordíssimo bem no centro da mesa. Uma criada, talvez governanta, usa espanador de penas de papagaio, que nem se faz mais, para espantar as moscas; outra criada serve a comida aos patrões, acho que copeira; outra criada, cozinheira, observa os patrões da porta da cozinha para o caso de reclamações. A madame se entretém mandando qualquer criada entregar os restos do almoço aos pedintes que batem à porta. O patrão lê o jornal *A Nação*. Patrão e patroa ocupam as extremidades opostas da mesa. Volta e meia, tia Firmina, que ainda não era minhatia, espichava a pupila esquerda para dentro das casas e via tal cena, a mesma cena, não importava se a casa fosse outra.

As roupas, encardidas das imundícies das gentes, inclusive essa toalha de linho branco, vovó lavava no arroio que ficava nos fundos de sua casa na avenida com nome de almirante. Ela batia nas camisas calçassaias vestidos lençóis com uma espécie de pá curta de madeira, um batedor, como se estivesse dando surras num filho, patrão, quem sabe marido. No mesmo arroio, outras mulheres, também lavadeiras engomadeiras passadeiras, realizavam o rito de bater nas roupas. Uma espécie de vingança coletiva. Já na rua com nome de enforcado, me lembro de Alesọ batendo com a mesma pá e a mesma raiva de madeira as roupas no tanque grande de pedras que ficava no pátio do compound da vovó. Às vezes eu me lavava corpo e rosto no tanque e, então, me encharcava das imundícies das gentes e das sobras das raivas das mulheres que haviam lavado aí.

Minhavó gostava de pisar seus pés sobre as pedras cobertas pelas águas rasas da beira do arroio. As pedras brutas alisavam seus pés. Seus pés nas pedras brutas iam ficando tão brutos quanto as pedras brutas ficavam lisas. Enquanto não houve pia na cozinha da casa, o arroio também foi lavatório das louças. Nele minhavó areava as panelas até que virassem espelhos. Por si só, aquela água doce parecia um conjunto de espelhos com vidro de poço profundo onde todas as lavadeiras se viam donas de ouro e de pedras preciosas.

Parece estranho. Minhavó, a quem conheci já mãe de treze rebentos alguns mortos, teve pelo menos um grande amor.

Um homem que passou feito raio pelo arroio. Quando sentiu sua pisada nos pastos úmidos de geada, vovó abandonou na água um lençol de linho branco que esfregava. Cara a cara lhe perguntou por que corria assim, de quem tentava escapar com pernas em diálogo veloz. Antes que o homem dissesse palavra ela agregou *foges da morte*. Ele assentiu. Não sei com que poderes a abuela o escondeu sob a tábua de lavar dentro do arroio e continuou a labuta. Quando a morte chegou cara de vaca língua de melancia esbaforida quase feia cheia de moscas cheiro de matéria encharqueando o ar, a lavadeira, tranquila, saudou com *buenas!* Não se tratava de visão de outro mundo. A morte retribuiu *buenas*. Pareciam duas comadres. A abuela nem lhe deu muita conversa, tinha mais que fazer, saiu logo avisando que o procurado atravessara as águas e já estava léguas dali. *Gracias*, disse a morte e se foi num só resmungo descontente. O mesmo resmungo que, anos mais tarde, ouvi minhavó dirigir ao avômeu.

(Em busca de alguns de seus filhos, vovó já havia se internado na estrada da morte. Numa das vezes encontrou sua comadre apertando as tetas de uma vaca, sem conseguir tirar leite. Chamou-a batendo um sopapo que por ali se encontrava. Depois a ensinou a ordenhar a vaca para ambas dividirem a bebida quentinha. A morte não pôde fazer nada quanto ao filho perdido. Estava perdido.)

O homem que fugava da morte sem se tornar meu avô foi anterior ao joão batista, que também não se tornou meu avô, apenas primeiro marido da minhavó. O joão batista foi anterior ao boaventura, avômeu, segundo marido da minhavó. É estranho pensar que ela teve um grande amor, dois maridos, um bando de filhos e netos, e eu não tenho nada disso. Invejo minhavó?

Um fio de arame sustentado por duas ou três taquaras atravessava o centro do pátio da casa dela. Apenas mais tarde soube que recebia o nome de varal. As roupas dos brancos eram dependuradas aí para secarem ao vento ou ao sol. Me encantava uma saia de seda bordada de corte elegante traje total conforto que voejava de leste a oeste feito a pássara lavadeira-de-cara-branca, espécie estival migratória nas fronteiras. Calças calcinhas saias muito sujas de sangue menstrual ficavam de castigo até branquearem.

Feitiço da minhavó para brancura:
ensaboar as encardidas
deitá-las sobre os pastos ao sol
deixar por algum tempo (enquanto se lavam outras)
Consumado o tempo:
esfregar enxaguar estender no varal.

Mistério, isso também. Eu não entendia por que as roupas brancas ficavam mais brancas e eu mais preta, por muito que me expusesse ao sol com rosto braços pernas todinhas ensaboadas. Um primo mais velho me chamava de "negra preta". Eu não sabia se era crítica ou elogio. Ele falava rindo. Minhavó me mandava sair do solaço e ir para a sombra do cinamomo. Dizia que eu já estava preta demais. Mas não me batia com vara de marmelo. Com a tia Firmina era bem diferente.

Uma vez ela apanhou porque pegou com a mão direita suja de barro num dos lençóis brancos das famílias brancas da minhavó, deixando sua marca tatuada. *Pera um pouquinho que agora tu te endireita.* Minhavó sempre a ameaçava com a tal da surra de vara de marmelo. Nesse dia, o marmelo cantou feio na bunda de tia Firmina. Fiz outra consulta à wikipédia para saber acerca da eficácia do marmelo nas sovas promovidas pelos adultos; talvez fosse algo inofensivo, próprio da relação entre minhavó e tia Firmina. Não. Provável que minhavó, essa que agora bate, tenha apanhado com vara de marmelo; e que minhabisa, escravizada, tenha sido açoitada com vara de marmelo. Bom, na pesquisa soube que a vara é uma parte do galho do marmeleiro de consistência flexível e resistente, utilizada para punir escravizados ou crianças. Normalmente se mantinha o castigado com as nádegas desnudas e sobre elas se desferiam os golpes. A vara era considerada instrumento mais doloroso que a palmatória ou o cinto. Uma sova de vara de marmelo podia deixar a criança espancada com cicatrizes para o resto da vida. Acredito que minhatia Firmina tenha ficado com muitas.

No dia da surra de vara de marmelo, minhatia sonhara com uma mesona, coberta por toalha de linho branco bordada de renda nas pontas. Sobre a mesona havia uma sopeira cheia de sopa de pão e caldo grosso guarnecido de enorme pedaço de carne de vaca linguiças tomates toucinho charque couves gigantescas rabanetes, tudo bem cozido pela cozinheira que tinha a cara da sonhante, embora a sonhante nada soubesse da identidade da cozinheira. O pedação de carne mugia mu-mu-mu. Alguém, cujo rosto a sonhante desconhecia, mas que tinha o entalhe de seu próprio rosto, acrescentara folhas de hortelã e de alecrim ao caldo grosso. Outra alguém, com a mão esquerda em forma de cuchara, servia o cozido com pirão misturado ao caldo de carne de vaca mu-mu-mu. Ao lado do pirão, mais ao centro da mesa, uma galinha insossa misturada com arroz branco, acompanhada por um prato de verduras cozidas bem apimentadas. A galinha cacarejava muito alto próxima a uma pirâmide de laranjas perfumadas, cortadas em quatro e distribuídas a todos os convidados que iam ocupando seus lugares à mesa. Cada qual tinha sua bunda do tamanho e da forma do marmelo. As laranjas perfumadas acalmavam paladares cauterizados pela pimenta-do-reino. Quase ao final do jantar, outra alguém servia salada recoberta de fatias de cebola crua e de azeitonas rançosas. O sonho fedia a toda aquela comilança. Firmina sentia o fedor de tudo aquilo enquanto sonhava. Na sequência, a sobremesa, arroz com leite frio, diluviado de canela, queijo de ovelha e iguarias do país dos tamancos amadeirados e país de mary sanguinária. As laranjas tornavam a aparecer junto com abacaxis maracujás pitangas melancias jambos jabuticabas mangas cajás frutas-do-conde.

Firmina acordou com o gosto de pimenta-da-costa na língua. Minhavó, que já varria o corredor, a ouviu resmungar por cinco minutos antes de se levantar da cama. Logo ralhou *já está com algum bicho-carpinteiro, Firmina?* Ao longo do dia de trabalho, conseguiu traduzir os resmungos da filha; não eram novidade para ela. Tia Firmina não queria ser criada de ninguém, não queria nenhuma vassoura para varrer o chão que logo estaria imundo de novo, não queria fazer nenhuma comida que enchesse panças que logo estariam esvaziadas de novo, não queria lavar roupas que logo estariam sujas de novo.

Em seguida ao casamento, minhavó deu à luz outra filha. Eu nunca soube seu nome, não era pronunciado por ninguém da família. Eu a declararei Effia, porque toda pessoa tem nome e porque Effia nasceu numa manhã envidraçada de sexta-feira. Tia Firmina ajudava nos cuidados com a recém-nascida. Ela gostava de fazer de conta que a pequena participava dos jogos que promovia quando ambas estavam sozinhas no quarto da minhavó. Firmina abria uma pequena mala onde havia escondido objetos e várias peças de roupas dos brancos recolhidas da cerca sem que minhavó visse.

O ritual consistia em vestir todas as roupas ao mesmo tempo, as toalhas serviriam de cabelo, as saias de seda serviriam de uma saia de seda ao sol. Depois era arrodear arrodear arrrodear até ficar tonta e cair sobre a cama.

Logo que se recuperava da tontura, Firmina dava a impressão de ser outra, pegava um a um os objetos da mala – amuleto cordão corrente de pérolas e coral perfume braceletes – os apresentava à Effia numa espécie de oferenda e recitava as palavras *pegue este amuleto, amarre-o com o cordão e o cuidado. Farei para ti, Effia, uma corrente de pérola e coral. Te vestirei com nobreza. Quando te banhar na bacia de louça, respingue perfume, enlace seu cabelo em tranças. Amarre jasmins ao pé da cama. Vista suas roupas de seda branca, braceletes de prata para os seus braços. Não esqueça a água de rosas para as palmas de suas mãos*[15] *e o diamante da cor lilás.*

Minhavó nunca soube disso. Baixava as pálpebras para certas coisas e, para outras, era bem devagar. Precisava da graça de deus para abrir os olhos. Um dia em que estava menos metida em afazeres, observou que Effia vertia líquido pelos poros de todo o seu miúdo corpo, uma substância mais para amarelo do que transparente, com cheiro forte de *água que passarinho não bebe.* A bebê não chegou a pisar a terra. Morreu após dois meses de sua caída do ventre. Procurei me informar sobre doença com essas características. Ninguém soube me dizer de transmissão

[15] Com base num poema suaíli de Mwana Kupona.

hereditária em que filhas de alcoólatras exalassem cheiro de cachaça sem que eles mesmos bebessem. O mais próximo que ouvi sobre o tema foi que *diabetes pode ter cheiro de fruta madura, não de álcool.*

Prefiro, então, imaginar que Effia faleceu com cheiro de fruta madura em vez de supor, já supondo, que alguém dera cachaça a essa infante até que ela não mais suportasse. Minhavó não bebia cachaça. O pai de Effia, primeiro marido da minhavó, sim.

No caixão, Firmina deixou com a infanta amuleto cordão corrente de pérolas coral. O diamante, o enterrou no fundo do pátio, ao pé da amoreira. Vovó gostava de morder as sementes de amora, se sentia até forçada a fazê-lo.

Depois da tia Firmina e da Effia, minhavó teve outra filha. Evinha, seu nome. Ela também ficou no meio do caminho. Estava em pé numa cadeira, olhando para a rua ou para o pátio por alguma janela, quando caiu e bateu a cabeça.

Tia Eluma pensava de outra forma a série de mortes. Entendia que tanto Effia como Evinha tinham espírito mais velho que corpo, que ambas haviam firmado pactos com parentes e amigos de outra ordem, essa a razão de suas partidas prematuras. Quem sabe não seriam a mesma menina Josefa Effia Evinha. O mundo é grande; os mortos, maiores. Morremos desde o nascimento. Vivos se esforçam, porém, a brecha segue se ampliando. Assim a sentença da cambona.

Chegou um tempo em que minhavó passou a reclamar muito da tia Firmina, que não se comportava como menina, que saía para a rua e não voltava, que não ajudava mais nas lides da casa nem no recolhimento das roupas sujas nas casas dos brancos. Segundo contou tia Eluma, tia Firmina havia se transformado. Estava cada vez mais negra.

As queixas que minhavó tinha contra ela me soavam inverossímeis. Firmina era a tia que me pegava no colo, me dava carinho, me trazia presentes da cidade do chapéu, capital do país do rio dos pássaros pintados, quando vinha de lá todos os anos visitar a família na fronteira. Uma vez ela me trouxe uma caixinha bem delicada contendo três elefantes de louça cor-de-rosa, cada elefante de um tamanho diferente, todos com uma flor branca no lombo. Eu os guardo até hoje.

Não sei se na cidade do chapéu ela se vestia desse modo, bem fiasquenta. Vestido azul rodado de bolinhas solto no corpo até os joelhos colares de contas amarelas verdes azuis no entorno do pescoço até metade da barriga chinelos de varrer terra. Sua pele era tão escura quanto a minha; mas seu cabelo, escorrido. Vinha para a cidade com nome de ana sempre acompanhada de outra mulher igualmente redonda que a ajudava com as malas, com a comida e com outros objetos que não sei enumerar. Evidente que essa outra mulher a servia.

Certa vez houve um bafafá envolvendo minhatias e essa outra mulher cujo nome não recordo. Eluma ficou sabendo que uma das malas que Firmina depositara sobre a cama da minhavó estava cheia de bonecas estranhas, que arremedavam parentaminhas. Desconfiada, pediu que a ajudante a retirasse de cima da cama. Aquilo não podia ser coisa boa. A servente se negou a fazê-lo. Então minhatia abriu a mala e começou a arremessar as bonecas para a rua pela janela do quarto, uma a uma. Tia Firmina foi chamada para resolver o bochincho. Explicou que as bonecas não representavam deus ou diabo; eram apenas amuletos para atrair sorte dinheiro emprego saúde amor. Tia Eluma seguiu desconfiada, mas quem teve que juntar as bonecas da rua fui eu.

Eu sentia muita falta da tia Firmina, dos seus braços de arar e de plantar, que me abraçavam e me faziam sentir amada. Ela ficava uma semana na fronteira e depois retornava para a cidade do chapéu, onde tinha obrigações. Eu não sabia de que obrigações se falava.

Aos dez anos, tia Firmina foi internada pela minhavó numa instituição para crianças tortas na cidade do chapéu. Seu comportamento se mostrara um entrave para que ela permanecesse entre minhavó, seu marido e a prole vindoura. Tratava-se de um orfanato. Sinto vergonha de dizer que minhavó, aquela que me levava leite e bolachinhas na cama pela manhã, mandou minhatia para um orfanato onde as freiras exigiam que ela fosse uma menina quieta cristã tímida resignada silenciosa ordeira limpa disciplinada ingênua submissa, que fosse um não alguém ou alguém que desejasse viver o mínimo e morrer o máximo. Os desejos que o expaimeu dirigia a mim, as freiras dirigiram à tia Firmina.

Do orfanato, a jovem apenas poderia sair tendo contraído a doença do matrimônio. Se não encontrasse um marido, tia Firmina ficaria para sempre entre as freiras. A palavra casamento entrou, então, à força no seu léxico.

Mas isso não foi problema. As freiras logo arrumaram um marido para ela – um padeiro, trabalhador, com sonhos de casar e ter uma mulher que o ajudasse na lida. Minhatia Firmina coube certinho no sonho dele. Casou, sem véu e sem pompa. No dia seguinte, virou viúva. O padeiro seu marido foi atropelado por um bonde numa rua do centro da cidade do chapéu. Viuvinha bota luto seu marido já morreu foi por falta de carinho viuvinha aqui estou. Quando eu ainda criança, na fronteira, costumava cantar essa ciranda sem saber que falava da minhatia Firmina. Contudo, minhatia nunca se deixou ser a pobre viuvinha que vinha de belém, querendo se casar mas não achando com quem.

Este capítulo está muito trágico, cheio de mortes. Tentarei aliviá-lo vendo se posso transferi-las para outros a serem escritos mais adiante. Não garanto nada. Carrego mortes em minha mala feito tia Firmina carregava as bonecas da sorte.

VI

Oi Boa tarde. Agora eu estou em casa mais eu pozei com ela essa noite ela passou mal deu 2 convulsões nela e a glicose estáva muito alta e muito agitada.

Difícil estar em casa, porque difícil erguê-la para quem acostumou a vida amontoada em barracões nos fundos das charqueadas ou, quando muito, no quartinho da empregada, junto com as sobras ou, ainda, como agregada na propriedade de alguma senhora, situação conhecida das chamadas negras-dadas, estrangeiras demais para o interior da casa, familiares demais para seu lado de fora.

Minhavó comprou o terreno da avenida com nome de almirante ajudada por Mãe Joaninha. Já falei que ela ganhava um bom dinheiro costurando para mulheres ricas da cidade com nome de santa. O terreno deveria ser bem maior do que foi. Acontece que um vizinho cercou parte dele se aproveitando da demora de minhavó em ocupá-lo.

No intuito de evitar conflito, ou por não saber lidar com ele, minhavó deixou por isso mesmo. Sentia culpa por possuir algo de seu que não o próprio corpo – já uma grande conquista para quem atravessou o oceano feito objeto ou mercadoria de outros. De forma diversa de quem a antecedeu, possuía corpo e pedaço de terra resto do que beltrano ou sicrano não reclamou como seu.

As tábuas para erguer as paredes da casa vieram aos poucos, à medida que o preço coubesse no bolso do vestido de minhavó. Uma tábua cinco tábuas dez duas pregos parafusos depois a madeira para o piso. Depois o carpinteiro viúvo com a filha para criar. E o que mais fosse necessário. Tudo empilhado no terreno desacercado.

De fato, pareciam sem dona as coisas para a construção, tanto que um dia minhavó chegou ao terreno e o material e os instrumentos de trabalho adquiridos aos bocados haviam desaparecido. Sobrava um prego para contar a história. Para quem nunca teve nada, foi fácil perder o pouco que teve. Cansaço montado em suas costas, minhavó usava a palavra *desacorçoada*, uma vontade de cair de joelhos e gritar para sempre. Mas não podia ficar desacorçoada, tinha de viver, tocar a vida qual se toca uma manada de vacas. Não sei com que forças começou de novo. Minhavó aprendeu com Dona Nida um modo de evitar que lhe roubassem. Um combinado de trecos de sofrimento para impedir que um ladrão ficasse no mesmo lugar ao se ver refletido nele.

uma sandália de salto quebrado que tivesse pisado na merda de vacas e de gente

um pente de dentes largos, tipo garfo, que houvesse penteado cabelo enredado (a dor nunca sai dele)

cinco palhas de uma vassoura de palha que tivesse varrido a cozinha onde uma mulher fez feijão e o banheiro onde uma criança mijou

um trapo imundo rasgado de um tecido muito usado nas lidas da casa do tamanho de uma camisa de homem

o prego que sobrava para contar a história

Com barbantes branco e encarnado, o combinado foi amarrado ao tronco de um cinamomo que, de frente para a avenida do almirante, dava a sombra de sua copa à casa que ainda não estava.

Uma noite, quando minhavó foi visitar o terreno, viu um homem ziguezagueando wérewère, com algumas tábuas debaixo do braço direito. Minhancestra reconheceu as tábuas como pertencentes à obra pois no extremo de uma delas se grudava um caracol. Sem que ela precisasse iniciar o que não sabia – um conflito –, o ladrão caiu num buraco, pouco maior que um grilo, sobre o qual se assentou o fundamento da casa.

Desde então minhavó levantou joelhos e paredes. Nunca mais coisas desapareceram, pelo menos aí. O fato de não haver mais ladrões não significou o fim das perdas.

Talvez por isso seja tão difícil ouvir minhanalista com nome de ana quando diz que preciso abrir mão de alguma coisa, renunciar a alguma coisa. Descendo de muitas perdas. Uma delas vem do avômeu. Ele morava com sua família na cidade com nome de estrela. Conheci um dos seus irmãos, francisco; nunca o pensei como tioavômeu; era casado com uma mulher branca que tinha uma filha branca que tinha uma filha branca. Certa vez a segunda mulher branca da linhagem discutiu com o expaimeu em razão do modo como ele nos tratava, mais como suas escravizadas do que como filhas. O expaimeu também fora um branco para mim; e eu, para ele, apenas uma negrinha.

Fiz um desvio. Retorno ao avômeu boaventura, mas isso não significa que antes ele já não estivesse aqui.

Toda a sua família trabalhava num negócio próprio voltado ao feitio de colchões de palha. Os trabalhadores (isso os inclui) descobriram que não precisavam mais dormir diretamente contra as palhas espalhadas no chão puro. O dinheiro das vendas – e até iam bem – se guardava debaixo de um colchão de solteiro que servia de cofre. Acho que nessa época pessoas enegrecidas não abriam contas em banco ou não havia bancos nos locais em que viviam ou, se havia, elas (nós) não se viam autorizadas a cruzar suas portas de madeira de mogno majestosas. Dinheiro custou a ingressar em nosso dicionário. Pelo que aconteceu, também acho que a casa do avômeu não dispunha de cofres embutidos em paredes ou em lugares secretos tal qual se vê nos filmes. Ficava tudo à vista como nossos corpos um dia estiveram.

Houve um incêndio. Os colchões do comércio foram queimados. E também todo o dinheiro. Por isso, o avômeu resolveu tentar outra vida que não de palha. Mudou-se sozinho para a cidade com nome de santa, a pé. Lá pelas tantas, conheceu minhavó Anagilda, que já tinha filhas mortas Effia e Evinha e sobrevivas Firmina e Malvina. O pai delas se perdera na cachaça, vocês sabem.

Me impressiona muito que o boaventura, bom partido, pois trabalhador e não borracho cujo único ou principal trabalho é beber, tivesse se casado com minhavó, lavadeira mãe de quatro filhas. Acho que isso do avômeu se transmitiu para minhas mãe e tias numa espécie de conforto ou comodismo que lhes permitiu suportar um pouco mais a vida ao lado de seus maridos. Se eu fosse minhamãe, tinha posto a porta abaixo com um chute de pé esquerdo. Mas iria para onde? Ao abrigo de quem?

Levantadas as paredes da casa da avenida com nome de almirante, Mãe Joaninha e, bem depois, outra irmã da minhavó, que chamávamos de tia China, seu nome mesmo era Adelina, foram morar lá com minhavó e avômeu. Não sei se aí foram felizes.

VII

Ontem ela conversou com o Dionatan até gravou uns vídeos falando com o pai a mãe e pedindo refri para a Lani. Mas hoje está só dormindo, eu fico até as 20:00, depois vem a esposa do pablo as 20:00 E saí as 8:00

Tia Eluma gostava de cerveja. Depois que se entregou ao deus dono da igreja dos comensais da mesa de deus, se convenceu de que gostava só de refrigerante e água. Aos poucos começou a se parecer a vovó Anagilda, que bebia nada além de água, refrigerante e leite com nescau ou farinha de aveia; quando cansava de um, tomava outro. Sempre sedenta, vovó entornava a água da torneira a gut-gut numa caneca grande de latão torta pela correria do tempo; o leite era aquele que o leiteiro deixava na porta todas as manhãs, vindo do campo para a cidade de carroça, direto da vaca. Minhavó estava proibida de tomar café preto, tinha pressão alta, mas não fazia mesmo gosto nesse líquido. Nunca a vi reclamando ou se fazendo de desentendida para tomá-lo longe da vigilância de tia Eluma ou de Alesọ. O leite vinha com uma crosta grossa de gordura na superfície. Eu detestava. Era nojento. A vovó tirava a crosta com uma colherinha para que eu pudesse tomá-lo. Eu também tomava só leite, um modo de compartilharmos algo além do bicho-carpinteiro e da morte do avômeu.

Depois que ele se foi sob o gosto do banquete salino que lhe era interdito, minhamãe e o expaimeu me deixaram com vovó durante bom tempo – achavam que a presença infante aplacaria um pouco da solidão dela. Minhanalista perguntou que tipo de solidão uma criança de menos de oito anos poderia aplacar numa mulher adulta viúva quase velha. Por mim, ficaria na casa da vovó para sempre, único modo de, naquele momento, me ver livre do expaimeu e do que eu intuía submissão de minhamãe.

Todo domingo de manhã eu comprava para vovó duas garrafas de litro de fanta laranja no bolicho do seu nelson, numa das encruzilhadas da rua com nome de enforcado menos de quadra da casa dela. O bolicheiro homem branco atarracado quase careca cheio de filhos casado com mulher que vivia escondida branca baixa gordinha cabelo preto bem liso de fala mansa quase inaudível.

Vovó me tirava das brincadeiras de mancha ou *passa passará pelo último ficará a porteira está aberta para quem quiser passar* com um truque. *Cuandu, toma isso ou aquilo*. Eu pensava que receberia brinquedo ou doce, mas recebia um mandado, ir à venda comprar algo, em geral para o almoço. Então o *isso* ou *aquilo*, não passava de um punhado de palavras. Chegou o tempo em que, para não desfazer sua crença no poder da invenção, comecei a fingir que vovó me enganava. Ela poderia ter sido escritora. A ouvi várias vezes reclamando de que não havia estudado além do primeiro ou segundo ano porque desde cedo teve que ajudar no sustento da família lavando roupas ou trabalhando na limpeza das casas dos brancos. Para cumprir seu destino de afazeres, minhabuela fora retirada da escola.

Nas tardes de chuva forte fria, em que não se podia brincar na rua ou no pátio, vovó reunia as netas no entorno do fogão a lenha, fazia café com farinha, não por pobreza mas por que gostava de fazê-lo para as netas, sentava-se numa cadeira de frente para todas e contava de seus encontros com a mula sem cabeça ou com o lobisomem. A história de que mais eu gostava não tinha tal tipo de monstro.

Em tempos em que vocês não eram nascidas, nem eu, num outro lugar muito longe, houve uma guerra feia, e os soldados com suas roupas vermelhas, inclusive as tiras das sandálias e as tiaras da cabeça, sequestraram todas as moças do grupo inimigo. Enquanto as levavam para suas terras, uma delas deu um grito que estremeceu as águas e fez surgir no céu um clarão que os cegou. Eles ficaram dando cabeçadas nas árvores e uns nos outros, desesperados. As moças conseguiriam fugar mas não o fizeram, pois aquela que convocara as forças mágicas passou uma poção de ervas que preparara nos olhos dos sequestradores. Eles voltaram a enxergar e, gratos, as libertaram.[16]

As mentiras da vovó eram verdades que jamais ousávamos desmentir. O encantamento se quebrava quando os raios e os trovões se apagavam, e o sol se atrevia a dar sua cara de bandeira do país do rio dos pássaros pintados. Um total desgosto para mim, que sonhava ser a moça dos poderes mágicos. Porém não, eu não conseguiria invocar os raios. Apenas minhabuela manejava esse poder.

Vovó lavou por anos em beira de arroio ou tanque, mesmo quando a geada rasgava seus dedos. Quando ficou velha ou doente demais para o serviço, apenas a acudiu a

---

[16] Mito iorubá.

boa pensão que o avômeu lhe deixou. No entanto, quase todo o dinheiro que recebia ficava com seu nelson.

Eu acompanhava Alesọ na discussão sobre medidas a serem adotadas para estancar a sangria da pensão da minhavó pelo armazém do homem branco. Todo dinheiro que recebia no final do mês era queimado no final de mês com a conta do nelson, assim como os colchões e o dinheiro do vovô queimaram na cidade com nome de estrela. Tia Eluma participava da discussão, embora não administrasse o dinheiro. A conta era maior do que o maior arroio jamais visto. Com o nome da vovó na capa, várias e várias folhas pautadas de uma caderneta cinza precisavam ser viradas e viradas e viradas para que se encontrasse o valor devido ao final de cada mês. A caderneta foi a substituta do livro de histórias que talvez ela quisesse escrever. Os produtos e os preços iam anotados um abaixo do outro – arroz feijão massa sal açúcar azeite sabonete fanta laranja – conforme a data das compras. A confiança de Alesọ ou de tia Eluma na honestidade do seu nelson deveria ser como a confiança da vovó na bondade do deus católico, pois jamais conferiam os preços ou o somatório da conta. Talvez não fosse confiança, mas submissão à verdade do homem branco. Bueno, poderia ser também falta de tempo, já que a conta era enorme.

Uma das soluções adotadas por Alesọ, apoiada por tia Eluma, foi a de fazer um grande rancho mensal para se evitar as muitas idas diárias ao armazém e o excesso de compras, costume da minhavó. Deu ruim. Depois de uns meses, a administradora resolveu passar a régua na conta do nelson, parcelar o saldo devedor e abrir nova conta no bolicho do baixinho, que ficava noutra encruzilhada.

Nesse meio tempo, todo mundo soube que a mulher do nelson o havia abandonado, levando consigo as filhas;

os filhos, mais velhos, permaneceram com o pai. Torci a favor dela quando soube. Apanhava muito; o bolicheiro não a permitia sair de casa para nada, quanto mais trabalhar.

nelma abandonou nelson no final da madrugada. Talvez tenha ministrado a ele algum sonífero na água ou na comida servida no jantar ou quem sabe até tenha tentado assassiná-lo. Rompeu a situação de maltrato saindo do labirinto com o corpo e a roupa que vestia. Outra mulher deve ter lhe emprestado novas peças. Na cidade com nome de ana, ainda não havia abrigos e, mesmo se houvesse, nelma talvez se sentisse envergonhada, culpada para tornar pública a sua opressão.

Depois de muitos anos, quando da missa de um mês de falecimento do expaimeu, fiquei surpresa ao vê-la na igreja santa santinha, ajudando o padre. Feito as contas da minhavó com bolicheiros, nelma trocara um amo por outro.

Na troca de amos e de encruzilhadas, a única mudança foi que minhavó não mais dizia, *vai lá no nelson comprar tal coisa,* e sim *vai lá no baixinho comprar tal outra.* O baixinho muito antigo andrajoso coxeava. Para disfarçar o desnível entre suas pernas, usava muleta vermelha com cabo de metal dourado. Seu bolicho ficava bem mais longe; eu tinha que caminhar duas longas quadras para chegar. Para minhavó talvez fosse menos caro. Outra diferença é que o baixinho não era branco. Não sei se se tinha por negro.

Outros bolichos que levavam nosso pouco dinheiro ficavam na rua com nome do enforcado. Havia o do seu alemão, homem bem grande bem gordo bem branco de olhos bem azuis. O armazém fedia a querosene. Às vezes, na saída do colégio, comprávamos ali chicletes de morango ou melancia. Seu alemão ouvia o pedido da freguesia com o barrigão atirado sobre o balcão, mãos em prece.

Parecia à beira da morte. Depois, pegava o dinheiro da venda, recolhia a mercadoria de alguma prateleira e a atirava sobre o balcão como se jogasse baralho. Então voltava à posição de quem reza. Tínhamos de respeitar um tabu quando íamos lá. Não podíamos perguntar se havia tal coisa, devíamos pedi-la diretamente. Um dia, um dos netos da Dona Rosa, desavisado, foi expulso de dentro do bolicho a pontapés, pois quebrara o tabu. Seu alemão, tem chicletes?

Na rua do enforcado também se situava um bar onde tiomeu ivo bebia cachaça até cair e ser levado de arrasto para a casa da vovó. Demorei para me lembrar do nome do barzeiro, toni. Tia Eluma dizia que aí era o ponto de encontro dos borrachos da cidade com nome de santa. Conheci o local cinza com cheiro forte de cerveja e de mijo na época em que Alesọ fazia pastéis para fora. Via o ivo aí, dormindo atirado numa cadeira, um pedaço de trapo. Sonhando ou quase, reclamava da morte de um tal vinhateiro. Apesar disso, não parecia totalmente infeliz, então, para mim, estava tudo bem.

Não estava tudo bem nos raros momentos em que eu o surpreendia sóbrio. Emburrado, de poucas palavras ou até sem, entrava no beco em direção à pecinha dos fundos da casa da minhavó, onde morava, como se carregando um caixão de cerveja nas costas. Eu já fui assim, muito séria e emburrada, apesar de não beber cerveja cachaça vinho ou o que fosse. Não sabia o que era viver nos intervalos entre bêbada e sóbria. Achava que pessoas negras deveriam ser sérias sem intervalos, porque o expaimeu estava sempre com a cara emburrada em casa. Não gostava que ríssemos para não parecermos vagabundas. Mas eu o via alegre e falante com os amigos. Devia ser um peso para ele ficar em casa, assim como era pesada para mim sua presença de morto.

Estou falando mal do ivo. O quarto-casa dele ficava atrás daquele que fora do clementino. Havia aí, logo na entrada, à esquerda, um armário de duas portas onde ficavam guardadas fantasias de carnaval. Ele desfilava em escolas de samba da fronteira; a preferida dele tinha o nome de *Marinha*, a mais tradicional. Tocava bumbo. Vinha no último lugar da fileira, mais à direita ou mais à esquerda. Cômica sua figura baixa e larga carregando instrumento quase maior que ele, gotas de suor caindo pelo rosto avermelhado. Era meio sarará. Participar da bateria de uma escola de samba, integrar esse movimento comum em que cada instrumento é um e vários ao mesmo tempo, repetir a mesma batida durante uma hora ou mais, mas ser diferente em cada repetição. É provável que isso lhe fosse melhor que a cachaça. Mas o sentimento de pertença foi se esvaindo à medida que as escolas de samba foram desaparecendo.

Eu e minhaprimas entrávamos no quarto quando ele não estava e vestíamos as fantasias, umas por cima das outras. No armário também ficava atirado um vestido azul, solto, de bolinhas. Parecia um corpo desmaiado. Pertencera à tia Firmina. Alesọ o usava qual uniforme para lavar roupas no tanque de pedras. Ela o vestia quando lhe contei que eu sangrara feito omoxum. Até hoje não entendo por que se guardava o vestido no meio das fantasias no quarto do ivo. Mais uma coisa que precisava ser escondida.

Tia Eluma contava que certa vez um incêndio quase engoliu a casa da avenida com nome de almirante. Ela, vovó e Alesọ iam e vinham com baldes de água no afã de abafar o foco do fogo provocado pela queda de uma vela no colchão de palha onde ivo dormia. Ele permanecia deitado em plena balbúrdia. Dormindo sonhando dormindo sonhando o sonho seu mundo. Filho da rainha mãe de mais sete filhas mourejantes, todas todo o exigido para que seguissem exploradas, era apenas um bebedor de vinho de videira da alvorada ao crepúsculo. Não bebia água, apenas vinho. Sua mãe-rainha contratou um vinhateiro para lhe preparar diariamente vinho de videiras cujos cachos iam colhidos pelo mesmo serviçal no terreno especialmente destinado ao cultivo. Havia mais de sessenta mil videiras dando seu vinho a ivo. Um dia o serviçal-vinhateiro tombou de uma videira e morreu tombado cara achatada pelo chão. ivo acordou num susto com a sensação de quem tomba. No vaivém da água e do fogo, desviou a atenção da minhatia das chamas com a pergunta *já que vocês estão nesse vaivém, podem me trazer um copo de vinho de videira?* A tia fez menos do que isso, jogou o balde de água na cabeça grande dele.

Às vezes, Natal ou ano-novo, minhavó bebia cerveja preta. Nessas datas, nós ainda crianças e vovô boaventura vivo, a família se reunia ao redor de uma mesa montada no pátio – os tios faziam churrasco e as tias, o restante da comida. ivo ficava lá com sua cara avermelhada metida na fumaça e no fogo, mexendo brasas espalhadas pelo chão onde se fincava a trempe que sustentaria a carne. Vovô lavava e secava os pratos mantendo o guardanapo num dos ombros, feito sapato.

Eu já não estava mais na fronteira quando ivo se foi consumido pela cachaça. Parece que já vinha doente, não comia mais. Soube por quem me avisou da morte que ele saiu do quarto dos fundos onde havia meses seguia internado. Talvez quisesse chegar à casa da minhavó para pedir socorro. Ou vinho. Tombou de bruços. Em sua mão fechada, uma semente de amora cujo gosto açucarado não teve tempo de provar.

No mito grego, perséfone comeu um fruto e foi condenada a acompanhar hades no mundo dos mortos. Quem quer que comesse qualquer coisa no inframundo ficava impedida de voltar para a terra dos vivos. perséfone quebrou o jejum, a lei dos infernos, mas um acordo entre zeus e hades permitiu a ela uma terça parte do ano na escuridão e as duas outras junto aos mortais. Não acredito que ivo tivesse qualquer crença ou esperança nesse sentido. Sua divindade era a cachaça. Seu inframundo, o quarto dos fundos. Acho que foi erguido da cama de enfermo para buscar outro vinhateiro ou tentar um vinho de amoras em lugar do de videira.

❖

Na infância e juventude, Alesọ e tia Eluma desfilavam em escolas de samba. Alesọ integrou *Os Alejós* até serem extintos. A grupação reunia *criollos* da fronteira migrados da cidade com nome de santa para a capital e para o centro do país das maravilhas em busca de ascensão social. Era gente negra agora retornada para o carnaval. Vinham da cidade de açúcar da cidade não conduzida da cidade dos ajuntados. Aos olhos dos ficados, haviam subido na vida. *Os Alejós* usavam fantasias mais bordadas mais lantejouladas mais miçangadas que as demais escolas. Alesọ mourejava muito. Com isso juntava dinheiro para se dar ao luxo de desfilar com eles.

Depois de casada com o expaimeu, Alesọ abandonou essa alegria. Acho que aí começou seu processo de desaparecimento. No lugar esvaziado, passou a montar uma banca durante os festejos de carnaval, que vovó ainda chamava de *corso*. Vendia refrigerante cachorro-quente pastel. Ganhava algum dinheiro para pagar as contas do outro dia. Nunca vi o expaimeu ajudá-la. Depois que terminava o desfile das escolas de samba e das murgas, depois que todo o público havia ido embora, minhirmã e eu tomávamos conta das arquibancadas. Aí fazíamos nosso desfile, algo que jamais o expaimeu nos teria permitido. Enquanto isso, Alesọ limpava guardava contava fechava a banca para a noite seguinte.

Quando do retorno para casa, nos perturbavam os mascaritos, homens (a maioria) que andavam em bando, rosto coberto por saco feito de trapos de tecido com dois furos abrindo para os olhos, um rasgo no orifício da boca contornada por tinta ou batom vermelho. Nos metiam medo apenas com suas presenças. Tentavam emular mulheres com perucas vestidos longos às vezes justos meias-calças coloridas sapatos pequenos em pés imensos modo de andar pretensamente delicado e enchimentos em seios e bunda. Alguns emulavam grávidas. Até hoje me lembro de um que usava máscara encarnada e colar de pérolas de rio com duas ou três voltas no pescoço. Não falavam. Eu não sabia se eram do país das maravilhas ou do país do rio dos pássaros pintados. Assim como não cogitava que língua ouviam, nunca me perguntei sobre a cor ou raça deles, pois se cobriam do topo da cabeça às solas dos pés.

Os brancos sabiam raça ou cor dos mascaritos. Não passavam de negos bandidos de face criminosa escondida atrás de máscaras, uma fauce oscura que matava a sangue-frio bons membros da sociedade. A antítese do bem e da virtude. Os oyinbo, então, passaram a divulgar nos jornais e rádios que os festejos carnavalescos eram incompatíveis com a moral; que se revelavam a festa da carnificina; que nada tão censurável quanto o carnaval; que embrulhados em máscara astuta e vilã negros assaltavam famílias de bem. Os oyinbo pontificavam que não precisavam de máscara para se divertir; já iam longe os tempos de exibições grotescas para saciar a sede de alegria. O mundo se transformara em outro, agora o da guerra aos mascaritos.

Se o mundo deles já outro, podiam nos deixar com nosso mundo já antigo.

Se a alegria deles outra, podiam nos deixar com nossa alegria mesma.

Podiam se bandear para suas casas de praia em ponta de leite levando, de arrasto, suas serviçais enegrecidas, nos deixando espaço de paz, por uns dias.

Podiam nos abandonar com nossa loucura mascaritada e não medicalizada.

Podiam ficar mamando seu uísque de boca fechada.

Podiam ficar se empanturrando com doces salgados feitos por nossas mães e tias.

Podiam ficar enterrados nos seus clubes campestres onde não entrávamos, a não ser para lhes limpar as botinas.

Não podiam.

Tinham que destruir tudo ou nos saquear o que não tínhamos.

❖

Leitora, em honra à verdade histórica, reproduzo aqui uma carta de amor à praia de ponta de leite publicada no jornal *A Província*. O autor se equivoca. Assim como não viu acidentes de trânsito, não viu ou fez que não viu tia Eluma, Carmen, tia Malvina, levadas de arrasto pelos oyinbo da cidade com nome de liberdade para o paraíso de ponta. Elas deveriam estar preparando o almoço ou limpando os banheiros ou as bundas das crianças quando ele visitou as gentes das casas de família que lá veraneavam.

ponta de leite é um paraíso encravado no inferno do país do rio dos pássaros pintados. ponta de leite foi erguida pela gente do país de la negra María Remedios del Valle, que não quer saber dela, para gozar da vantagem de não conviver com o país do rio dos pássaros pintados. Há gente de todo o mundo em ponta, menos do país do rio dos pássaros pintados. Por isso, a gente de María Remedios, os remedianos, se refugiou lá. Mas, aos poucos, eles cedem terreno para as gentes do país das maravilhas, os maravilhanos. Haverá mais maravilhanos em ponta do que remedianos. As crises financeiras os empobreceram. Venderam suas moradas em ponta. Não vou a ponta de leite por sua beleza natural e arquitetônica. Vou pelos cassinos e pêssegos. Não é preciso dizer que tanto o atlântico quanto o rio da prata, que banham as duas margens da península em ponta, têm águas geladas. Se ponta tivesse as águas quentes como as de jurerê, seria a cidade mais frequentada do mundo. A água é gelada, nem pinguim conviveria com ela. Mas as ruas e avenidas de ponta são limpíssimas, arejadas por árvores e têm um trânsito convidativo como não há igual em nenhuma cidade. Eu nunca vi um acidente de trânsito em ponta. Finalmente, é incrível, mas não há sequer um negro em ponta de leite. A 150 quilômetros de ponta, na cidade do chapéu, há milhares de negros. Mas em ponta nenhum empregado, nenhuma empregada doméstica negra, nem camareiras de hotel. Foi feita em ponta uma segregação racial pacífica e não violenta. Há mais negros no continente da mulher que amou (ou foi estuprada por) um boi da cara branca do que em ponta. Não há sequer um só negro ou uma só negra em ponta.[17]

Basta. Vou queimá uma ponta.

[17] Paródia a um texto do jornalista Paulo Sant'Ana publicado no jornal *Zero Hora* em 29/12/2014.

❖

Tia Eluma acreditava que os mascaritos eram outra coisa; seus panos e trapos roupa garanta-que-eu-viva-muito. A mascarada original teria sido uma deusa que triunfara em certa luta. Nos panos dos mascaritos havia algo oculto, algo da deusa que deveria ficar protegido de olhos ciumentos e malignos. Eu nunca entendia o que minhatia queria dizer. Por que homens usariam roupas de mulheres e máscaras se a mascarada primeira fora uma deusa? Minhatia me mandava prestar atenção e abria a boca para contar que o dono-dos-trovões-violentos-como-se-fosse-nos-devorar consultou o oráculo em favor da deusa no dia em que ela chorava por não ter filhos. O oráculo orientou que levasse para fora da casa nove chicotes no lado direito nove chicotes no esquerdo nove galos que pudessem cantar. E ainda que ela cobrisse a cabeça com pano encarnado. A deusa carregou suas oferendas ao mercado e fez o recomendado pelo oráculo. Nasceram dela nove filhos, que gostavam de brincar com panos sobre suas cabeças. Ela lhes disse que não o fizessem, mas eles continuavam quando ela não estava olhando. E eles assustavam as pessoas. E eles iam ao mercado com chicotes e com panos sobre as cabeças. E diziam saiam saiam deixem o caminho livre.

Minhatia parava de falar. Profundamente contrariada, respirava, puxava um cigarro, soprava a fumaça para a lua e continuava a história em ritmo mais lento e pausado. A deusa pediu novamente às crianças que não o fizessem. Mas elas continuaram fazendo. A deusa ficou contrariada. A deusa acabou com a brincadeira delas.

Tia Eluma parava novamente, parecia ter dificuldade para respirar. Fumava outro cigarro. Cruzava as pernas. A doença desabou sobre as crianças. A deusa teve de consultar um segundo grupo de adivinhos chamados É-uma-grande-ocorrência-quando-o-rato-é-encontrado-num-buraco-d'água e É-uma-grande-ocorrência-quando-o-peixe-é-encontrado-sobre-a-grama. Eles disseram que sacrificasse um galo para cada um dos panos que suas crianças estivessem usando sobre as cabeças. Eles disseram que, assim como proibira, agora permitisse às crianças irem ao mercado.

Minhatia então olhava para os lados direito e esquerdo. Tirava o lenço da cabeça e concluía. Quando a deusa fez o sacrifício, as crianças ficaram boas. Saíam entravam usavam os panos encarnados e iam ao mercado dizendo não há nada a fazer não há nada que tenha sido deixado de fazer.

Tendo muito serviço a fazer, tia Eluma me abandonava na cozinha da casa da vovó. É-uma-grande-ocorrência-quando-o-rato-é-encontrado-num-buraco-d'água. É-uma-grande-ocorrência-quando-o-peixe-é-encontrado-sobre-a-grama.

❖

Nas reuniões de família na casa da minhavó havia música samba cantoria, coisa bem difícil de acontecer na casa do senhor expaimeu. Ele não gostava que cantássemos ou dançássemos. Talvez porque passava dias e noites em bailes ou prostíbulos enquanto minhamãe cuidava de três crianças pequenas sozinha em casa, muitas vezes sem comida sem dinheiro. Isso ela me contou *o teu pai recebia o dinheiro do serviço dele e se sumia por vários dias.*

Se queria uma vingança contra ele, minhamãe a forjou nessas palavras de que jamais me desfiz. Não exijo dele santidade. Mas é fato que ele, sem possuí-la, exigia de nós. O expaimeu gostava de dizer *façam o que eu digo não façam o que eu faço*. Não podíamos usar shorts quando éramos crianças ou adolescentes; certamente seria nossa culpa o mau comportamento de algum outro homem. Até hoje não uso.

Fugando da santidade imposta pelo expaimeu, certa vez furtei uma garrafa pequena de fanta laranja de um desses bolichos que infestavam a rua do enforcado. Eu e minhaprima entramos por sua porta ampla para comprarmos chicletes. O balcão com o vendedor ficava nos fundos; na parte da frente, estavam expostas as mercadorias, inclusive engradados de refrigerantes desvigiados. Na saída, peguei rapidamente uma dessas garrafas sem que ninguém visse. Me senti tão culpada, o minotauro em mim montado, tão vigilante e severo que não me permiti tomar o refrigerante ou mesmo me vangloriar do sucesso do malfeito. Abandonei a fanta sobre um banco de pedra numa calçada no retorno para a casa da vovó. Alguém menos preocupada e menos culpada poderia bebê-la. O crime não teria sido em vão.

Eu era vista como uma menina comportada que quase nunca fazia nada de errado. Não por vontade própria, pelo menos. O crime de furto quebraria a imagem que se prensava de mim. Já não seria apenas uma negra, mas uma negra suja ou bandida, como dizia o expaimeu de qualquer outra pessoa que não fosse ele. Sabia que, bem no fundo, eu-pessoinha-peçonhenta-capaz-de-matar-alguém, inclusive ele, apenas não o fazia pelo medo de revelar aos outros a parte do mino que montava em mim.

Enquanto não soa o toque de recolher, acompanho o sétimo dia de protestos contra o assassinato de mais uma pessoa negra nos estados unidos. george floyd, chamado de gigante gentil pelos amigos. O expaimeu era grande, mas nunca gentil. Pelo menos não conosco. floyd não conseguiu ter o sucesso que esperava nos esportes, tinha uma filha de seis anos e tentava reconstruir sua vida. Antes que chegasse lá, foi sufocado pelo joelho de um policial branco sobre seu pescoço por mais de oito minutos. A acusação: ter passado uma nota falsa de vinte dólares num mercado.

A cobertura dos protestos contra o racismo feita pela imprensa branca do país das maravilhas é semelhante às atitudes do expaimeu, sempre preocupado com que as filhas se mostrassem passivas, enquanto a ele, assim como ao estado, o monopólio da violência. Não sei por que temos que ser pacíficas se o estado é pacífico conosco apenas quando nos nega saúde, educação, moradia, salário digno.

Já com o expaimeu a coisa funcionava em sentido inverso. Por nos inquilinar em sua casa, por nos oferecer comida e não deixar que andássemos nuas por aí, por nos possibilitar o estudo sem que tivéssemos que trabalhar, pelo menos até o atual ensino médio, ele se dava o direito de nos violentar ao extremo.

Depois ele passou a reclamar da falta de amor das filhas, especialmente da minha. Quem foi criada a patadas aprende a dar patadas. Ele também passou a pedir algo que eu não tinha de onde tirar para lhe oferecer, acho que por isso eu lhe oferecia dinheiro como se fosse uma nota falsa de vinte dólares.

Feito minhavó sempre enrolada no colar de contas dos bolichos, volta e meia eu ando endividada com empréstimos bancários. Eu paguei a reforma da casa de propriedade do expaimeu na cidade com nome de liberdade. Terça parte da metade dessa casa me pertence. O objetivo era vendê-la. Com uma parte do dinheiro, pagar as despesas da reforma e outra parte investir na compra do meu apartamento.

Mas o homem branco mascarado de negro não quis fechar o negócio da venda da casa. Me equivoquei ao acreditar que o fato com minhamãe tivesse alterado alguma coisa nele. No ano-novo, quando esteve em minha casa (havia um quarto e um banheiro apenas para ele, a seu pedido), um pouco antes da meia-noite, ele repetiu a cena que nós – eu minhirmã irmãomeu minhamãe – tínhamos que suportar nessas datas (e em outras). Esparramou no chão da casa toda a ceia que minhirmã havia feito, começou a gritar que estava sendo maltratado por nós, que tudo que eu tinha construído eu devia a ele, que ele iria embora naquele momento para a cidade com nome de santa. Tudo por culpa minha.

Sim, apenas uma santa e minhamãe para suportá-lo. Eu confiei que poderia conviver com ele na minha casa em troca da venda da casa dele, em parte. Uma troca demasiado cara e quase da ordem do impossível, ponderou minhanalista.

Na verdade, aquele sentimento de ruína de que falei no início do livro é algo que sempre me leva a vivências de extrema pobreza. O expaimeu berrava que nós éramos nada, que apenas negras sujas, que não queria que o envergonhássemos ficando grávidas de vagabundos, que não seríamos nada se não estudássemos. Tais frases caíam de sua boca como uma laranja cai do pé sem força que possa explicar a queda.

Parece que debo introducir algo para que puedas poner el pie en algo más que mis propias palabras: el sentimiento de culpabilidad lleva a desastres, a cometer desatinos, locuras... y siempre está asociado al vínculo con o pai... dicho esto... y saliendo del tema teórico que sólo entré para poner un pie entiendo que haber ofrecido a teu pai morar na tua casa era un desatino quizás una forma de acercarte a algo que siempre te dió miedo como si pudieses ponerte en un lugar de superioridad con él y protegerlo pero... en la violencia el superior es el violento, en tanto uno está en su espacio… y toda la ayuda económica que le diste no fue vivida como protección por eso ahora te sentis tan culpable, y te castigas sino como tu obligación.

São palavras da minhanalista. Sim, depois de ficar gritando na sala com minhirmã, eu acuada no quarto, o expaimeu foi embora para a terra da liberdade. Eu queria que ele tivesse saído num caixão.

Qué especular sus palabras, él era el único que podía tratar mal en esta familia, como se te ocurrió "tratarlo mal"? Sim, era realmente. Cómo fuiste a rivalizar con él? Mirá el lugar que pone a los otros.

Minhirmã me contou que quando recebia seu mísero salário de professora, ele a acompanhava ao banco para ficar com metade do dinheiro. Y ela fazia mirá el terror que tendría. Eu convivi relativamente bem com ele durante um tempo curto desde o que houve com minhamãe. Mas me enganei com a possibilidade de permanência do convívio pacífico. Conviviste en tua casa "relativamente bien", pero cuando él se dio cuenta que perdía su casa y tenía que convivir con vos y formar parte da casa se puso a prova te puso a prova. Sim, como el maltratador que te pone a prueba para mostrar quien camina adelante. Mas ele está bem, mandou sua nova namorada buscar as coisas. Mandou buscar adonde? Aqui na cidade dos ajuntados, na casa da minhirmã. Ya sometió a otra mujer más? Acho que sim.

Así es ese señor, no sería preciso que siga funcionando a la distancia su poder con vos, comanda a distancia. Qué cosas necesitaba buscar que mandó a una persona a buscarlas, qué tan importantes eran esas cosas, si no fuese para mostrar su poder. Sim. La culpa te somete a un lugar demasiado incomodo, porque te deja contra la pared como un maltratador.

Suas roupas e um aparelho de som. Foi o que mandou sua nova namorada buscar na casa da minhirmã. Isso me assusta. Me desespero e limpo a casa todos os dias sob a justificativa de que se trata de um antídoto contra o vírus coroado. Porém, o que temo é a inexistência de um remédio que me faça efeito contra o poder do minotauro.

VIII

Hoje antes de sair a JULIANA encontrou o médico e perguntou sobre a situação dela ele falou que é uma infecção no sangue que foi liberado pelo mal funcionamento do pâncreas, e que ela vai ter que ficar mais tempo e a sonolência e dos remédio está com dois antibiótico. Hoje o pablo tá com ela.

Tia China, irmã da minhavó, também morava num quartinho retangular de chão de terra batida nos fundos do terreno da casa principal, a cama de solteira bem-arrumada com guarda cilíndrica de madeira coberta por uma colcha de retalhos o guarda-roupa de duas portas uma cômoda sobre a qual bacia sabonete outros objetos de higiene pessoal um relicário com imagens de santos. Pregado na parede de frente para quem entrava, uns trinta centímetros acima da mesa de luz, um espelho pequeno retangular como o quarto, tapado de pó, o que contrastava com a severa limpeza do restante da habitação. Certamente os móveis não eram feitio clê.

Como comentei com vocês, a disposição das pecinhas no terreno meio que lembrava um compound – a casa principal (obi), habitação do homem, e várias casas no entorno, destinadas às suas mulheres e filhos e filhas. Aí, em geral, havia riqueza. Um homem pobre não teria prole e esposas. No compound, ele recebia comida de cada uma delas.

Diversamente funcionava o compound da minhavó. Em primeiro lugar, ela não se considerava homem, embora muitos não a considerassem uma verdadeira mulher. Para a casa principal, numa espécie de cortejo, acorriam tia China clê ivo para tomar o café da manhã almoçar tomar o café da tarde se curar de alguma doença receber a bênção tomar banho brigar morrer. Jantar acho que não. Vovó se recolhia muito cedo para seu quarto. Alimentar esse monte de gente inflava as contas no bolicho do nelson ou do baixinho. Quando algo sobrava, vovó dava às vizinhas ou parentas. Tia Eluma brigava com ela por isso. Parece que a abuela não podia ter nada além do necessário, nada para mais, tudo sempre para menos. A mando da vovó, eu mesma alcançava para a Dona Rosa, ou suas filhas, latas de compota de pêssego ou quilos de arroz ou de feijão.

À noite, quando tia China já havia se retirado para seus aposentos (ficou meio pomposo para quem morava num quartinho de chão batido), eu e primomeus colocávamos agulhas de costura ou alfinetes na cadeira de palha, ao lado do fogão a lenha, em que ela passava sentada dia e noite, no verão ou no inverno. Parecia mesmo uma rainha. O objetivo, machucá-la na bunda. Queríamos nos vingar pelo fato de ter sido tão malvada com nossavó, segundo contava tia Eluma. Nunca ouvi a versão da tia China, mas acreditava na corrente enegrecida da história.

Bem diferente da minhavó, tia China tinha pele clara, traços do rosto mais para o branco do que para o negro, usava tranças uma em cada lado da cabeça dividida ao meio. Talvez para espantar maus espíritos ou inveja, havia aquele espelho empoeirado numa das paredes de sua pecinha. Tia China se considerava uma branca de neve à espera de seu príncipe. Contudo, o espelho mais a fazia parecer rainha má; por isso permanecia sujo.

Da época em que me lembro de sua figura, costurava suas próprias roupas, mas não foi costureira como Mãe Joaninha. Suas roupas trapos, malvada, se achava branca, a branca de neve. Ela e minhavó viviam às rusgas na cozinha. A preta contra a branca. Vovó lhe falava com raiva, mas lhe dava casa e comida. Tia Eluma lhe falava o necessário pela obrigação de considerá-la humana.

Minhavó e o avômeu não abandonaram a casa da avenida do almirante. Foram varridos pela vassoura da tia China. O imóvel tinha bom valor econômico, o terreno era grande e ficava numa das principais avenidas da cidade com nome de ana. Tia China queria a casa para ela e seus brancos, apenas. Vovó contava que, em muitos dias de chuva e de frio no inverno de bater queixo, ficou atirada ao relento junto com o avômeu, pois a China trancafiara a porta de entrada por dentro para que os negros da família não entrassem.

Tia China também costumava varrer as crianças pequenas, suas sobrinhas. Um dia fez tia Eluma, que então engatinhava, dar várias voltas de quatro no pátio empurrada por uma vassoura, como se a pequena tivesse que fugar de uma perseguição comendo o pó que lhe cobria a face. Ela nem podia subir pelas paredes ou pelo teto, inseto que era nos olhos da tia China. A cada vassourada, se obrigava a toda uma série de movimentos, quase uma equilibrista. Já começava a perder o fôlego, mas prosseguia ofegante, tentando concentrar todas as energias na fuga, mal mantendo os olhos abertos. Até que tia China sentiu qualquer coisa lhe bater. Um vizinho a bombardeava com laranjas podres que se espalhavam ao pé de uma das árvores do pátio dele.

As frutas, atiradas uma a uma, tinham como alvo o rosto da varredoura, que, então, cessou a varrição com medo de que sua face ficasse manchada de preto.

Minhavó avômeu e prole ficaram no olho da rua. Tia China, junto com um branco, se apropriou da casa na rua com nome de almirante. Se alguém lhe perguntasse quem aquele homem, ela dizia *não é homem, é o dom guarisco*. Seu príncipe encantado montado num cavalo branco. Porém num dia de frio de renguear cusco, a branca de neve apareceu na casa que nem sei como vovó e vovô conseguiram erguer na subida da rua com nome de enforcado. Pedia ajuda pedia proteção. Minhavó, de orelhas grandes para melhor ouvir e grandes olhos para tudo ver, deu-lhe ajuda deu-lhe proteção deu-lhe um quartinho deu-lhe a cadeira de palha ao lado do fogão a lenha em que tia China passou sentada dia e noite, no verão ou no inverno, sonhando ser a rainha. Que era.

❖

seu piniquinho fora soldado da força expedicionária do país das maravilhas na segunda guerra mundial. Agora trabalhava no negócio de carvão e lenha. Sua morada mais parecia uma caverna-carvoaria espremida entre duas casas na rua do enforcado. Vovó me mandava lá semanalmente encomendar lenha para alimentar o fogão ou comprar sacos de carvão para o fogareiro nos dias mais frios de inverno ou para o churrasco de domingo em qualquer estação do ano. Na caverna-carvoaria de seu piniquinho havia um quadro no qual se podia ler *a cobra vai fumar*. Esse era o único objeto de decoração mais ou menos humano que eu podia reconhecer em sua habitação. A questão não dizia respeito à humanidade de seu piniquinho, mas à minha falta em reconhecer humanidade que fosse habitualmente diversa da que eu conhecia.

Não tinha mais de metro e meio, mas vovó costumava dizer que tamanho não é documento. Pele branca, se descolando dos ossos, toda manchada de carvão. Unhas rosto dentes mãos cabelo puro carvão. Os olhos azuis, única parte de seu corpo livre do betume, contrastavam com os anéis de puro ouro nos cinco dedos da mão direita, os anéis de pura prata nos cinco dedos da esquerda e os colares de diamantes e de rubis pensos do pescoço. De uma das orelhas desabava a argola prateada. Muito largas para o corpo magro, as pantalonas de lona vinham presas no alto da cintura por um cinto grosso de couro cuja enorme fivela tinha a forma de uma estrela pontilhada por pedrinhas de brilhante. Nos pés, seu piniquinho calçava botas de couro. Sua cabeça era vestida por um chapéu de aba larga que parecia colado nela com cola de sapateiro. Não sabíamos se tinha cabelos.

O dinheiro da venda do carvão e da lenha ficava à vista de quem entrava em sua caverna, volta e meia invadida e roubada. Ainda assim nunca padecia de prejuízo ou desfalque, qual se assaltante nenhum lhe conseguisse subtrair algo que fizesse diferença em sua vida ou morte. Suponho que, por isso, jamais reclamava ou registrava ocorrência na polícia. Talvez não confiasse nela. Alguns achavam que era um cigano desgarrado de seu povo. Outros criam que se tratava de um extraterrestre que viera nos espionar, a função de carvoeiro mero disfarce. Outros ainda pensavam que era criminoso fugado de seu torrão natal depois de assassinar mulher e filhas a sangue-frio.

Encomendada a lenha, seu piniquinho organizava as achas e as entregava em sua carroça na porta da casa da vovó. Eu as contava uma a uma e ajudava minhavó a empilhá-las num canto da cozinha. Às vezes a abuela gritava *não vai te machucar*, mas eu já estava com uma felpa fincada no dedão da mão direita.

Seu piniquinho andava sempre com a morte do lado. No sentir de tia Eluma, ele a trouxera, sufocada numa mala, da guerra no continente da mulher que amou (ou foi estuprada por) um boi da cara branca. Chegado à fronteira, o suposto cigano a libertou de tantos cadáveres, mas ela não quis se libertar dele. A morte achava que devia a vida ao carvoeiro.

Foi numa dessas idas à casa da minhavó que seu piniquinho se apaixonou por tia China. Prometeu a ela todo o ouro toda a prata diamantes rubis do mundo. Rechaçado em seu amor – para ela, seu piniquinho não passava de um negro –, foi encontrado morto na casa-jazida coberto por sua fortuna. A morte não suportou que ele quisesse outra e decidiu levá-lo.

IX

desde Dezembro quando ela caiu doente, tivemos auxiliando ela com tempo com cuidado e com valores, tive ajuda da patroa dela e do esposo, pois foram muitos exames como tomografia que foram duas exames de sangue, eletrocardiograma, remédio, após a intervenção cirúrgica em Santa Marta que o valor foi 8.450,00 às ex patroa dela ajudaram com 5.250,00, tu com 1,000,00 a Meine com 500,00, Lucio com 50,00, Maria Antônia com 50,00, Tânia com 50,00 os irmãos da igreja ajudaram com 900,00, o pai e a mãe com 100,00, eu com 550,00. Mas após a ida até Santa Marta ela andou bem fevereiro tive um gasto com o suprimento alimentar de 250,00 no cartão, é os remédio que davam entorno de 240,00, 250,00 o pablo ajudava na alimentação pois ela tinha que comer comida mais leve, o que ela ganhava era 750,00 pois tinha dois empréstimos um ia até 2022 e o outro 2021, te pedi ajuda para ti e para Meine, pois não tinha condições de assumir sozinho, tive minhas despesa de cartão refinanciar no Verde car e no master, pois o que precisava gasolina para ir para Santa Marta e passarina cartão, remédio cartão o covid-19 ajudou porque me deram a oportunidade de parcelar. E mais ontem apenas a igreja abrir para culto presencial com o número de 46 pessoas. Realmente toda ajuda foi necessária é necessária. DEUS ABENÇOE.

Deus abençoe a quem?

Parece que toda a ajuda entre aspas que tia Eluma recebeu foi contada a migalhas por alguém sentado num banco de praça, esse mesmo alguém que, sentado, conta os pedaços mínimos de pão recolhidos pelo bico que alonga o pescoço das pombas. O tempo o cuidado a comida o dinheiro os remédios tudo contabilizado numa máquina de contar, numa máquina de fazer dívidas, até mesmo o tal deus foi aí contabilizado. Mesmo assim tudo foi em vão. Sua vida de tia Eluma sua vida de Ioiô sua vida de Didum sua vida de Mãe Eluma. Todas se foram. Em vão. Ficou apenas a impressão tipográfica dos números do que foi impostura para esticar uma vida já tão esticada pelas dívidas.

Houve época em que foram quilométricas e quiméricas as contas de água da casa da minhavó. Nem mesmo o herói belerofonte montado no cavalo alado pégaso conseguiu matá-la ou, ao menos, enfraquecer seu bafo queimante. Certa feita, tia Eluma decidiu ir ao departamento de água e esgoto da cidade com nome de ana pedir parcelamento. O funcionário comentou com o colega de bancada que as negras gastavam muita água com seus lavados, que, quando todo mundo tivesse máquinas de lavar, o problema se terminaria.

Tia Eluma estava acompanhada da sobrinha Carmenza, bem mais velha que eu. Carmenza cuspiu na cara do funcionário falador a fim de que ele sentisse o gosto da água gasta pelas mulheres negras. Tia Eluma viu e não disse nada, apenas pensou que ela, sua mãe, bisa, irmã, sobrinhas já eram máquinas de lavar que nem precisavam de energia elétrica para seus motores funcionarem.

Nas grandes festas da mid-century, Carmenza ajudava minhatia Eluma na feitura da comida e na limpeza dos pratos. Ao contrário da tia, que levava a sério demais a finesse metida a besta da patroa e do patrão, Carmenza morria de rir quando eles, com a ponta dos dedos indicador e polegar, descascavam banana nanica da cidade com nome de general, dali do lado da cidade com nome de ana, dizendo que importavam das terras de marie degringolada.

Lembro de Carmenza alta magra cabelo bleque quase vermelho macacão de um azul-escuro parada na encruzilhada no final do corredor que dividia em quatro a casa da nossavó e desembocava na entrada da cozinha. Ela está de costas. Furiosa comigo. Por isso não descreverei seu rosto.

Carmenza foi desabençoada pelo deus do final da vida de tia Eluma e do primomeu portador da má notícia. Em determinado momento da juventude, ela parou de rir da ridicularidade dos brancos e começou a sentir dores na cabeça. Parecia que o contador das migalhas recolhidas pelas pombas se alojara aí dentro, sentara-se num banquinho feito pelo clê e, com martelinho de quebrar pedras, fazia de conta que punha em ruínas cada parte de seu crânio.

Com quinze ou dezesseis anos ela deu à luz uma menina, mas tia Malvina registrou a rebenta em seu nome e no do marido (barnabé), pois não ficava bem filha solteira ter filhos e ainda registrá-los. Não se permitiu a maternidade da Nina à Carmenza. Pode ser até que ela não quisesse, porém não teve oportunidade de decidir. Não se soube ao certo. Com Carmen, sua irmã, foi semelhante. Teve dois filhos com um homem que tia Malvina desaprovava. Assim, não pôde se casar com ele nem com nenhum outro, pois minhatia não aprovava nenhum. Todos eram negros vagabundos ou brancos exploradores. Tia Malvina até tentou registrar as crianças da Carmen em seu nome e no do marido. Contudo, numa rara oposição ao poder de ajé da mãe, Carmen, ajudada por tia Eluma, registrou os filhos como seus filhos, omitindo nome de pai desconhecido.

Tia Malvina vivia às turras com o expaimeu. Ela era *essa gente* para ele e ele era *essa gente* para ela, talvez porque um fosse a imagem do outro no reflexo da faca bem-afiada. Ambos governados pelos brancos ricos a quem serviam, para quem ambos eram *essa gente*. Dentro de suas casas, para fantasiarem a saída do lugar de passividade diária, pretendiam governar, sob regime de tirania, as mulheres negras que a ela e a ele se submetiam, como se a opressão fosse ciranda de roda na boca de todos. Ciranda cirandinha vamos todos cirandar.

Essa gente apontava suspeita permanente contra nossas aparentadas mais por epiderme do que dna ou afinidade, que repartiam na mesa rala história mais ou menos comum. Destas o expaimeu e minhatia Malvina desconfiavam, desde cedo ensinados a suspeitar de nós, de si mesmos, da gente empretecida no seu entorno, moradoras de suas casas, mas não dos suspeitos donos das charqueadas lanifícios, das casas de família. Dessa gente fora do alcance dos seus dos nossos golpes não foram não fomos ensinadas a suspeitar.

O expaimeu vivia a nos advertir de que, se engravidássemos, nos poria para fora de casa a chute bem dado na bunda. Vivia a nos advertir de que não nos juntássemos a vagabundos. Não queria essa gente dentro da sua casa. O expaimeu teve sorte; não engravidei e, agora, se eu quisesse, nem mais poderia. Novamente fiz cumprir a profecia dele.

Carmenza saíra da casa da mãe para habitar com um homem branco. Diziam seu amante; hoje, talvez, dissessem companheiro. Além de brancura, portava título de separado da esposa, uma tal mina. Um dia Carmenza estava sentada na sala de sua nova casa do homem branco e de súbito viu a sombra de um inseto enorme atravessar o jardinzinho de margaridas que dava contra o muro. Não sabia nominá-lo nem descrevê-lo. Desde então caiu doente. Seu corpo exigia pronúncia do bicho que ela não sabia.

Tia Malvina e Carmen percorreram toda a província de san pedro em busca de médicos que aplacassem as dores de cabeça da enferma, mas nada havia. O bicho não dito borbulhava na cabeça de Carmenza e fazia sulcos para sair. Sulcos que se transformavam em feridas. Sua cabeça era a de uma leoa atingida por flechas numa caçada de filme de sessão da tarde. Mesmo contra sua vontade, minhatia recorreu a uma ialorixá que recomendou a iniciação de Carmenza ao culto de Opanijé, rei dono da terra. Apenas isso poderia salvá-la. Contudo, se apresentava um problema. A iniciação teria de ser feita por tia Firmina, cujo terreiro ficava na cidade do chapéu.

Ninguém me ensinou, foi deus que me ensinou, a minha mãe era lavadeira. Ela cozinhava, mas eram aquelas comidas grosseiras. Eu aprendi assim, olhando os outros fazerem, outras vezes olhando uma receita, assim fui aprendendo e aprendi sozinha, não, não... A mamãe era lavadeira. Mas bá, engomava que era uma barbaridade, lavava e engomava, tinha muita, às vezes ela tinha vinte lavadas, é... Ainda no tempo que a gente carregava roupa na cabeça, tinha que lavar e depois levar quando tava (?) a gente ia entregar. E assim eu fui criada, trabalhando, por isso que eu não conheci a preguiça, porque toda a vida eu trabalhei, desde criança, né, desde criança eu sempre trabalhei.

Essas são palavras da tia Malvina, cozinheira e outras subordinações numa casa de brancos. Numa não, em várias. Carmen também foi cozinheira e outras subalternices nas mesmas casas em que tia Malvina cozinhou. Aprendeu a cozinhar para eles antes de aprender a andar para si mesma. Aprendeu a cozinhar para eles antes de aprender a palavra comida ou a palavra mãe. Ela era a menina que preparava a sua comida e a dos outros.

Desde mocinha, quase criança, até antes de se matrimoniar, minhatia vivia num quartinho sem janelas na casa de uma senhora cuja mãe entregava as roupas sujas para minhavó lavar. Nenhuma flor verdadeira resistia no quartinho. Inverno verão outono inverno. Não importava. Pouca luz era própria para flores de artifício. Quando foi transladada para a casa da senhora-filha, minhatia se sentiu a trouxa de roupa suja que, num movimento contrário, sua mãe agora entregava aos brancos.

O trabalho iniciava antes do canto do galo e não tinha horário de término. Malvina a patroa quer um chajá Malvina a patroa quer um copo de água Malvina a patroa quer um chá Malvina termina de passar os lençóis que a louça está esperando olha os lençóis devem estar bem lisos Malvina o patrão chegou e quer os chinelos Malvina serve o jantar. Essa voz que repete Malvina é a voz da governanta governando minhatia.

O que está fazendo aí Malvina o livro ainda nem foi retirado. *A dona melinha me deu 1kg de batatas para descascar para a salada russa. Mas não é suficiente somos nove pessoas*, disse a governanta. De longe a dona melinha retrucou que *não não somos nove pois as crianças não contam e nem a outra*. A outra era minhatia.

barnabé seu marido foi soldado aposentado da brigada militar vivia borracho com o corpo pele osso atirado à beira das calçadas nas esquinas buscando briga com todos e qualquer um quando não estava em casa maltratando a mulher maltratando os filhos maltratando as filhas.

Nunca o chamei de tio. Ele jogava desde frigideiras com óleo quente recém-tiradas da boca do fogão a penicos de merda na mulher e nas filhas. Foi num desses episódios que Carmenza decidiu trocar a casa do homem que se queria branco pela casa do homem que era branco mesmo sem querer.

Na cidade em que fora criança e jovem, o barnabé vivia numa casa pequena com a mãe e as irmãs. Estava acostumado a maltratá-las. Elas não podiam sair de casa. Elas levavam surras de relho por qualquer motivo ou mesmo sem motivo algum. Afinal, que motivo poderá ter alguém para surrar outra pessoa? Antes de ser policial militar o barnabé já usava farda de carcereiro. Talvez nunca tenha usado roupas de filho ou irmão. Essa roupa oficiosa, ainda que não vista a olho nu, o delineava para si e para os outros. Talvez nem fosse roupa, mas sua própria pele.

Contam que, certo dia, uma de suas prisioneiras conseguiu fugar. Avisou a polícia do que ocorria e retornou para casa sem que o capitão do mato se apercebesse de sua falta. A polícia bateu na casa. Ele abriu porque nenhuma das mulheres poderia chegar perto da porta. A polícia perguntou se ali morava algum barnabé ao que ele respondeu que barnabé era ele, o dono da casa. Foi levado preso. Apareceu anos mais tarde na cidade com nome de santa vestido com peles de ovelha-ideal para infernizar a vida de outras.

Faltava o dinheiro para a viagem à cidade do chapéu, mas elas não poderiam contar com barnabé; quem sabe nem soubesse da doença de uma das filhas. Tia Malvina teve de conseguir dinheiro emprestado com uma de suas patroas.

Assim alugou uma condução, pagou um bom dinheiro ao condutor, e ele conduziu as três mulheres à cidade do chapéu. Carmenza viajava clandestina, pois as autoridades de saúde não permitiram seu deslocamento para fora do país das maravilhas. barnabé ficou na cidade com nome de liberdade enchendo a cara de cachaça e batendo nos filhos com qualquer objeto que estivesse a seu alcance, vaso vassoura panela com comida cadeira pá enxada penico cheio da própria merda.

As viajantes já conheciam a cidade do chapéu. Haviam morado lá durante uns meses, quando tia Malvina, não suportando os maus-tratos do marido, arrebanhou as crianças e fugou para onde se exilara tia Firmina sua irmã. Não conseguia simplesmente dar as costas ao carcereiro, dizer adeus, logo teve que fugar. Fuga meio malograda. O único filho que permaneceu na cidade com nome de ana, o menor, foi entregue por Malvina aos cuidados de Eluma.

Enquanto ela trabalhava na casa de algum outro branco no país do rio dos pássaros pintados, as crianças ficavam com tia Firmina. O alimento que recebiam, além de racionado, era horrível, fideo mergulhado na água jogado a cucharadas em suas bocas por essa tia que comigo era tão carinhosa.

No tempo que tia Firmina lhes permitia tocar os pés na rua, as crianças se divertiam cantando sambas numa praça perto da casa. Recebiam dinheiro. Carmen cantava bem, e seus irmãos não ficavam atrás. *Lata d'água na cabeça, lá vai Maria, lá vai Mariiia.* Com esse dinheiro tia Malvina comprou as passagens de retorno do país do rio dos pássaros pintados para a cidade com nome de santa. Outra pisada nas fezes do camaleão.

No entanto, os irmãos quase ficaram para trás. Depois de retornarem da cidade do chapéu, foram internos de uma dessas instituições totais para meninos negros considerados delinquentes ou quase, algo anterior à febem. Tia Malvina tinha medo de que se tornassem marginais e os internou como medida preventiva. Isso é engraçado, pois eram filhos de um pai brigadiano. Mais uma pisada nas fezes do camaleão.

O filho de nome também barnabé, adulto, vivia em outro município do interior do estado. Jovem, trocara a cidade com nome de ana por outra. Minhatia não sabia do que ele sobrevivia e se ainda vivia. Um dia ele reapareceu na cidade com nome de liberdade acompanhado de três amigos. Duas semanas depois, um deles, branco e magro, ameaçou minhatia lhe encostando o fio de uma faca de cozinha no pescoço. Ela não deveria dizer nada sobre sua chegada ou que o conhecia ou que o tinha visto ou que tinha se hospedado naquela casa. Depois, bandeou-se para o país do rio dos pássaros pintados. No mesmo dia, a polícia bateu na casa e barnabé filho foi detido e condenado à prisão por roubo.

Cheguei a visitar o primo que leva o nome do pai brigadiano na penitenciária. Minhamãe Alesọ foi sua madrinha. Um domingo sim outro não ela o visitava, comigo como sua acompanhante. Levava roupas limpas, comida de domingo e alguma palavra de conforto. Ele se mostrava calmo e compassivo.

Quando terminou de cumprir sua pena-penitenciária, seguiu apenando minhatia Malvina e as outras mulheres da casa. Parece que todas eram culpadas por sua internação, sem crime e sem julgamento, na instituição em que minhatia depositava as esperanças de que os filhos se salvariam de serem como o pai ou, ao menos, de serem totalmente como o pai.

Minhavó, que me tratava tão bem, não fora menos violenta com tia Malvina. Criança, ela jogara no bicho com o dinheiro do lavado pago por algum dos brancos da vovó. Apostara no elefante. Tia Malvina fazia o trabalho de entregar a roupa limpa e recolher a roupa suja, junto com o pagamento.

Quando deu falta do dinheiro do lavado, Anagilda surrou tia Malvina com vara de marmelo nas pernas na bunda nos braços na cabeça e, para finalizar com chave de ouro, a esganou com o pé direito alisado nas pedras do arroio. Um vizinho que espiava da janela gritou que chamaria a polícia quando viu o pé preto de minhavó na garganta da minhatia. Alguns dias depois, tia Malvina chegou com a trouxa de roupa suja que buscara nos brancos da minhavó e mais o dinheiro do prêmio do jogo do bicho. Deu elefante na cabeça. Entregou tudo à sua mamãe. Ela que lavasse a sujeira das roupas e do dinheiro.

Desde então tia Malvina criou uma confiança insuperável na palavra polícia. Por isso escolhia o lugar da polícia nas brincadeiras de polícia-ladrão. Por isso se matrimoniara com um brigadiano. Por isso entregara os filhos a uma espécie de presídio para jovens e crianças onde algum carcereiro os desensinaria o que o pai ensinara. Tia Malvina não sabia ou não queria saber que polícia ou ladrão arroz tudo do saco que ela mesma comprava e cozia.

Não houve sorte vizinho ladrão ou polícia que acudisse Carmenza. Chegadas ao terreiro da tia Firmina na cidade do chapéu, foram informadas por uma cambona de que a sacerdotisa viajara às pressas para o país das maravilhas.

A morte chegou brusca, de capa e espartilho vermelhos, olhando minhaprima pelo espelho e metendo-lhe a língua cor de melancia.

Tendo viajado clandestina, Carmenza não tinha documentos dinheiro ou cor para enterro no cementerio dos mortos na batalha do rio da prata. Foi enterrada na parte mais pobre do cementerio do escafandro com nome e documentos da Carmen. A irmã morta foi sepultada com a identidade da irmã viva. Carmen acha que, por isso, passou a viver como se estivesse num buraco. Quanto mais tirava a terra de cima de si, mais a terra a cobria.

Para pagar o empréstimo tomado da patroa, tia Malvina se empregou no frigorífico roma, que tinha várias instalações divididas por função: graxaria, cozimento do sangue, salgadura dos couros, conservas, moedura dos ossos, câmaras frigoríficas, rotulagem, matança, picada, tanque para cozer ossos, salmoura e resfriador. Na parte de fora do complexo, ficavam a carpintaria, o armazém, a balança para vagões e gado e a oficina mecânica. Tia Malvina trabalhava no setor que mais lhe parecia certas polícias, a picada, onde os animais eram esquartejados.

A morte de Carmenza ajudou minhatia a dar as costas às patroas. Nos finais de semana, contudo, ela ainda fazia jantares ou bolos para os altos funcionários do frigorífico. Foi assim que conseguiu pagar a bondade-empréstimo da outra.

❖

E deus abençoe a quem mesmo?

Mina tinha dos parentes ingleses os olhos azuis da falsidade. O azul é uma cor inventada. Inexiste na natureza. Surgiu do trabalho de algum braço escurecido sobre a pedra lápis-lazúli à beira do rio Nilo no Egito. E seus olhos, olhos de Mina, não deixavam tombar sob o esquecimento esse fato, de que o azul nascera de uma invenção, de que aqueles olhos de pedra nasciam de um invento, como o chá inglês uma invencionice, como a louça inglesa uma invencionice, como a monarquia inglesa uma invencionice.

Se os olhos de Mina consistiam num invento, seu nariz, por outro lado, correspondia a uma verdade. Longo e batatudo, não como o das bruxas dos filmes, mas como um nariz que chega na frente do resto do corpo a qualquer mundo a qualquer povo; um nariz que se sobrepõe aos outros órgãos porque é um nariz que vê, ouve, saboreia o gosto dos ossos colados à carne, um nariz que sente o cheiro de tudo. Um nariz como o dos comedores de batata. Mina mesma cheirava a iodo violeta de genciana e ácido carbólico. Minhaprima Xuela associaria esse cheiro a uma salinha onde descansavam prateleiras com pequenos frascos marrons, bandagens e utensílios de esmalte branco em suas superfícies higienizadas. Mas não se engane, leitora, Mina não era médica nem enfermeira.

Também eram verdadeiros seus lábios afiados frios finos cortantes como as facas mais afiadas de cortar recém-usadas no açougue onde minhatia Eluma comprava carne. Mas ainda mais verdadeiros eram os dentes superiores de Mina. Entre os dianteiros, uma fenda por onde corria o bafo quimérico que a mantinha viva.

No dia em que Carmenza viu o bicho que a calou para sempre, Mina pouco antes havia estado na sala da casa da ex-rival, com um vestido azul de linho. Assim vestida, não deu um tapa na cara de Carmenza com sua delicada mão inglesa, não xingou Carmenza com sua boca de batom de marie degringolada, não chamou Carmenza de puta piranha porca parasita, não rasgou o macacão azul-escuro de Carmenza nem puxou seu cabelo bleque. Sentando-se comodamente no sofá com as pernas cruzadas, Mina ofereceu a Carmenza chá de murta, que trouxera de sua casa. Depois, no ritmo lento e quente da bebida, disse que não valia a pena brigar com outra mulher por causa de um homem quando existiam tantos melhores.

O cômodo estava repleto de espadas do que não raspa o estrume dos pés nem tira o ranho do nariz. Estava repleto de espadas da que agulha a morte, sem falar de comigo-ninguém-pode e costelas-de-adão. Quando o nariz de Mina ingressou na sala, chá e pedra dos olhos a reboque, as folhagens murcharam e, semanas depois, morreram. Suas raízes não puderam ser replantadas. Quem declarou a morte das plantas foi tia Eluma, chamada a socorrer Carmenza logo do início das dores de cabeça. Nessa época, ainda estava na cambonagem.

Mina não sentia mais nada por seu ex-marido, nem amor nem ódio e muito menos indiferença. O chá que serviu a Carmenza teve o objetivo de selar a amizade entre elas; uma baba nojenta escorria de sua boca inglesa enquanto Carmenza o sorvia. Para Mina, Carmenza poderia até ficar com a xícara bordada de pavões imperiais.

Carmenza acreditou na amizade de Mina, apesar de sentir que algo a ameaçava, que algo a punha em perigo, que alguém a queria morta. Mas a sensação do corpo em abismo a acompanhara desde o início de sua vida, por isso a ignorou como de hábito.

Mas era verdade que Mina queria a morte de Carmenza. Como seu querer não se realizava apenas pela força do desejo, adotou providências líquidas. Minhatia Firmina nem teve tempo de fazer voltar ao interior de sua fonte o que escorria e escorria.

Sei como é. Eu mesma adotei minhas providências líquidas para fazer de conta que a morte dele havia sido acidente ou decreto de deus. O problema foi apenas que não consegui fazer uma grande demonstração de tristeza no funeral nem rezar por sua alma. Eu queria minha morte ou morte dele. No meu desejo, não havia ordem ou preferência quanto a uma ou outra.

No entanto, fosse minha a morte, sobrariam as contas impagas luzágua blusas calçassaias camisetas compradas a prazo as prestações da casa própria. Coisas pequenas tão enormes para mim que as suportava.

Chovia muito. Olhei para a flor das onze horas. Estava aberta. As nuvens tinham a cor do nescau com leite que minhavó tomava. Não havia vento nem presságios. Todos eram indiferentes a essa morte. Menos eu, que não sabia que a morte de alguém não nos libertava do seu fantasma.

O legado da morte dele me dói feito um sapato apertado de salto. Dele não posso abrir mão como não posso renunciar ao medo de um final supostamente pequeno supostamente mesquinho num hospital onde tudo falta numa cidadezinha do interior que não se decide entre o nome de santa o nome de ana ou de liberdade. Temo que a vida também me seja assim cortada, que a morte, de capa espartilho vermelhos, olhe para mim pelo espelho e me meta a língua cor de melancia. Um fim pequeno de uma vida que pereceu pequena. Tudo isso eu temo.

Eu estive no último segundo do seu último dia. Eu fui esse último segundo. Depois de feitas as contas, mandei um aviso aos parenteseus *é com tristeza que comunico que ele faleceu agora às onze*. O pensamento de que me foi sofrimento funciona no modelo de uma máquina de cortar ossos que acouta lenta e simetricamente meu sentido de culpa. Sei disso, e é bom. Nenhuma autoridade jurídica ou eclesiástica disse que eu deveria ter sido esse seu último segundo ou que eu deveria ter me sentado à cabeceira de sua cama de cadáver de pernas cruzadas, com meus sapatos de salto quebrado no ato do corte de isso tudo que foi tanta mesquinharia.

Confessar os próprios crimes não é se perdoar por eles; confessar os próprios crimes é apenas cortar com uma faquinha de serra, como se corta um tomate vermelho, o silêncio que aprisiona o sofrimento. Sofrimento não pela morte dele, mas por minha vida à dele aprisionada. Eu vivi labirintada à vida dele, agora vivo labirintada à sua morte.

Que deus nos abençoe.

segunda parte

I

Registramos com muito pezar, o falecimento, ocorrido dia 08 do corrente, de Herculana Naves Pedroso, Shatta, como era carinhosamente chamada.

Jornal *A Nação*

Em insabida data de 1831, parentaminhas e parentemeus embarcadas a fórceps num navio ancorado na fortaleza com nome de santo abandonaram o porão. Insurgentes, apoderaram-se de facas facões navalhas espadas mosquetes baionetas pedaços de madeira e outras armas de fogo ou de sangue, lançando-se contra a tripulação. Algumas tinham apenas as mãos como armas. Embarcadas, ancorado, alguém me sugeriu que, além de corrigir a concordância, eu deletasse as rimas em ado, pois seriam feias e pesadas demais para um início de capítulo. Já confessei que essas rimas me desgostam tanto quanto o expaimeu. Contudo, o pesadumbre da frase decorre mais dos corpos que me molestam vivos ou mortos ainda não enterrados do que propriamente das palavras rimadas.

Na fortaleza sem nome onde o expaimeu me inquilinava, também havia um porão habitado não por corpos insurgentes subtraídos do mundo dos vivos, mas por corpos de móveis abandonados da condição de servos das gentes. Talvez esqueleto fosse mais conveniente aos móveis do que corpo. Talvez escravizada fosse mais conveniente às gentes do que serva. Voltando ao esqueleto, um corpo se gasta é gasto desgastado, carcomido carunchado. Um esqueleto, não. Um esqueleto mais resistente ao desgaste, aos carunchos e até mesmo à morte. Permitam-me, então, refazer o fragmento da frase [...] mas por esqueletos de móveis abandonados de sua antiga condição de escravizados.

Uma mesa fabricada pelo clementino ainda nos idos dos 1970 ocupava o centro do subterrâneo. Forma pesada retangular, tampo grosso de madeira maciça clara dividida ao meio por depressão onde se alojavam grãos de feijão ou arroz. No tampo, as crianças ficavam com a tarefa de separar, dos grãos, os maus carunchados. Quero dizer que separávamos do todo os grãos com algum defeito. Grãos de feijão furados ou quebrados. Grãos de arroz atravessados de um lado a outro por gorgulhos adultos ou servindo de berço ou útero às suas larvas. Estes não iriam para a panela, tampouco para nossas barrigas já ocupadas por lombrigas. Eram segregados. Se não fosse pelo formato da genitália, o gorgulho-do-milho ou *sitophilus zeamais* seria igual ao *sitophilus oryzae*, gorgulho-do-arroz. Em que deixemos de lado as diferenças das genitálias, *zeamais* e *oryzae* fazem parte de uma grande família de insetos cujo rosto afinado termina numa boca em formato de bico, o que facilita seus ataques aos grãos. Feito a minha, a coloração do gorgulho-do-arroz é preta-acastanhada. No tórax, tem entalhes ovais. Seu pertencimento, portanto, e não apenas o dele, está gravado no corpo. O gorgulho tem asas, mas decidiu não voar, aparentando-se às galinhas. O bico também denuncia esse parentesco um tanto quanto vergonhoso.

Em síntese, embora não fôssemos os anjos de cachos dourados que, no juízo final, segundo o apóstolo mateus, separariam os filhos do maligno dos filhos do reino, também separávamos o joio do trigo. Algo do joio sempre caía no vão que dividia o tampo. Aí, seu cemitério. De certo modo, emulávamos a função principal do homem que se queria branco de cachinhos de ouro da família – separar dos bons, os maus.

Alesọ fazia pastel na mesa de madeira maciça. Seu movimento iansânico esticava e alisava a massa. O mesmo movimento com o pente quente de ferro, ela impunha a meus cabelos, esticando alisando sovando. Seus braços imprimiam um vaivém ininterrupto ao rolo sobre o corpo molusco amassado. Depois do *vir*, sua mão direita jogava a farinha de trigo por cima do corpo, com força; deveria sofrer a impossível dor da brancura. O rosto se lhe encaretava e ela recomeçava a opressão da qual participava sua barriga de três filhos e alguns abortos. Sua barriga integrava a madeira da mesa como os dedos integram a mão; e o gorgulho, o arroz.

No porão ainda figuravam cadeiras armários camas colchões uma bicicleta monark azul-celeste roupas de inverno cabides. Havia coleções de discos de música, os antigos bolachões, na toalha de mesa de um bar você desenhou um coração jurei não amar ninguém mas você foi chegando e eu fui chegando também; o neguinho gostou da filha da madame que nós chamamos de sinhá sinhazinha também gostou do neguinho mas o neguinho não tem dinheiro para casar a madame tem preconceito de cor. Eu amava as músicas cantadas pelo noite ilustrada. Não sei se hoje as continuo amando. Tenho dúvidas se objetos podem ser amados ou se apenas pessoas podem ser odiadas.

Pintadas de preto nas extremidades, as pernas (deveria escrever patas?) da mesa pareciam vestir carpins desgastados. Quero dizer que os carpins não mais se sustentavam na altura mediana da barriga da perna de quem os usava. Desmaiavam até os calcanhares como que fartos da posição vertical. Infiéis ao destino, lhes restava serem transpostos para um homem mais pobre do que seu dono atual. Um homem que se importaria mais com o fato de os carpins cobrirem as pontas dos seus pés nos invernos e menos com a estética da verticalidade ou da arrogância do nunca desmaiar.

À leitora que desconhece o carpim, tento explicar. Na fronteira entre o país das maravilhas e o país do rio dos pássaros pintados, chama-se carpim a engeneração masculina da meia desde que acompanhada das qualidades de finura e delicadeza, pois o tecido de que ele é feito se apresenta mais refinado que o tecido dela. A relação entre uma e outro se assemelha à existente entre a chita e a seda. A chita foi usada por minhavó Anagilda; a seda, pela gilde, patroa de minhatia.

Com seu peso de quinquilharias, o porão se fazia outra moradia. Durante a noite, eu ouvia murmúrios vindos dali e me encolhia debaixo das cobertas, tapando-me dos pés à cabeça com o lençol. Certa vez um cheiro pútrido escapou de suas entranhas, invadiu e tomou conta da casa e de seus moradores, assumindo o lugar reservado ao ex-paimeu. Tanto foi forte que, lenço tamponando os furos do nariz, o senhor desceu para investigar a invasão dos seus domínios. O fedor era de morte. Uma cadela da vizinhança fora envenenada e resolvera se acoutar entre os esquecidos do subterrâneo.

Dias depois, Teresa, amiga de minhamãe, veio perguntar se não tínhamos visto potira, desaparecida do pátio de sua casa havia duas ou três luas. O expaimeu disse que não. Batendo a porta às costas da vizinha, ameaçou cortar nossas línguas se disséssemos algo sobre a cadela morta. Teresa saiu triste, lenço encarnado na cabeça baixa de cabelos alisados, boca de batom também encarnado que extrapolava o limite dos lábios, camisa de mangas morcego cor verde-bandeira com bolas grandes amarelas comprimindo seus seios pontudos, saia cor de laranja arrastando a polvadeira da rua. Tudo isso fazia Teresa parecer mais triste. Quem sabe fosse mais feliz que minhamãe cujo batom contornava com perfeição os lábios mudos. Dos pulsos até os cotovelos, em cada um dos braços, Teresa usava pulseiras prateadas, algumas com berloques. Quando deu as costas à casa do expaimeu, fazia barulhar contra as pedras que encontrava nas calçadas os saltos altíssimos das sandálias. Alguns a chamavam de Teresa Louca. Mesmo assim tinha marido, o bernardo, filhos e filhas, e parecia não se importar com os sintomas de sua suposta loucura.

Logo à entrada, à esquerda de quem cruzasse pela portinhola do porão, descansava uma faca de cabo de madrepérola cuja lâmina, tomada pela ferrugem, ainda pedia para ser usada na carne de alguém. Ficava pendurada pela coronha num prego pregado nas paredes acimentadas. Um barbante ligava coronha e prego. Segundo o expaimeu, a faca tinha servidão: proteger os esqueletos contra eventuais vagabundos, tipo amuleto vigiando a tumba de um faraó ou o combinado que minhavó aprendeu com Dona Nida. Mais ou menos por aí. Não me exijam tanta precisão nas comparações. O certo é que eu tinha vontade de usar o amuleto contra o expaimeu quando ele começava com sua ladainha constante de brigas e reclamações. Às vezes, nem isso precisava. Bastava que eu fosse lembrada de sua existência para querer manejar a arma branca. Quase um facão, mais pesada e maior que eu. O expaimeu pai não quis protegê-la contra o oxigênio do tempo com os tais metais de sacrifício. Esses metais, se utilizados, poderiam ser consumidos pela oxidação em lugar do ferro que compunha seu fio. Um dia a faca sucumbiu e se tornou mais uma das esquecidas.

Ainda no porão da fortaleza, três sofás vermelhos em bom estado de conservação esperavam alguma bunda sentar neles pela última vez. Tia Eluma não tinha mais sofás em sua casa da minhavó. O filho que se achava postiço os tinha vendido. Contra o destino esperado para esse tipo de móvel, o expaimeu achou por bem fazer uma fogueira com eles, pois não parecia direito doar o que fosse para quem fosse. Dizia que o donatário não cuidaria bem da coisa doada, comprada com muito sacrifício. Nunca recebera nada de ninguém. Não daria nada para vagabundo.

Houve muitas brigas com vizinhos que estendiam seus braços entre os buracos das cercas para pegar limões laranjas bergamotas caídas de maduras no pátio da fortaleza. O capitão preferia que os passarinhos as comessem ou que apodrecessem no chão como a cadela envenenada. Se ele havia plantado as árvores com seus próprios braços, ninguém teria direito sobre elas e do que delas frutejava.

Tão mesquinho. Essa a expressão que escapou da boca de tia Olma hoje pela manhã para se referir a um dos seus irmãos. Ela está na cidade dos ajuntados para fazer uma cirurgia de retirada de tumores cancerígenos do intestino. Enquanto esperávamos que fosse encaminhada ao bloco cirúrgico, volta e meia o expaimeu se fazia presente em nossa conversa. Para suportar gente como ele e primomeu, um dos filhos dela (espíritos muito inferiores) somente usando corpinho. Foi o que disse ela, que nem mais fazia questão de usá-lo.

À leitora que desconhece corpinho, tento explicar. Na fronteira entre o país das maravilhas e o país do rio dos pássaros pintados, chama-se corpinho, na verdade corpiño, não um corpo pequeno, mas uma peça de vestimenta exclusivamente feminina que empina os seios. Vulgo sutiã, em português dicionarizado. Posso tentar criar uma imagem para melhor ser compreendida e evitar as acusações de hermetismo linguístico: o corpiño é o rolo de madeira maciça que minhamãe usava para esticar e alisar a massa do pastel. A massa do pastel, os seios.

❖

Cortei com minha faquinha enferrujada sem cabo de madrepérola a insurreição de 1831 para falar do malogro daquela que eu planejava nos anos de 1980. Retorno, então, àquela que me conduziu até aqui. Depois de meia hora quatro mortos doze feridos, os brancos contiveram a fúria da rebelião. No final da madrugada do dia seguinte, reservada a quota dos corpos encomendados, vinte e quatro dos insurrectos deram-se por enforcados na ponta do mastro. Ali permaneceram. Pendurados. As mulheres, mais audaciosas e perigosas, também permaneceram penduradas. Mas não todas. Antes do final da madrugada do dia anterior, temerosas do mal maior que se avizinhava, muitas das então sobreviventas se atiraram à salgadura das águas.

Da quota de corpos encomendados, ela foi quase desembarcada num porto da cidade do crucificado. Acabou desembarcando na rampa do Valongo, num cais da cidade de açúcar. Imediatamente segregada do olho direito da sociedade, foi socada num casarão de teto baixo. Ali outras gentes agora ditas seu povo eram exibidas a homens barrigosos fedentinos, a maioria com mau hálito piolhos mãos coladas ao saco. Esses homens, de dentes cariados, os chamados senhores. De longe, do outro lado do galpão, ela via novas gentes ditas seu povo fabricarem correntes e outros instrumentos. Apenas mais tarde tomou conhecimento da serventia de tais cousas e tais gentes. Apenas mais tarde, nunca soube quanto, foi adquirida por alguém a mando de outrem.

Isso que conto se assemelha a filme que vi na televisão sobre sengbe pieh e outros cinquenta e dois do continente-ventre ou Abibimañ,[18] que mataram a tripulação do navio sanchopancês *La Amistad*. Os rebelados pouparam da morte dois navegadores apenas para que os navegassem de volta para o ventre. Contudo, os brancos dos olhos azuis de mina apenas *fingiam* o retorno, como o expaimeu *fingia* e eu *fingia*. A apreensão do navio ocorreu no país das fugas por ferrovia subterrânea,[19] quando a tripulação buscava alimentos. A questão foi levada à suprema corte, que decidiu pela ilegalidade da captura. Os parentemeus puderam escolher entre permanecer no país das fugas ou retornar a Abibimañ.

Não sei qual o nome do navio do país das maravilhas em que se deu a revolta de Nube. Sei que as chances oferecidas aos revoltosos foram igualmente duas – morte nas águas ou escravidão na terra. Minhancestra escolheu a última. Sou covarde quanto à vida, preferiria a morte nas águas a ter de arrastar os pés descalços num terreno totalmente novo movediço, da língua às louças, além do fedor e dos piolhos da gente branca. Já confessei para vocês que não raras vezes tive vontade de matar ou de morrer por meio da ingestão de veneno para ratos guardado nalgum armário, tanta a ojeriza que tenho ao que chamam

---

[18] Terra das pessoas pretas, referência ao livro *Ogun Abibimañ*, de Wole Soyinka.

[19] Referência ao livro *The Underground Railroad*, de Colson Whitehead.

existência. Talvez algum dia ainda me confunda e, em vez de sal, tempere minha comida com raticida ou açúcar.

Ao saber que um dos amigos do seu filho b assassinara a mãe e enfiara o corpo na terra das roseiras na parte da frente da casa onde moravam, tendo o cuidado de antes enrolar o cadáver materno num cobertor, tia Olma decidiu abrir mão da casa onde vivia no parque dos marajós, na cidade com nome de santa. Nessa época, ela estava divorciada do extiomeu e morava aí com os filhos a e b. Os amigos de b, todos dependentes químicos, como ele; drogaditos, como se diz. Tia Olma fala disso com audível sentimento de fraqueza. *Uma vez teu tio chegou em casa e me disse que tinha visto o filho b no meio da rua, no centro da cidade, de braços abertos, gritando e pulando entre os carros. Mas, larino, por que não o pegaste e não trouxeste para casa?* Tia Olma saiu num desespero no meio da chuva fria na tentativa de salvar o filho de algo de que ele mesmo não quis ou não pode.

Tia Olma deixou a casa para b e foi morar com a no terreno-herança de seu pai e sua mãe, no bairro da carolina, lado oposto ao parque dos marajós. A casa deveria ser sua fortaleza sem porão. Soube disso hoje pela manhã no hospital, enquanto arrumava o cobertor nas suas costas para protegê-la do frio. Ela sentia muito frio, como se vivente no país das geadas, onde tudo que tocasse se transformasse em cristais de gelo. Parecia estar sempre fugando da formação dos cristais de gelo sob seus cabelos de Olocum. A casa na carolina, por exemplo, ela construiu com o dinheiro de seus trinta e tantos lavados. A cada pagamento que recebia, comprava tanto de tábuas tanto de pregos tanto de telhas para bem proteger a casa das geadas.

Antes de se transladar do parque dos marajós para a carolina, sua casa oficial se situava diante da praça da estação dos trens, quase no centro da cidade com nome de ana. O trem maluco quando sai de pernambuco vai fazendo xique-xique. Especialmente nas sextas-feiras, seu marido, depois que chegava, supostamente exausto do trabalho no lanifício, jantava a comida feita servida por ela, tomava banho no banheiro que ela tinha esfregado, deitava-se sob os lençóis brancos limpíssimos que ela tinha lavado passado engomado, fechava-se no quarto que deveria ser do casal e que ela tinha limpado encerado e se levantava apenas na segunda-feira próxima, para trabalhar, tendo antes tomado o café que ela havia preparado. Tia Olma nunca fazia corpo mole. Tia Olma até lavava passava engomava as camisas que o extiomeu usava para "namorar". *No final estava eu lá, suando bufando suando bufando para que a camisa do namoro ficasse tão bem-passada quanto se tivesse saído de uma lavanderia. Eu nunca fazia corpo mole.* Me disse.

O extiomeu não suportava que os filhos, ainda crianças, fizessem barulho, que sua mulher fizesse barulho, que um pássaro fizesse barulho na janela miúda do quarto que dava para a praça. Tendo que tolerar o intolerável, tia Olma construiu uma peça nos fundos do terreno da carolina para fugar dele. Ela deixava tudo limpo e preparado a comida pronta a roupa lavada a água servida para ele na casa oficial, mas já no sábado de manhã cedo, se retirava com os três filhos para o refúgio no meio do mato.

Tia Olma não entendia por que as jornalistas comentaristas apresentadoras de telejornais pareciam tão leves e despidas de problemas. *Será que elas não são casadas?*, me perguntou certo dia quando assistíamos à televisão. Por que, tia? Realmente eu não associara cré com lé. *Sim*, ela me disse como se fosse algo óbvio, *os maridos sempre são um peso na vida da gente, os homens são sempre um peso na vida da gente*. O extiomeu foi um peso para tia Olma. O filho b foi um peso para tia Olma. Fugar nos finais de semana parecia um modo de largar toda a carga extraordinária suportada por ela na raiz de alguma árvore mais forte. Mesmo tendo abandonado ao filho b a casa no parque dos marajós, tia Olma o seguiu abastecendo com dinheiro roupa lavada gás de cozinha comida pronta sempre ao meio-dia. Eu ficava nervosa quando se aproximava o horário em que ele chegava para almoçar, sempre brigando, sempre de cara feia, sempre dono da verdade, sempre exigindo dinheiro, ela me confessou. Esse medo não me era nada estranho. Eu também o sentia quando, criança e adolescente, se aproximava o horário do expaimeu retornar do serviço no lanifício para a casa onde me inquilinava. Desde que soube do câncer, tia Olma resolveu fazer um grande rancho no supermercado, depois de ter juntado um bom dinheiro com a ajuda do filho a. O rancho, ela entregou ao b, dizendo-lhe que lá à casa dela ele não mais retornasse. Desdaí se permitiu sentir dor reclamar ficar na cama e receber o atendimento médico de que necessitava.

Magra. Alta. Rosto grave. Olhos miúdos. Melhor seria desistir de compreender a nova terra e se empenhar apenas em pisar a lama sob os pés. Tia Olma também alta magra rosto grave. Mas falo da outra mulher, daquela que se revoltou no navio escurando o dia nos olhos de alguns brancos.

Os jornais da cidade de açúcar noticiaram o apresamento do navio por uma escuna do país de mary sanguinária. Seu comandante deveria ser preso e julgado por fazer escravatura, mas fugiu antes do início do processo. A demora em chegar a uma sede de tribunal para o julgamento se deveu a rodeios do capitão apreensor que primeiro ancorou no castelo de cape coast, na costa dourada, para se abastecer de comida e água e, ao mesmo tempo, abandonar à fome e à sede dez homens e quatro mulheres que sofriam de disenteria. Dali o navio tomou o rumo da serra dos diamantes. Somente depois de trinta dias contra as correntes marítimas, o capitão resolveu tomar o rumo do país das maravilhas. Foi nessa primeira parada que os traficantes brancos fugiram.

Essa história, desde o início do capítulo – embora não com as mesmíssimas palavras –, eu li num escrito da bisa Redugéria. Parece que o sonhei, pois sempre que o leio, sinto o gosto da salmoura e sua queimação em minha língua, além do fedor da gente branca. É a mesma sensação de quem, no sonho, cai de uma altura inversa à do primeiro andar do edifício mais insolente e acorda com a impressão do tombo e mais a vontade de tirar o barro dos sapatos. Parece que não se dissolveram na água as pedrinhas de sal grosso. Parece que resistiram a se misturar com o que aparenta suposta diferença, como se soubessem o que sim e o que não.

Atrás das casas da avenida candango, no bairro da carolina, onde anos depois a bisa ergueu as paredes da sua morada, havia uma escola, a primeira da região, construída no tempo do saladeiro. As aulas eram ministradas em espanhol por professores do país do rio dos pássaros pintados, contratados pelos donos do empreendimento do charque. Não se autorizou que minhabisa, uma trabalhadora braçal, fosse aluna. Ainda assim, cada dia antes do ofício da feitura de sabão, ela contornava o espaço principal da charqueada para chegar às portas fechadas da escola e ouvir as aulas às escondidas, escorada a um poço que servia água aos estudantes. Assim se atreveu à aprendizagem da leitura e escrita em espanhol, língua que lhe parecia açúcar, em contraposição ao sal do charque.

Seus donos, da charqueada, compraram toda a imensidão de terra denominada rincão da carolina. Além da estrutura necessária para a preparação do charque, a empresa contava com uma fábrica de velas e de sabão feitas de partes do animal charqueado. Nessa época, ainda não existiam graxeiras a vapor. Cabeça encéfalo estômago coração miúdos tutano serviam à preparação da graxa, que, depois, era encerrada na bexiga e nos intestinos grossos, para ser comercializada. Dos intestinos, membranas peritônio se fazia sebo. Tudo isso era atirado num panelão fervente. O sabão nascia dos sebos e das graxas dessas partes gordurosas do gado, dizia minhabisa. A graxa vinha de uma gordura mais fina; o sebo, de uma gordura mais grosseira. Minhabisa também sabia fazer velas e ceras dessas partes gordurentas. As mesmas velas às vezes usava para iluminar a casa quando não tinha dinheiro para alimentar o lampião com querosene.

Há uma conhecida frase do famoso poetinha segundo a qual a maiorias das mulheres feias serviria apenas para fazer sabão. Isso demonstra quanto esses homens, por mais reconhecidos nas suas áreas de arte ou saber, quase nunca sabem nada de nada e, quando muito, são apenas potáveis, se não odientos. Minhabisa fazia sabão; se não fizesse não teria o que comer nem os brancos teriam com o que lavar suas bundas sujas. Agora me assaltou a dúvida sobre eu ter interpretado tal frase, a do poetinha, no sentido original dado por ele ou ter dado a ela sentido menos pior. Não sei. Não vou perder o tempo da leitora com essa besteira.

Para atrair os trabalhadores "menos qualificados" e os manter próximos ao lugar da matança, evitando faltas, atrasos e eventuais gastos com transporte, os donos das charqueadas lhes doaram parte daquelas terras da carolina. Para os charqueadores, as terras valiam quase nada; mas, para os trabalhadores, valiam mais que uma vida de trabalho. Competia a cada um erguer os alicerces e as paredes de sua casa. Minhabisa não era trabalhador, era trabalhadora. Sendo chefa de família e boa na feitura do sabão, conseguiu convencer os donos, hablando em bom castelhano. Recebeu de papel passado o pedaço de terra onde construiu a casa herdada pelo tuba.

Decidida, tomó cada burbuja de jabón y le puso un nombre; era lo mejor que sabía hacer hasta ahora, nombrar, y que las cosas le estallaran en la mano. Redugéria gravou na memória esse poema que ouviu escondida entre as pedras do poço. Determinada, pegou cada bolha de sabão e deu nome; a melhor coisa que soube fazer, nomear e ter as coisas explodindo em suas mãos.

Quando se internou nessa charqueada, não tinha mais que doze anos. Sim, seus pés, digo papéis, os encontrei entre contas e fotografias na maleta retangular de couro marrom em que tuba guardava o clarinete. Um evette schaeffer de ébano, comprado de um contrabandista da cidade com nome de general, bandas do país do rio dos pássaros pintados.

A maleta está comigo, na prateleira mais elevada da estante. Tia Olma a entregou a mim juntamente com o peso mudo de sua história mal contada. O clarinete, não; seu corpo negro e magro desapareceu depois da morte do clarinetista. Dizem que morreu esclerosado. Ainda na polvadeira da casa da avenida candango, ele mantinha o clarinete na última prateleira de seu guarda-roupa para que os filhos pequenos não fizessem sopa de ossos de suas teclas. Suas teclas prateadas. O expaimeu reclamava que *o pai não deixava que tocássemos no clarinete para não machucarmos seus ossos.* Depois que vovô morreu, o instrumento sumiu. Já disse de seu desaparecimento. Não me conformo. Talvez tanta repetição seja para que eu mesma me convença do fato. A morte do avômeu não me causou tanto sofrimento quanto o sumiço do clarinete. O clarinete consistia em seu duplo. Um duplo falante.

Até comecei a aprender a tocar o instrumento, queria algo de tangível que me ligasse ao avômeu que não o expaimeu. Acabei desistindo depois da primeira canção, acho que "Asa branca". Cheguei a ler partituras, algo que o avômeu dispensava. Meus dedos são curtos; os do avô eram muito compridos. A parecença acabava aí. Hoje, apenas nos vincula a maleta vazia, que mais se assemelha a um caixão no aguardo do morto.

O que conto também se alojava no escrito da maleta esvaziada do corpo do clarinete. Minha bisa o escreveu, repito. A mulher de quem ela fala chegou no início da madrugada, transladada da cidade com nome de crucificado para a cidade de açúcar e daí para o porto da cidade enorme e daí para a cidade das salgaduras. Os sopapos que a recepcionaram lhe avisavam daquele mal sentido nos mares. Nube – este seu nome – até que não se equivocara. Mas, antes, se tratava de gente submetida à carnificina do gado na charqueada; pediam permissão ao *Enugbarijo* para procederem com o inevitável. Nube chegara ao sopapar no início do fazimento do charque. A charqueada da cidade das salgaduras era um castigo por sua participação na revolta. Parenteseus envolvidos noutras rebeliões para lá tinham sido traficados. Nube soube disso bem mais tarde.

A condição do parentesco dado pelo sobrenome negro, inicialmente atribuído por outrem, foi interpretada, com severas reservas, por outra parentaminha, Adah, que se transladou, com suas péspernas, de um país em Abibimañ para o da mary sanguinária em meados do século XX. Não entendia por que, naquelas bandas, bastava alguém ser olhado negro para que todos assim visualizados fossem considerados seu povo. Esses pensamentos assaltaram seus cabelos certo dia quando um vendedor louro numa rua insistiu que ela comprasse um pássaro, pois, seis ou sete dias antes, um de sua gente, alguém das Índias Ocidentais, tinha comprado. Não creio que Xuela tivesse visitado tal lugar para comprar o pássaro, mas ela nascera e se criara nas Índias Ocidentais, um nomequívoco utilizado pelos oyinbo para descreverem os territórios dos quais se apossaram na atual Améfrica.

Hoje um pássaro, não beija-flor, mas pássaro igualmente pequeno como a cabeça do tuba, pousou sobre a rede de proteção que tenho nas janelas de casa. Tentei fotografá-lo com o celular, suas asas não tiveram paciência com o ritmo lento de meus braços. Adoro pássaros. Na grandeza inversamente proporcional a tal adoração, sempre detestei arroz com charque, embora não soubesse nada da história da bisa até o encontro com a maleta. De início, o problema era mais com o excesso de sal, salgadura que não se desfazia nem com muitos escaldamentos. Depois, o problema passou a ser o arroz branco na minha cara pretina.

dona maria augusta cuña amava arroz com charque e odiava as nuvens que urubuzavam os cadáveres no terreno próspero de sua charqueada. Abutres de merda. Enquanto os parentemeus sopapavam, ela tocava piano de cauda no centro da sala da casa. Aprendera de ouvido. Dizia que o som civilizado das cordas evitava o contágio "dos seus" pelo paganismo dos couros. Falava um pouco de francês, estava no sangue, e assim foi que vistoriou o ajuntamento de gente escravizada que se aparentava.

O capataz lhe tentava impor tranquilidade relativamente aos rumores de revolta negra que ruidavam suas orelhas pequenas de onde caíam bolinhas de pérolas. Coisa mais linda do mundo. No entorno do pescoço sempre o colar de pérolas. Três voltas. Brincos e anéis também do chagrin das ostras. Cabelo de um loiro armado. Dedos finos alongados pela prática do piano. Olhos de um azul turmalinado.

Numa charqueada, dona maria augusta, é quase impossível nascerem e se alimentarem os vícios típicos dos negros. Quede-se tranquila, aqui os negros não podem satisfazer seu gosto pelos licores espirituosos como lá na cidade com nome do crucificado. Aqui pouco ou nada eles têm para roubar. Seus divertimentos são domésticos. Não há ocasiões para figurarem nesses ajuntamentos onde vão encontrar rixas seduções ciúme e os apetites da vingança. Charqueada bem administrada, como a sua, um purgatório para esses negros. A senhora, dona maria augusta, uma santa!

Anos mais tarde, o nome de minhatrisa foi encontrado entre os bens de sua senhora cuña junto com o de mais cento e vinte e três escravizados. Estou com cópia desse documento. E da certidão de óbito do expaimeu. Entre outros, a nobre dama mandara arrolar quatro aprendizes de carneador três de salgador dois de campeiro um de carpinteiro três de enlaçador outro de calafate três desnucadores dois derrubadores cinco desossadores. O rebento dela, que herdou parte desses bens (a outra se acalhambou) se tornou o charqueador mais rico da região, não por engenho pessoal nem apenas por quantidade de escravizados, mas por saber técnico, espiritual e a prática de organizar a produção que sua mão (de obra) dominava.

De outro lado, a dinastia de Nube – a mãe de minhabisa (que se perdeu, legando a Nube o título de minhatrisa) minhabisa Redugéria (mãe do tuba) tia Olma tia Ebema (filhas do tuba e da Shatta e irmãs do expaimeu) eu (ex-filha do expaimeu e de Alesọ) – herdou mais as dívidas pela vida, sua e de outras, do que alguma riqueza que não fossem seus corpos em comodato. Nossa dinastia herdara o dever de se ajoelhar na presença da dinastia cuña, dívida impagável que nos coube saldar. Eu não entendia. Quando entendia, não deixava de ter raiva. Onde estavam os adirês de índigo variegado as contas segi as indés onde estava o otjize salpicado com a fragrância da resina de omumbiri onde os banhos omirosos os chifres de búfalo os espelhos prateados as pérolas tudo herança de nossa ancestra, mesma que se transformou em pavão queimou-se em abutre para cair novamente água sobre a terra.

O expaimeu vivia brigando com seu irmão e irmãs pela propriedade da casa e do terreno no bairro da carolina. Depois que vovô morreu, não sei se fizeram inventário formal, mas, enfim, os herdeiros dividiram o único bem entre eles. O expaimeu nada recebeu. Em sua juventude, certo homem branco de posses lhe propôs a compra de parte desse imóvel, enorme. Eu ainda não havia nascido. No dizer do expaimeu, o terreno pertencia ao tuba. Shatta estava excluída de qualquer direito de propriedade. O expaimeu falou então com o avômeu que parece ter com um resmungo aceitado o negócio e com outro concordado com a doação de percentagem do dinheiro da venda ao intermediário. Foi com esse dinheiro que o expaimeu comprou terreno lá do outro lado da cidade com nome de santa onde construiu a casa para nos inquilinar, Alesọ incluída. O terreno era dele, berrava, a casa era dele, mesmo minhamãe se arrebentando de trabalhar para construírem algo em comum. Que nada! Estou na posse do registro de propriedade, do papel, digo. Realmente o nome de minhamãe foi excluído; aos olhos dos homens brancos da lei, tudo do expaimeu.

Esses papéis, não precisamente os mesmos, contam que inexistiam mulheres escravizadas nos ofícios principais das charqueadas. Seus corpos se destinavam a atividades secundárias, fazimento de velas sabão pães de sebo grosseiro ensacamento. Nada que exigisse força herculana. Nube minhatrisa desmente tal história. Não trabalhava fazendo sabão velas pão, mas na picada da carne para charqueamento. Habilidade para esse fazer, uma imposição. A faca podia provocar profundos entalhes em quem a manuseasse com preguiça desleixo imperícia desgoverno ou com pouco domínio. Não era o caso de Nube com sua idá.

são bartolomeu foi escolhido padroeiro da charqueada onde Nube lidava. Sua senhora explicava que o apóstolo tinha sido supliciado com esfolamento de todo corpo. Depois, decapitado. Na capela sistina, alguém o pintara segurando a própria pele na mão esquerda e, na outra, o instrumento de seu suplício, um alfanje. dona maria augusta se apenava das vacas, embora enriquecesse com a mortandade, não apenas vacum. Dizia que ninguém melhor que são bartolomeu para se identificar com a dor dos animais. Para Nube tanto fazia a pele descolada do santo, lhe doía, no entanto, a carnificina das vacas.

A dona das vacas era reformista humanitária que se opunha às formas de abate cruéis. Entendia que a morte para produzir alimentos, embora necessária, deveria ser suave. A humanista chegou a peticionar sua participação na sociedade real para a prevenção da crueldade dos animais (rspca), patrocinada pela rainha bastante melancólica.

Isso ouvi do que o avômeu não disse que ouviu de Redugéria que ouviu de Nube que não ouviu de ninguém apenas viveu sentindo seu o couro das vacas. Depois que vinte ou trinta delas entravam pela mangueira pavimentada com pedras escorregadias e chapas inclinadas para a extremidade oposta à entrada ficavam ali encerradas como se wérewère em camisas de força.

No entorno da mangueira, por fora, havia um passeio de tabuões por onde parentemeus ziguezagueavam a altura superior à dos animais. Uma das vacas dava o carão no brete e enlaçava seu pescoço aquele que a esperava. Na charqueada onde Nube usava seu idá, o enlaçador se chamava juan. Alto bonito odor de lavanda recém-cortada. Há alguns dias ganhei um pé de lavanda que acabou não resistindo à vida. Precisava de rua vento poucágua. Eu lhe dei claustro asfixia inundação. Iyá Aina o deixou no portão do prédio, uma das formas de tentar me reconectar a meus antepassados por algo mais que um clarinete. Não disse nada a ela sobre a morte aguacera.

juan prendia a ponta do laço à junta de bois que movimentava um guincho. Mesmo que a vaca enlaçada resistisse a seu amor lavandeiro mugindo pateando, escorregava e tombava muuuuuuu próxima ao cercado muu. Um amor de morte o de juan e as vacas. Às vezes o enlaçador desaparecia da charqueada para bandas insabidas, nunca por tempo que pudesse alertar de sua falta o capataz. O amor entre eles era de morte regada à cachaça.

O desnucador gonçalo, já à espera da vaca escorregada, então tinha chance de fazer uso do punhal comprido afiado. O punhal sua joia. Se quisesse, mataria o capataz num átimo. Enquanto apunhalava a vaca, cochichava com outros parentenossos sobre a morte de um tal índio pedro, baleado pela patrulha municipal na rua das flores. pedro vindo da província do mesmo lado do rio da prata.

Num domingo pela manhã, a patrulha formada por cidadãos de bem fazia a ronda quando o encontrou, a cavalo, pistola na mão. Onde já se vira índio a cavalo? Ao ouvir a voz de prisão, pedro disparou contra a patrulha, que contratirou. Atingido, matou a balaços seu cavalo. Ao tentar fuga, a patrulha o alvejou. Em sua posse, pólvora. Encucado, gonçalo passava a vaca através de uma porta e a deslizava sobre vagão puxado por parentenossos, um deles a cavalo.

Na cancha, o animal era derrubado do vagão por alagemo e agemo, gêmeos idênticos. Os filhos a e b de tia Olma também são gêmeos idênticos, mas não muito. Um deles foi quase esquecido (pelo médico) no útero dela no dia do parto, o filho b. Minhatia não sabia que o esperava e até hoje ele desanda como se fosse bezerrinho rechaçado pela vaca. Anéis de metal dourado no indicador e médio esquerdos de agemo brilhavam mais que lampião aceso em dia de sol, grossas alianças encobriam suas falanges, raspavam no couro vacum carícia espinhosa. É incrível, conheci alguém que se orgulhava de nunca ter tomado banho de chuva, apenas de piscina chuveiro banheira de patas na forma de garra de leão. alagemo tomava banhos de chuva oculto ao olho direito da charqueadora. Ela não queria prejuízos causados por resfriados e outras doenças em sua melhor mão (de obra). Um dia alagemo desapareceu qual se engolido pela água queda dos céus. dona maria augusta, coração dolorido pela perda, mandou publicar anúncio oferecendo recompensa pelo escravizado. Escravo fugado. alagemo, altura mais do que regular, não é bem preto, maçãs do rosto salientes, pernas arcadas, dentes limados, cabelos bem penteados, figura bonita, vinte e oito anos, derrubador de vacas, toca sopapo, tem trocado o nome pelo de aemo. Gratifica-se a cem mil réis. Entender-se com o capataz da charqueada de dona maria augusta cuña.

agemo sabia de algo, mas ficou alisando o couro das vacas com o ouro de seus anéis.

Os gêmeos conheciam o tal índio pedro. Ele integrava a tropa de peões que, em época de matança, conduziam para as estâncias o gado comprado para ser transformado em charque. pedro entregara aos gêmeos, por meio de raúl, uma arroba de ouro. raúl andava por toda a cidade das salgaduras e arredores vendendo pavões e doces para seus senhores. Isso lhe conferia enorme capacidade ambulante. Derretida, a arroba de ouro foi transformada em balas por meio de um canudo de taquara soprado por alagemo.

Concluída a derrubada, outro parentemeu, de pestanas pesadas, também a cavalo, arrastava a vaca pelo piso da cancha. Outros a esfolavam em minutos. Outros iniciavam o esquartejamento. Nunca se viu cair uma só gota de suor sobre as vacas sacrificadas. Também não havia risos. Também não havia alegria. Tambores? Sopapavam antes, no início da madrugada.

Sempre que eu caía e machucava os joelhos, geralmente brincando de mancha na rua, vovô tuba abria a boca, milagrosamente, para dizer que me esfolara feito vaca. Eu escondia a queda do senhor expaimeu com medo de que ele passasse à fase seguinte, do esquartejamento. Se me esfolara era porque não estava fazendo o que ele mandava, merecia então castigo bem grave.

Outros facafiadas esperavam os cortes do animal para seguirem no rito de transformar vaca em charque. Um deles, kotonu, unhas tão largas que abrigavam um camaleão, suspendia os pedaços despedaçados arrastados até o galpão. Começava o trabalho de salubi, desossador. Os ossos divorciados da carne se enviavam a outros de minha laia.

Iniciava-se a charquia. Grandes pedaços irregulares de carne viravam mantas de um centímetro e meio de espessura e um metro e meio de largura, mais ou menos. Nisso trabalhava gente mais experiente. A carne ficava estendida sobre uma barra de madeira, tendo, de cada lado, escravizados que pareciam velá-la. Minhatrisa usava sua idá nessa função: retalhar a vaca antes de carregada para o saladeiro.

Nube jamais se permitia o cansaço. Ele e ela estavam em lados opostos. Ela achava que sobreviventas não se cansavam, para descansar existia o mundo dos mortos. Certo dia, amanheceu. Amanheceu e sentiu o cansaço agarrado a seus calcanhares; havia entrado sorrateiro através de janela deixada aberta por descuido. No momento em que ficaram do mesmo lado, ela cansou da charqueada das vacas do cheiro de lavanda de juan do fedor de sangue que exalava da pele translúcida da senhora cansou de seu piano de suas joias. No dia em que se permitiu o cansaço, Nube sonhou. Na calada da noite, dona maria augusta na tranquilidade de seus travesseiros de penas de ganso, ela, Nube, com outra mulher desconhecida e uma criança de tranças, rodavam e rodavam seus corpos com os braços bem abertos no sentido horário no sentido anti-horário depois no sentido horário com mais força até ficarem tontas e baterem as mãos fechadas em todos os armários e aparadores e mesas da casa da senhora. Seus golpes amartelados, levavam ao chão anaquéis com o serviço de chá e os pratos de porcelana que dona maria augusta tanto gostava. Uma imitação da louçaria que dom joão vi trouxera para o que ainda não era o país das maravilhas, os pratos adornavam-se com quatro ramos em cruz e com a orla rouge de fer, como dizia o francês da senhora, alternada com estilizações de ramos na cor azul. Num dos cantos inferiores do centro dos pratos um casal de pavões sobre rochas e um ramo com grandes peônias, separadas da borda da peça por um friso flordelisado. A trindade do sonho fazia os pratos se espatifarem com seus pavões bobos no chão duro. Por fim, pés descalços, a trindade pisava a cara da senhora.

❖

alagemo pedira permisso ao general manoel padeiro para que pai francisco o acompanhasse na venda de milho e na compra de fumo e pólvora nos arredores da cidade das salgaduras. No caminho, mataram a punhaladas no coração e estômago o capataz e invadiram o engenho, de onde ensacaram e subtraíram milho. Com eles fugaram mais parentenossos, inclusive Carmenza, que passou a andar com duas facas, uma em cada lado da cintura. O bando andou durante quatro dias e meio até um bolicho no local chamado boa vista, de propriedade de pai simão. Aí trocaram o milho por arroz feijão fumo pólvora, artigos de venda proibida aos nossos. pai simão venderia o milho a preços altos.

No retorno, que demorou cerca de cinco dias, foram avisados por sopapadas nas senzalas vizinhas que o quilombo mudara de lugar por segurança. Os rebelados tiveram de retornar um dia. Chegaram ao novo refúgio com mais cinco recolhidos das estâncias invadidas e pilhadas.

Os recém-chegados passaram a noite inteira conversando com o general padeiro. Houve ânimo para dança e canto. No dia seguinte, alagemo foi com o general a outra charqueada. Lá negociaram com um castelhano a compra de mais pólvora, sob proteção de uma mucama incumbida de alertá-los a respeito da possível aproximação de algum capataz.

O próximo assalto seria a uma grande charqueada. Após a degola do capataz, o plano era libertar os parentenossos e atear fogo na casa principal. Gado charque instrumentos de trabalho seriam recolhidos e comercializados por contrabandistas previamente contatados. juan, que conseguia sair da estância onde estava escravizado, respondia por esses negócios.

Os calhambolas executaram o plano com perfeição. Atacaram a charqueada de dona maria augusta cuña, libertaram e declararam livres toda a gente empretecida que quisesse seguir com eles, alguns não quiseram. Primeiro invadiram a casa-grande e recolheram dinheiro joias roupas feijão farinha graxa estribos colheres de prata documentos relativos aos escravizados para que os senhores e as senhoras tivessem dificuldades em contá-los e descrevê-los às autoridades. Depois mataram, pelas costas, o capataz, que dormia num anexo à casa-enorme.

Nu, atado a uma cadeira, ficou o filho da senhora, futuro barão de cajá. Enquanto tudo isso ocorria, a senzala fazia festa, cantando dançando sopapando. A senhora, ouvindo, acreditava que estava tudo bem e seguia comendo seus papos de anjo distraída da morte e da vida pela doçura propiciada pela salgadura da carne.

Nube encontrara a única saída para seu cansaço. Fugou da casa. Não calçava chinelos. Não houve armadilha ou cobra da qual não desviasse. Caminhava entre alagemo agemo kotonu salubi gonçalo raúl e outros com os quais ia entabulando conversa, sua idá em punho disposta a matar qualquer um que se atravessasse. O bando deitou acampamento num rancho construído à base de palha de giribá, próximo a um arroio, onde os esperava com comida e água uma mulher de nome Carmen.

Anos daí, um ataque assolou o quilombo e o grupo se dispersou. Fazia um frio de renguear cusco, a geada cobria os campos feito manto branco. Morto de fome e desarmado, alagemo andou e desandou. Seguia a ordem do general manoel padeiro de chegar ao novo ponto de encontro dos rebelados. No caminho, recebeu ajuda do escravizado ludo, que o convidou a se refugiar em um casebre próximo a uma charqueada. Da cabeça de alagemo pendia prêmio de cem mil réis.

ludo foi buscar comida. Voltou com dois capatazes que açoitaram o fugado e o levaram para as autoridades da cidade das salgaduras. A assembleia de jurados, formada pelos corpos inchados dos escravizadores donos das charqueadas, condenou alagemo à pena de morte. pai simão, que fornecera a pólvora, foi condenado a quinze anos de prisão. Não sei do destino do general manoel padeiro, mas sua cabeça valia quatrocentos mil réis.

Também não se sabe de que maneira Nube alcançou a cidade com nome de santa onde, no final da madrugada de uma sexta-feira, foi reescravizada com uma criança de colo. De seus poucos pertences, foram expropriadas louças imitação do serviço de pavões, que tanta realeza davam à ex-senhora. Colado ao corpo, minhatrisa conseguiu manter alguns documentos com que os calhambolas não alimentaram o fogo.

❖

Tia Olma estava cansada do filho b, seus maus-tratos mau humor drogadição falta de dinheiro sua vida de rebento esquecido no útero. Ela mesma admite que foi necessária doença como o câncer para dar fim à tirania a que se submetera. Talvez tenha trocado uma tirania por outra; para meu próprio bem, espero que não, ou serei obrigada a pensar que a bruteza entre nós é herança única, verdadeira ou ilegítima, que a crueza é a louça que nos basta.

Que gente éramos nós, insistindo na bruteza uns com os outros? Pessoas tão parecidas, que compartilham história comum de sofridão humilhamento escravidez, ensinadas a brutalizar umas às outras até na infância: não era mistério para minhaprima Xuela, mas para mim. Ela tem razão quando diz que as pessoas a quem deveríamos brutalizar estavam naturalmente além da nossa influência.

Tia Olma mistura num mesmo saco furado de arroz seu filho b o expaimeu e o irmão deles, antom. Hoje, ainda antes de sua cirurgia, ela me contou que, se por acaso se atrevesse a desatender a qualquer pedido do tiomeu, ele apedrejava a casa dela. Quando vocês eram crianças, tia? *Não, agora, depois de velhos*. Balancei a cabeça querendo dizer que não entendia de onde tudo isso, de onde tanta tirania. Quando me dei conta de que repetia o balanceio de cabeça do expaimeu, paralisei. Pensava que o tiomeu fosse diferente, me enganei. Assim também se enganou a senhora dona maria augusta, que ficou comendo papos de anjo enquanto a charqueada se esvaziava das gentes das vacas das louças do charque.

Câncer já foi doença de gente rica. Os vizinhos do avôteu no bairro da carolina morriam de tuberculose, não de câncer. Quase todos meus patrões patroas e patrões patroas da tuavó morreram de câncer no fígado pulmões pâncreas intestinos. Não se pronunciava o nome da doença. Acho que as células cancerosas cresciam feito o dinheiro da gente rica para quem eu trabalhava. Eu nunca soube de onde vinha tanto. Acho que o câncer deles nascia do medo de terem suas casas fazendas estâncias casas de praia e fábricas invadidas e tomadas por nós. Não sei de onde fui pegar essa doença. Mas, tia, deixando tantas casas, fugando tantas vezes, será que a senhora não tinha medo de ser invadida por alguém, de modo que pensava em fugar para sempre, perdendo o pouco que tinha para os outros na ilusão de evitar ser invadida? *Tá, mas sendo assim, nessa situação precária eu deveria estar sofrendo de tuberculose e não de câncer.*

Não sei, tia. Apenas li que as células saudáveis se multiplicam quando necessário e morrem quando o corpo não precisa mais delas. O câncer aparece quando a célula se esquece de morrer. *Será que eu mesma não me esqueci de morrer?* Não sei, tia. A senhora disse ao médico que queria viver, por isso vai fazer a cirurgia. A senhora mentiu?

Minha saída da cidade com nome de santa foi igualmente uma fuga, porém consentida pelo capitão da fortaleza. Eu me autorizei. Ele consentiu. Não foi como o caso de certas mulheres que se casam em fuga da casa do pai. Não me casei nem queria esse destino, poderia ser idêntico àquele do qual eu pretendia me livrar.

Me bandeei à capital ficar longe do expaimeu. Sua violência me consumia como se consome um filé com fritas. Ele esperava que eu retornasse à fortaleza para abastecê-lo com dinheiro comida cachaça corpo para maus-tratos e substituir Aleṣọ no trabalho doméstico. Não retornei. Não retornarei. Ainda espero me estranhar cada vez mais desse parentesco amortalhado. ana me diz que, mesmo no mundo dos mortos, ele me controla. Sua frase me desacorçoa. Talvez a liberdade para mim seja sonho, como foi para minhatrisa. Nem pensem que não guardei seu punhal. Sou muita dissimulada. Uma negrinha metida dissimulada.

Nube não teve a liberdade que eu não tenho. Bem depois da Lei do Ventre Livre, a filha que ela concebeu no quilombo do general padeiro teve uma filha de nome Redugéria. Engraçado, muito engraçado, que um ventre pudesse ser livre e a mulher que o carregasse, escravizada. O corpo da mulher passava pelo processo de esquartejamento para que dele fosse libertado o ventre. Na verdade, não há graça nenhuma na ideia de um corpo esquartejado como o das vacas da charqueada de onde Nube fugou.

Historiadores explicam que, na prática, essa lei foi abolição gradual tendo em vista que a geração seguinte nascida no país, a da bisa Redugéria, seria completamente livre. Nunca aconteceu. Nenhuma geração negra foi ou é completamente livre. A lei que libertava o ventre do corpo determinava que as crianças permanecessem em poder dos senhores de suas mães até os oito anos de idade. Depois, poderiam entregá-las ao governo com direito a indenização ou utilizar seus serviços até os vinte e um anos. Também nunca aconteceu. Temos senhores ainda hoje. Dentro de nossas próprias casas.

Por isso entendo minhaprima Xuela no ato de retirar do ventre, ainda que com a mão esquerda ou pela simples força da vontade, qualquer criança que tentasse viver aí dentro.

Não sou mãe de ninguém. Nube foi mãe da mãe de Redugéria. Redugéria foi mãe de tuba, avômeu tão alto magro quanto vara de eucalipto. Pena que não exalasse seu cheiro verde. Ele sabia os segredos de se cozinhar o bom arroz com feijão, de fazer papos de anjo, de lavar roupas. No final da madrugada, quando cessada a matança das vacas, saía do frigorífico ensopapado de sangue no avental alvejado. Imediatamente o lavava num panelão de ferro com água fervente. Usava sabão em pedra para escová-lo. O avental assujeitado ao sangue da morte, depois de exposto ao *voon rooh oh* do sol, ficava quase translúcido, façanha que nunca consegui me expondo a seus raios com minha pretidão ensaboada. Para mim, o sol era mais venéreo que mágico.

O panelão ficava no pátio da casa de tábuas. De quando em vez os olhos da madeira branca eram furados pelo movimento do vento, que esfriava ainda mais seus poucos cômodos. Não gosto da rima mento e vento, torna a frase pesadona, ela mesma o panelão do tuba. Melhor seria sopro do vento, mas suportarei o desagrado como suporto o gosto de charque. Guardarei o sopro no fundo do relicário.

Enorme o terreno que suportava a casa quase desabando sobre ele. Tenho me perguntado de que modo vô tuba e minhavó Shatta conseguiram comprá-lo. Mas soube de tia Olma que vovô não o comprou. Recebeu de herança de sua mãe Redugéria, o que me surpreende porque, em geral, nós é que éramos deixadas como herança junto com outras quinquilharias das estâncias ou charqueadas.

Nós é que éramos também não está bom. Peço à leitora que releve.

Certa vez uma colega de trabalho foi até meu apartamento, um imóvel antigo, alugado no rio do barro. Comentou que tinha achado legal o "cantinho". Fiquei soltando fogo pelas ventas, como dizia minhavó Anagilda. Por que meu apartamento seria "cantinho"? E por que o diminutivo me incomodava tanto? Me lembrava da miudeza de minha vida? De meu final supostamente pequeno supostamente mesquinho num hospital onde tudo falta numa cidadezinha do interior que não se decide entre o nome de santa o nome de ana ou de liberdade? Um fim pequeno de uma vida que pereceria tão pequena?

ana pergunta se a revolta não foi comigo mesma, se a frase de minha colega não teria remexido algum "cantinho da saudade" inquilinado em mim. Sempre tive medo de morrer na miudeza de uma vida cheia de dívidas impagáveis feito piolhos no meu cabelo. Me assombra não ter conseguido adquirir nenhuma propriedade, nada meu, nem uma casa, apesar de todo o trabalho sem descanso. *O pobre não repousa, nem tem o privilégio de gozar descanso,* está registrado no dia dezesseis de julho no quarto de despejo de Carolina Maria de Jesus.

Tenho umamiga que dorme muito, sem nenhuma culpa. Ela construiu a tese de que nossancestras trabalharam mais que a conta, o que hoje nos permitiria descanso antes da morte. Teríamos gorda poupança de trabalhos forçados no banco do país das maravilhas. Transmiti isso a tia Olma, que reclamava de seu sono insistente como se não devesse senti-lo. Com olhos arregalados de Nube, arrematou dizendo-se aliviada por ter despachado o filho b. Chegara momento de dormir sono que não da morte.

O cantinho, utilizado a uns dois parágrafos, me remeteu à casa de minhatia minhavó minhabisa. Senti-me com pés de pata no chão construído por Redugéria sobre o terreno doado pelos charqueadores. Na época da vovó, as tábuas das paredes da sala do quarto da cozinha todas em desalinho quase desabavam sobre minhas tranças alinhadas. Para minhabisa, sua casa não era cantinho. Para mim, que invejava a casa boa dos colegas brancos, quem sabe a casa dela fosse cantinho. Quanta casa nesse parágrafo. Talvez devesse substituir algumas por sinônimos para mostrar meu domínio da língua portuguesa, já que sobre minha vida não tenho nenhum.

No pátio, o rito de lavagem do avental sangrento se iniciava no final da madrugada, quando ainda as estrelas velavam a vaca do dia anterior. Seu término ocorria apenas quando o sol dava por acabado o ofício de branqueá-lo. O sacerdote avômeu vestia o pano branco depurado pronto para outro rito de morte.

Atualmente entendo por que akhenaton amava tanto os raios solares. Um faraó de seios quadril largo coxas grandes rosto comprido queixo de lagarto nariz aquilino dedos dos pés e mãos finos infinitos, um menino real em sua solidão quando no final da madrugada sua família acompanhada dos sacerdotes de cabeça raspada entoava orações para aplacar os deuses por ele mais tarde assassinados.

O senhor expaimeu vivia xingando o avômeu seu pai de vagabundo. Dizia que não era mais que um lagarto preguiçoso estirado ao sol. Estava enganado. Nem um único dia tuba faltou ao serviço no roma. O frigorífico tinha várias instalações divididas por função graxaria cozimento do sangue salgadura dos couros conservas moedura dos ossos câmaras frigoríficas rotulagem matança picada tanque para cozer ossos salmoura resfriador. Na parte de fora do complexo ficavam carpintaria armazém balança para vagões e gado e a oficina mecânica. Vovô trabalhava na matança, de quando em vez, assumia a picada.

O território do frigorífico formava outra cidade dentro da cidade com nome de ana. Destinado a seus altos funcionários, à diretoria e familiares, ali foi construído um clube social com campos de golfe e futebol, quadra de tênis e sala de jogos. Para prazer e descanso dos brancos da classe reinante, aqueles que tinham as mãos limpas do sangue das vacas enquanto usufruíam dos benefícios da carnificina delas, o avômeu nunca pisou seus pés tortos aí.

tuba apenas um negro matador de vacas, apenas crematório de palavras. Nem casa de latas conseguira erguer. O frigorífico importava do país do rio dos pássaros pintados folhas de aço estanhado para produzir as latas das conservas de carne para exportação. Vendiam-se as folhas que vinham com defeitos aos operários. Eles as utilizavam para forrar por fora as paredes de suas casas, por dentro utilizavam madeira. Dessa forma, as moradas ficavam aquecidas no inverno. A casa do vovô sempre foi uma câmara frigorífica.

Com seus dedos cabeça alongada pele amarela, para mim ele era nada menos que o faraó akhenaton. Não que eu soubesse na época, soube depois quando, com o coração apipocado, ouvi o olodum cantar Egito ê akhenaton o olodum navega o Nilo com os seguidores de aton. rei akhenaton foi um faraó da décima oitava dinastia que iniciou o culto de adoração ao sol fundando em tebas a religião monoteísta agradável para aton ele se permaneceu destruindo o clero de amon pra adorar um único deus construiu aketaton horizonte do disco solar dividindo opiniões entre os povos de lá Egito ê akhenaton. A letra mais ou menos isso, e nós sabíamos o que o olodum dizia e por que dizia, e vibrávamos porque o olodum dizia, embora não soubéssemos o que significasse deuses divindade infinita do universo predominante esquema mitológico a ênfase do espírito original bará formará no eden um novo cósmico. Eu errei a letra da música, trocando shu por bará. De fato, não sei como isso aconteceu.

Ao falar do ensaio moisés e a religião monoteísta a estudantes, usei um vídeo do olodum. Lhes caiu nos ouvidos apenas a parte referida a tutancâmon, conhecido pelos documentários na tv por assinatura, embora nem soubessem que Kemet se quedasse em Abibimañ. freud constrói a hipótese de que moisés fora um kemetiano da corte de akhenaton. Quando do fim da cidade do horizonte do disco solar, ele teria adotado um povo para fundar a judeidade. Desde então penso num moisés kemetiano negro. Não me atrevo a levar a tese além destas páginas, embora outros já tenham feito. Serei chamada de negraloca. Ouvi muitas vezes o expaimeu perguntar à minhamãe se estava loca. Minhamãe wérewère. Eu wérewère, no que certamente me arrisco com este livro. Não precisa muito para que uma mulher negra seja assim alcunhada. E que bueno!

Tanta gente se sacrificou para que os faraós fossem sepultados em suas câmaras reais junto com suas riquezas e criados, para que fossem embalsamados mumificados e assim fizessem, de modo adequado, a viagem para outra vida. Séculos depois egiptólogos os retiram de suas tumbas, sem a menor cerimônia, para expô-los em museus do continente da mulher que amou (ou foi estuprada por) um boi da cara branca. Não entendo bem isso. A crença no retorno à vida existia em todas as camadas sociais em

Kemet, mas os faraós, nobres e ricos, tinham condições de construir sarcófagos bem fechados e grandes túmulos de pedra. Tudo isso garantiu a proteção dos corpos contra saqueadores, mas não contra o homem branco da ciência.

Mais ou menos na mesma época a banda mel cantava Eu falei faraó ó ó eh faraó pirâmide base do Egito eh faraó [...] o grito da vitória que nos satisfaz, cadê? tutancâmon, hei gizé, akhaenaton... em vez de cabelos trançados teremos turbantes de tutancâmon, o povo negro pede igualdade. Nós, que na cidade com nome de santa ainda tínhamos cabelos com o cheiro quente do pente de ferro ou dos produtos de alisamento que desmanchavam por tempo determinado nossos caracóis, nós que frequentávamos o clube dos negros, nós que ainda tínhamos vergonha uns dos outros, pulávamos de felicidade.

Ainda tenho comigo o pente de ferro quente com que Alesọ alisava o cabelo. Dava para imaginar, por baixo do mínimo lenço de seda púrpura, seus cabelos brutalmente alisados armados engomados, que brilhavam ao sol feito o asfalto usado para cobrir, recentemente, certas ruas da cidade com nome de ana. Quando li nossa senhora do nilo, de Mukasonga, me senti menos culpada por confessar o crime de alisamento. O trecho deste parágrafo que vai de *dava* até *ruas* é, de fato, do livro que acabo de referir. Apenas substituí ruas de Kigali por ruas da cidade com nome de ana. No restante e no que interessa, não há muita diferença entre aqui e lá.

O efeito de seus dentes aquecidos na boca do fogão sobre o caracol dos fios era o mesmo do sal sobre os corpos das lesmas. A experiência de ver Alesọ alisando seu próprio cabelo fez com que eu mesma começasse a alisar o meu. Porém, nunca fui proprietária de um pente de ferro, usava o dela, que hoje é mais um enfeite da casa, assim como a maleta que abrigava o corpo do clarinete do avômeu, sumido da tumba feito a múmia de um faraó.

Agora há pouco, consultando o oráculo para me certificar de que não dizia inverdades sobre "Faraó", a música, soube que sua letra é de Margareth Menezes. Me enchi de coragem para rever um dos vídeos em que ela canta Eu falei faraó ó ó eh faraó pirâmide base do Egito eh faraó. Porém, não pulei de felicidade ao ouvi-la, quase me agachei para fazer xixi num cantinho da casa como fazia minhatia Eluma antes da bíblia. Me enchi de grande tristeza ao lembrar da Cuandu daquela época dos faraós, que tinha uma pirâmide de sonhos de vencer na vida, de ser alguém. Todos desmanchados. O caracol queimado em sua concha.

Uma noite de chuva, quando me atrevi a ler um trecho de diário de um retorno ao país natal, soube que não apenas eu tinha vergonha, que não apenas eu tentava sem êxito me bandear para o outro lado. aimé césaire também se envergonhara de ter arvorado um grande sorriso cúmplice ao riso das mulheres, brancas eu acho, um riso que zombava de um homem negro muito grande que tentava se fazer muito pequeno num banco de bonde que tentava abandonar sobre o banco sujo do bonde suas pernas gigantas e suas mãos trêmulas de boxeador esfomeado um homem negro cuja cara tinha sido unhada por um grande morcego brusco uma cara cicatrizada um homem negro desengonçado. A miséria fizera o bom trabalho de esculpi-lo nessa noite de chuva.

Esse homem negro muito grande abandonado poderia ter sido o avômeu quando tinha dinheiro para ir de bonde a algum lugar que não a frente da casa para fumar fumo de rolo ou aos fundos para lavar o avental branco. Não sei, mas acho que não tive chance de sentir vergonha dele.

Filho de mãe solteira e pai solteiro, o vovô não suportava sujeira. Detesto a rima em eira tanto quanto o avômeu detestava sujeira. O salvador, com quem minhabisa o fez, foi-se embora numa tarde chuvosa de domingo. Não há no mundo nada mais triste que a chuva num final da tarde de domingo. O salvador escolheu viver com outro homem. Minha ancestra escolheu ficar sozinha. Não sei se foi escolha sua, dessas subjugadas por uma voz de mando que sentencia. *Ficarei sozinha daqui para a frente!* Talvez tenha sido o chacoalhar das conchas. Também não sei se, estando com o tal salvador, teria sido salva.

Lela, como chamavam a bisa Redugéria, costumava dizer que seu marido era o trabalho. Sim, ela trabalhou muito no frigorífico e depois nas casas de família. Essa expressão sempre me violentou os ouvidos, dá a entender que apenas a casa dos brancos seria de família, dá a entender que nossa casa seria qualquer outra coisa, talvez uma pensão como a do romance do aluísio azevedo, ou mesmo um cortiço.

O tal salvador meu bisavô. O mal-estar que a escolha dele provocou chegou até mim feito flecha lançada do passado. Nunca o pensei parentemeu já que não fora marido da bisa. Certo é que a ruptura se transmite rápido e dura mais tempo, inclusive quanto aos ausentes, do que os sentidos que nos unem. O salvador também trabalhava no frigorífico roma, na moedura dos ossos. Dificilmente via seu filho que não era seu.

Vó Lela criou sozinha o tuba. Ele achava que tinha se criado sozinho como akhenaton. Quando a bisa saía para trabalhar, o deixava acorrentado à pata da mesa da cozinha para impedir que fosse bater pernas por aí. Certa vez desabou enorme aguaceiro e a casa desaguentou a força líquida derrubando seu teto sobre o avômeu que, preso, não pode fugar. Desde então temeu temporais. Ao sentir a aproximação da aguada, se recolhia sob os cobertores da cama, nem sua cabeça pássara ficava descoberta.

O senhor expaimeu contava que, quando criança, nos dias do "bezerrinho", ele, o irmão e as irmãs esperavam o tuba no meio da rua. De tanto em tanto, o avômeu recebia do frigorífico um bezerro para dividir com a família. Os mãos-de-boi donos da empresa aliviavam a consciência quanto ao salário que pagavam aos empregados, apesar de se dizer que pagavam muito bem. As crianças sabiam a data certa, mas o tuba gostava de fazer mistério e o escondia na parte de cima do guarda-roupa. O senhor expaimeu foi procurar o animal para ter certeza de que estava morto, de que poderia ser comido. Subiu no guarda-roupa, que desabou sobre ele com uma fúria iansânica. A dúvida sobre a vida ou a morte do bezerrinho permaneceu, pois, o senhor expaimeu não soube se a futura comida já estava morta ou se morreu na queda. Até hoje ele se abstém desse tipo de carne.

Com uma martelada na cabeça (delas), o vovô matava as vacas. Eu senti necessidade de acrescentar o delas entre parênteses para não parecer que a martelada fosse na cabeça dele. Isso aconteceu, mas não é ainda o momento de contá-lo. Bom, eu não entendia como o tuba podia ser clarinetista violeiro, excelente como diziam, e ao mesmo tempo usar a mão para martelar a cabeça das vacas que até poderiam ser uma encarnação de Nut, a vaca celestial.

Quando o visitava, pedia a *benção, vovô* e beijava uma de suas mãos, outrora do clarinete, ponteadas por dedos infindos fedidos a cigarro de palha. Detestava em meu nariz a cena que nele antecipava. Nunca sabia a mão a ser beijada. No início de sua vida fumante, o tuba pitava fumo em ramo.

As folhas do fumo em ramo se colhem depois de três meses de plantadas, quando, meio amarelas nas nervuras centrais, são extirpadas. A relação entre o tuba e o clarinete foi mais ou menos assim. O instrumento extirpado de suas mãos amarelas. Colhidas, as folhas ficam expostas sobre uma mesa ou superfície similar para que sequem durante mais ou menos dois dias, passados os quais são penduradas numa haste de madeira. Aí ficam por mais quatro ou cinco dias até que amarelem e amaciem. Então são enroladas para formar a corda. O fumo de rolo é curado ao sol durante dois ou três meses, período em que a corda, torcida várias vezes, passa de um sarilho para outro. Nesse ponto, o fumo de rolo também se parece com o avental branco. Ambos precisam do sol para se tornar quem são.

O tuba dominava todo esse processo, mas comprava o fumo de rolo pronto no centro da cidade com nome de liberdade. A rima novamente. Desculpem-me, não vou mais me desculpar pelo vício de aparentar palavras. Eu escrevia que o tuba levava o fumo embalado para sua casa, depois o cortava em pedacinhos com uma faca (me seguro para não dizer faca só lâmina) pequena e bem-afiada que tinha no fundo de uma gaveta no quarto. Desfiado, o vovô o enrolava num papel de seda e passava o dia inteiro pitando sem dizer palavra.

Se ocupasse a boca para fumar, o avômeu se dispensava de fazer outra coisa com essa parte do aparelho digestivo, falar, quem sabe até, ou especialmente, beijar minhavó. O fumo de rolo não logrou estatuto de vício; o vício mesmo consistia em cremar as palavras, o fumo apenas instrumento da cremação. tuba se sagrava alto crematório de palavras, posição sacerdotal. tuba queimava as palavras para não as entregar a ninguém, para não ser obrigado a simsenhorear os representantes da classe reinante. Talvez tivesse perdido muito. Palavras seriam o único que podia desentregar. Palavras cremadas suas únicas pertenças.

O expaimeu aprendeu a pantomima da língua queimada. Aprendi dele a farsa da língua cortada.

Quando as libertava, as palavras do expaimeu já vinham fermentadas pelo amargo da cachaça. Com elas me golpeava. *E deus expulsou adão com golpes de cana-de-açúcar e assim fabricou o primeiro rum na terra.*[20] Suas palavras encachaçadas eram as varas de cana com que o deus de prévert golpeava o lado escuro de eva. E eram varas de cana que formavam cerca viva nos fundos da casa da minhavó na rua do enforcado. Em outra época, pensei serem pedras suas palavras. Pedras como as jogadas por antom na casa de tia Olma. Quando eu fazia ou dizia algo que não de seu agrado, ele especialmente libertava as palavras-pais-do-fracasso. *Tu não vai ser nada na vida, tudo o que tu é tu deve a mim, faça o que eu digo, não faça o que eu faço*. Deve ser por isso que sinto em mim o cheiro de cana no lombo. Como algo tão açucarado podia se converter em algo tão amarguento. Deve ser por isso que estou num endividamento permanente. Por certo, ainda acredito que devo a ele tudo o que não sou. O acato a sua sentença ainda tão inarredável denuncia êxito do fracasso. Em algum lugar naquilo que não sou, o fracasso se faz presente para que se cumpra a profecia do expaimeu, também alto sacerdote da corte do avômeu.

---

[20] Parte de um poema de Jacques Prévert.

Segundo uma das versões sobre a origem da cachaça, um dos muitos escravizados parentemeus que trabalhavam nos engenhos manteve armazenado um caldo verdejante e escuroso formado da fervura da cana. O caldo, nominado cagaça, fermentava de modo natural e, devido às mudanças de humores da temperatura quente frio mais ou menos quente muito frio, se evaporava e se condensava formando pingos no teto do engenho. Quando aprenderam a tomar cachaça como combustível para o corpo de trabalho, os parentemeus também aprenderam a fermentar as palavras na boca e cuspi-las num canto em vez de falá-las.

À proporção que meu corpo crescia, crescia o pool de provas de fracasso de que dispunha o expaimeu. Fato semelhante ocorria com o avômeu. No que crescia sua destreza em cremar palavras, crescia o peso do ódio com que o senhor expaimeu o golpeava. O fracasso naquele lugar mais importante, viver, se tornou o parentemeu mais próximo.

O avômeu tirava o cigarro da boca, o invertia como quem vira um edifício de cabeça para baixo, olhava a ponta fumegante com firmeza, censurando-a, retornava à sua posição ordinária nos lábios e seguia fumando, nutrindo o ar com a fumaça fedorenta. Cada vez que fazia esse movimento, eu tinha a impressão de que resolveria algum problema grave da família.

Havia um fumo amarelo, mais fraco; e um fumo preto, mais forte, como se acredita sejam todos os pretos. O tuba preferia o preto, que nascia da folha plantada em terra boa adubada, nascia vitaminado, com a folha mais grossa mais verde. Não vinha do sol a pretidão do fumo, mas de sua feitura; quando se o quebrava e enrolava, suas fibras soltavam uma espécie de melado que o escurava.

O tuba frequentemente apertava meu queixo de lagarto entre os dedos indicador e polegar de suas mãos fedidas a fumo. Eu não sabia por que meu queixo era de lagarto, mas se o vovô havia salvo da cremação essa palavra, descabia que eu a queimasse. Suas frases raras eu não queria perdê-las na fumaçaria.

Para os egípcios a imagem do lagarto presentava benevolência. Talvez, ao libertar o lagarto, tuba estivesse falando de sua benevolência ao aceitar se juntar à minhavó, Shatta. Ou talvez estivesse dizendo que preferia morrer para sempre a ressuscitar e novamente ser submetido às agruras da vida.

Eu disse a vocês que o avômeu, de quem falo mal, além de cremador de palavras, era matador de vacas. No entanto, não disse que tal ofício fora herança de família. Com a primeira guerra mundial, o abate do gado para charque foi reduzido, pois a demanda passou a uma grande quantidade de carne fresca. Ao mesmo tempo, em 1912, o governo de antônio chimango ofereceu trinta anos de isenção fiscal para os frigoríficos nacionais que se instalassem na província de san pedro. Em 1913, estendeu esse benefício aos capitais estrangeiros.

Na transição da charqueada ao frigorífico, morreu minhabisa Redugéria. O tuba, seu rebento, não mais que doze anos, assumiu o lugar dela, doravante seu lugar, na modernidade instaurada pela produção em série de carne enlatada. A vaca deixou de ser assassinada para ser transformada em charque; deixou de matar a fome dos escravizados das plantations e seus deserdados; agora, amortalhada com uma martelada na cabeça, exportava-se seu corpo comprimido em conservas para os locais de guerra, para matar a fome dos que seriam mortos.

II

Shatta faleceu aos 69 anos de idade após vários meses de enferma, e deixa a lamentar sua morte, além de genros, netos e alguns familiares, suas filhas: Ebema e Olma.

Jornal *A Nação*

Minhavó herculana, sim, frequentava o clube social construído no terreno do frigorífico, aquele mesmo em que o avômeu não pisava os pés. Ela usava suas melhores roupas de limpeza – vestido azul-escuro de corte seco e reto na altura dos joelhos dividido verticalmente por botões redondos de um azul mais escuro que o do tecido e algo como um lenço branco cobrindo sua cabeça. Um chinelo vagabundo quase sem solado se destinava ao seu manso arrastar de péspernas. O avental tão branco quanto o pano blanco da cabeça. Seus olhos permanentemente aguados. Seus beijos molhados.

A família que a "criou" a alugava para a faxina semanal do espaço de lazer da classe reinante. Ela ficava com uma moeda do tamanho do olho de uma vaca e o restante entregava ao senhor cuña para que a boa família translúcida fosse compensada pelas despesas com alimentação vestuário morada da negrinha da casa. Talvez ela oferecesse ao barqueiro kutsiami a moeda de sua paga, mas, para fora da boca, nunca reclamava, mastigava desgosto como se mastiga guisado.

A cada quinze dias, minhavó era alugada para a faxina das duzentas casas dos funcionários solteiros. Sempre um ou outro inventava de sacudir, bem no seu rosto, algum tapete, apenas para ver se não estava empoeirado. No intervalo dos outros quinze dias, vovó era alugada para a faxina das trinta e poucas casas dos funcionários casados, de alto escalão. Sempre um ou outro inventava de sacudir o tapete empoeirado bem no lugar que ela acabara de encerar, então, tinha de recomeçar tudo.

Quanto mais próximas as habitações da sede administrativa do frigorífico, maior a posição ocupada por seu morador na hierarquia empresarial social. Contudo, a posição da minhavó, mais próxima ou menos à sede dos negócios, não se alterava. Jamais se alterou.

Minhavó bem diferente de Marie suaprima doméstica no continente da mulher que amou (ou foi estuprada por) um boi da cara branca. Marie dobrava o lombo de cobaia voluntária em troca da oportunidade de saber até onde se esticava a estupidez da gentalha. Minhavó não tinha tal excesso de curiosidade. Estava menos para xerloque rolmes e mais para aquelas criadas forçadas a ficar dia noite madrugada na companhia das gentes de família, sentindo seus cheiros de outros dias. Por certo faltava à minhavó outro lugar onde enfiar o nariz. Acreditava em suas dívidas impagáveis para com essa gente.

O final da segunda guerra mundial fez com que os negócios nos frigoríficos começassem a declinar; com o roma não foi diferente. A partir do fim da década de quarenta, sua produção se tornou tão diminuta quanto o salário dos trabalhadores, até o encerramento definitivo.

À medida que o frigorífico despedia suas gentes, minhavó ia sendo despedida da rotina da limpeza de suas casas cujo cheiro, impregnado nos pelos das suas narinas, guardou até a morte.

A cada dez minutos de hoje interrompi o que não conseguia fazer. O único jeito de me sentir útil foi aquele de pegar a vassoura, o pano – uma toalha de rosto velha que ficou aqui depois da mudança da então proprietária –, um balde de água da torneira misturada com água sanitária, especialmente no momento de vírus coroado. Mais que útil, não sei por que temos de nos sentir utensiliadas, sempre, como se ainda nossa vida ou morte a medida da utilidade de nossos corpos. Anseio acalmar o bicho-carpinteiro em mim, usando os braços para conflitar o pano com as águas e contra o chão da casa, todo o meu corpo assim conflitado. Não consigo me aquietar, o bicho-carpinteiro por demais andante. Tive sessão às oito. Discuti com minhanalista, para ela não uma discussão, vez que sou paciente. Ela acha que é mito pessoas negras quererem ser analisadas por pessoas negras ao que respondi que seria um mito pensar que psicanalistas brancas estariam prontas para trabalhar com subjetividades construídas como negras ou pretas, o que não significa que as psicanalistas que assim se reconheçam estejam listas. Não se trata de incompatibilidade supostamente racial ou pessoal. Porém, mostra-se induvidoso que brancos estão longe de ouvir a palavra negra na boca de uma pessoa negra sem sentir que foram em algo desapossados. Imediatamente escondem a negra debaixo do tapete de seus consultórios como se esta não devesse ter sido libertada. Por isso o tuba não falava. Temia ser despossuído da única coisa sua. A palavra. Sim, me repito.

Minhatia Olma se viu obrigada a renunciar à vassoura ao balde de água ao pano de chão à cozinha em seus tempos de internação num hospital aqui da cidade dos ajuntados. Não sei se, com isso, se sentiu menos utensiliada. Eu e primomeu a, aquele que falou do beijo molhado da vovó, nos revezamos nas noites não dormidas a seu lado. Ele tinha parecença com avômeu, não pelas palavras cremadas ou magreza de corpo ou pele amarelada ou cabeça enuviada, mas por me alertar da presença do meu queixo de lagarto.

A divindade enviou dois mensageiros à terra, o camaleão e o lagarto. O camaleão anunciaria a ressurreição; o lagarto, morte sem retorno. A mensagem que chegasse primeiro teria eficácia. No caminho às bandas de cá, o lagarto sugeriu ao camaleão que fosse devagar com o andor por que o santo era de barro; o camaleão deu ouvidos. Tomando a dianteira, o lagarto anunciou morte sem retorno.

Isso tudo para dizer que eu temia que minhatia não retornasse do bloco cirúrgico para o quarto e do quarto para minha casa justamente por meu queixo de lagarto.

Toda vez que, no hospital, eu pronunciava a palavra chata, lembrava da minhavó e, então me horrorizava ao pensar que lhe tivessem dado o apelido correspondente ao que em português chamam de comadre, objeto onde faz xixi cocô a doente que não pode ou não quer levantar do leito. As enfermeiras nos corrigiam, a mim e tia Olma, *não é chata é comadre*, correção sem qualquer eficácia para duas mulheres negras da fronteira. Para todos os efeitos, minhavó era mais herculana que chata. Ou totalmente herculana, algo que tia Olma também o fora até aquele momento.

Quando seu marido, chamado anfitrião, estava fora de casa, em mais uma guerra, alcmena foi estuprada por zeus, que se fez passar pelo marido. Desse estupro nasceu hércules, cujo nome dá origem à Herculana. Herculana. O nome registrado na certidão de nascimento de minhavó. O nome detestado por ela. Herculana deveria ser também meu nome, segundo desejo do expaimeu. Alesọ, por alguma estratégia tupamara, conseguiu que eu o deslevasse. Não sei de onde veio o apelido de minhavó, não sei se era chata, adjetivo ou substantivo. Para todos os efeitos, minhavó era mais herculana que chata. Ou totalmente herculana.

Alguém sugeriu que eu deletasse deste futuro livro todas as referências à mitologia grega ou romana a fim de que ficasse mais negro. Acho que se fizesse isso, estaria acreditando na branquidade, fazendo de conta que não fomos derrotados pelos povos que se afirmam forjados apenas nessa descendência. Não preciso crer na branquidade com o mesmo fervor com que ela faz de si divindade para se crer.

Assim como sou neta de Herculana, hércules foi bisneto de Andrômeda, cuja pele se embranqueceu durante o renascimento. Qualquer pessoa que a tenha espiado viu nela uma mulher branca. Sabe-se hoje que foi princesa etíope. Gregos chamavam etíopes povos de pele como a minha. ovídio se refere à negridão de Andrômeda. Todavia, artistas frequentemente a omitiram. Ela deveria ser bonita.

❖

O primeiro dos doze trabalhos da minhavó eu já referi. Não vou repeti-lo para não me cansar.

O segundo foi servir como criada da família que a alugava para serviços nas casas dos funcionários do frigorífico. No intervalo entre as faxinas, minhavó cuidava dos brancos a quem fora entregue para ser cuidada. Começava pela sala, onde eles sentavam suas bundas nos sofás de couro enquanto falavam mal uns dos outros ou reclamavam das criadas. Por último, chegava à intimidade dos quartos e das suas vidas malcheirosas. O patriarca fora de tudo um pouco, advogado, político, delegado, talvez estuprador e assassino.

Minhavó Shatta e sua irmã Doca foram separadas antes dos sete anos de idade. A mãe delas faleceu acometida por doença não nomeada. Foi quase uma escravizada dos cuña. Sem possibilidade de fuga, entregou-lhes as meninas como se entregam duas trouxas de roupa suja. Comum que crianças negras, especialmente meninas, fossem dadas aos brancos sob pretexto de cuidado. Doca foi levada para a cidade de açúcar, para servir a outro ramo dessa família que por lá se acomodara. Distribuíam-se crianças negras como se distribui laranjas caídas do pé. Deve ser por isso que o expaimeu se negava a compartilhar os frutos caídos das árvores que plantara no pátio de sua casa.

Quando tinha cinco ou seis anos, minhavó Shatta foi entregue aos descuidados do casal cuña. Quem cuida de quem? A pergunta insiste. Meninas em idade de serem cuidadas cuidavam limpavam lavavam cozinhavam do antes do nascer do dia ao início da madrugada. Nem meninas nem mulheres, burros de carga da gente branca. O pai? Nem condições nem vontade de criá-las. Apresentada como da família cuña, *a Shatta é da família*, minhavó morreu na pobreza, sua única herança.

Alesọ, tia Olma e tia Malena a cuidaram em sua doença. Lembro-me do quarto de enferma organizado no andar superior da casa da tia Olma, que não era dela, mas do lanifício onde o exmaridoseu trabalhava. Às vezes eu entrava aí. Vovó imóvel, olhos fechados e um grande curativo num dos lados da cabeça. A cama alta como cama de hospital.

Soube agora que tia Olma saiu da unidade de tratamento intensivo para onde fora levada ontem, depois da cirurgia. Alguém do hospital me ligou, mas primomeu já havia ido para lá ao amanhecer. Antes da cirurgia, perguntei a ela se o expaimeu e seu irmão antom haviam também cuidado de minhavó, mãedeles. Que nada, me disse, pelo contrário, e o teu tio (exmaridodela), chegava do trabalho com a carabemfeia, pegava um jornal, sentava de pernas cruzadas e esperava que eu lhe servisse a janta.

Tia Olma é grata a Alesọ e Malena, esposa do antom, pelo cuidado sem cansaço que dedicaram à minhavó. O expaimeu gostava de se vangloriar dizendo que cuidou de sua mãe. Se tivesse cuidado, não teria feito senão retribuir todo o amor que recebeu. Contudo, parece que enterrou com o corpo dela qualquer resto de alguma coisa que não fosse mesquinharia.

Saída do trabalho de lavagem das roupas de cama mesa e banho num hotel onde servia, minhamãe tinha que se encaminhar à fortaleza preparar comida calças camisas sapatos, limpar a casa e outros quejandos para o expaimeu. Apenas no seu quarto ou quinto turno, se encaminhava à casa de tia Olma. Chegava, passava pelo corredor oloroso a cera parquetina vermelha, trocava poucas palavras com sua cunhada e subia a escadaria que levava ao quarto da enferma. Tia Malena fazia o mesmo trajeto. Quando soube disso tive certeza de que tanto uma quanto outra encontraram refúgio na torre de isolamento junto a minhavó. Aí minhamãe e minhatia Malena estavam dispensadas de jogar as tranças que não tinham para que príncipe ou bruxa fizesse de escada. No alto da torre, não havia marido borracho drogado de cara amarrada incomodando exigindo nem filho chorando pedindo o que fosse nem patrão nem patroa mandando reclamando nem patroinha. Havia o cheiro inebriante do éter e o corpo imóvel de minhavó. Um corpo sem pedidos sem exigências sem reclamações, um corpo sem o peso das ordens da vida.

Antes de ajuntada ao avômeu tuba, minhavó fez um jantar para mais de quinhentos convidados da família cuña, sem ajudante nem para a limpeza da cozinha e do salão de comes. Tia Olma me contou que vovó nunca reclamava de coisa alguma, era mais ou menos como Alesọ no sustento de quaisquer tiranias, embora talvez não o visse como vejo.

O principal e a sobremesa Shatta fizera pela manhã, mas a entrada para as bocas de leões e leoas esfomeadas ainda não. Cortou quinhentos abacates maduros em duas partes com uma faca de cabo em forma de garra felina, retirou caroços e cascas e os encurralou na lata de lixo enquanto a dona da casa bufava de raiva porque a entrada não ficaria pronta para a recepção dos nobres convidados, gente importante e toda santa da cidade com nome de santa.

Vovó bateu cremosa e lisa a polpa dos abacates com uma colher especial de cabo igualmente felino, adicionou suco de limão sal pimenta. A dona da casa batia a ponta do salto esquerdo na porta. Vovó diluiu o purê de abacates com caldo de galinha, mexeu o creme de suco de limão com novo tempero e, após, pôs creme de leite. A dona da casa saiu verde de raiva fumar num jardim perto da cozinha. Em nova etapa do serviço impago, potes de coalhada despejados em um coador e escorridos por alguns minutos dentro da geladeira vermelha como um pimentão vermelho. O tempo de a dona da casa voltar ao posto de leão de chácara, perguntar se o jantar já estava pronto e xingar minhavó que abusava, assim dizia, de sua boa vontade de patroa.

Vovó fez de conta que não ouviu e iniciou o empratamento com uma camada do abacate em cada verrine e uma colher-sobremesa do creme sobre o abacate. Por último, camarões e folhas de coentro. O jogo de mesa se cosia em fios de ouro. Bateu o primeiro convidado.

Começou a lavagem de panelas e talheres e mais cabos de garra felina. Chegaram os demais comedores. Vovó os serviu, aplacando a fome de suas bocarras, limpou o chão onde derramavam vinho tinto e a cozinha. Um dos comedores foi à porta elogiar-lhe o jantar. Delicioso. Final da madrugada, leões e leoas vencidos, não a alcateia, Shatta foi para sua pecinha de criada. No outro dia, ordens de não falar com os convidados.

III

Shatta era uma grande amiga do nosso diretor, por que nos viu iniciar a carreira jornalística com o saudoso Dr. Cuña, de cuja casa ela era autentica e querida "Governanta" [...].

Jornal *A Nação*

Nem na morte minhavó se viu livre da servidão. Na parte do aviso fúnebre que encabeça esta página, foi retratada como a que viu o dotor fulano de tal iniciar uma carreira de sucesso, a governanta da casa não sei de quem. Não podiam lhe prestar homenagem sem homenagear a si mesmos. Não havia para eles nada de bom em minhavó que não sua condição de prestadora de serviços. Perguntas retóricas.

Minhavó nunca foi governanta de nada nem ninguém, nem de si própria. Apenas servia os cuña sem salário sem carteira de trabalho assinada. Foi para agrandarem a si próprios que a colocaram no lugar de governanta, ela que não passava de criada doméstica, mulher do povo dos derrotados, como Sabina.

Ser livre como Sabina, isso minhavó queria. Sabina foi uma mulher trabalhadora ex-escravizada que fazia o comércio atacadista de mercadorias da Abibimañ do oeste, comprando em grande quantidade barris de conchas de cauri nozes-de-cola sabão cabaças pimenta e metros e mais metros do tecido listrado pano da costa, que ela revendia aos comerciantes para serem rrevendidas aos consumidores. Sabina levava consigo as mercadorias como partes de si.

Enquanto limpava as enormes estantes de livros, vovó ia se adonando dessas histórias, já que não podia ser dona de si mesma como Sabina. Tal como crânio, as partes de seu corpo pertenciam a outros.

Cada novo livro adquirido por senhor ou senhora ela higienizava antes de colocar na estante. Com um pano úmido de álcool, não muito molhado para não afogar as palavras, limpava suas capas removendo a crosta de sujeira. Em seguida, os expunha com as páginas abertas para que os raios solares fizessem o trabalho de secagem, expulsão do mofo e branquidão.

Quarta-feira era o dia especial de limpeza das estantes. Os livros, velhos ou novos, amados ou odiados, lidos ou completamente abandonados, pequenos ou imensos, eram retirados de seus lugares de espera e sofridão e postos sobre uma mesa de mármore no pátio de chão cimentado onde receberiam tratamento com pano seco e pincel, que minhavó manejava entre as páginas como a vassoura entre os cômodos da casa. dom casmurro por machado de assis. memórias póstumas de brás cubas por machado de assis. quincas borba por machado de assis. esaú e jacó por machado de assis. memorial de aires por machado de assis. o cortiço. Uma bela noite, porém, o miranda, que era homem de sangue esperto e orçava então pelos seus trinta e cinco anos, sentiu-se em insuportável estado de lubricidade. Era tarde já e não havia em casa alguma criada que lhe pudesse valer. Lembrou-se da mulher, mas repeliu logo essa ideia com escrupulosa repugnância. Continuava a odiá-la. Entretanto esse mesmo fato de obrigação em que ele se colocou de não se servir dela, a responsabilidade de desprezá-la, como que ainda mais lhe assanhava o desejo da carne, fazendo da esposa infiel um fruto proibido. Afinal, coisa singular, posto que moralmente nada diminuísse a sua repugnância pela perjura, foi ter ao quarto dela. Shatta, me traz agora um copo d'água que estou morrendo de sede e depois vai ver se a isabel quer alguma coisa. o mulato por aluísio azevedo. casa de pensão.

Todos os marcadores esquecidos entre as páginas deveriam ser recolhidos e postos num vaso de cerâmica para novo uso pelos leitores, desde que entre eles não estivesse minhavó. Ela não se importava, marcava as páginas interrompidas com pedaços de pano de limpeza, às vezes usava os fios dos panos mais vagabundos. Para evitar insetos e umidade, vovó colocava em cada quatro nichos de estantes frascos com sal de cozinha, trocados a cada semana. Alguns visitantes perguntavam ao senhor dono da casa se a negra andava fazendo macumba com aqueles potes de sal nas estantes, ao que o senhor ria despreocupado.

Havia regras para a limpeza. Minhavó não podia se sentar para a limpeza da biblioteca, então passava o dia inteiro em pé na beirada das estantes ou da mesa; outra regra: ela não podia abrir nenhum livro para ler, somente limpar. Assim, vovó fazia de conta que seus olhos serviam para limpeza, não para leitura, limlendo enquanto os donos de tudo se distraíam com a boca ocupada pela comida. Desde que a febre de possuir se apoderou dele totalmente, todos os seus atos, todos, fosse o mais simples, visavam a um interesse pecuniário. Só tinha uma preocupação: aumentar os bens. Das suas hortas recolhia para si e para a companheira os piores legumes, aqueles que, por maus, ninguém compraria; as suas galinhas produziam muito e ele não comia um ovo, do que, no entanto, gostava imenso; vendia-os todos e contentava-se com os restos da comida dos trabalhadores. Aquilo já não era ambição, era uma moléstia nervosa, uma loucura, um desespero de acumular; de reduzir tudo a moeda. E seu tipo baixote, socado, de cabelos à escovinha, a barba sempre por fazer, ia e vinha da pedreira para a venda, da venda às hortas e ao capinzal, sempre em mangas de camisa, de tamancos, sem meias, olhando para todos os lados, com o seu eterno ar de cobiça, apoderando-se, com os olhos, de tudo aquilo de que ele não podia apoderar-se logo com as unhas... Shatta, a comida já está pronta?

Li vários dos livros que vovó limleu na casa de família onde foi "criada", mas não na biblioteca dessa gente que o expaimeu odiava. Meu contato com eles foi acidental e esporádico. O último se deu quando da doença de tia Olma. Uma das mulheres brancas que ela criou branca esteve na minha casa para visitá-la e oferecer o conforto de sua presença. Quando saiu do quarto dos pássaros, como se eu estivesse fazendo algum serviço especialmente para ela, me agradeceu os cuidados com a tia, ao que respondi, com desprezo, ela é minhatia, ao que ela retrucou, ela é minhamãe. Sua mãe? Mas a diferença de idade entre vocês não é menor que dez anos? Ela tem setenta e oito e tu tem setenta, mesmo assim ela é tua mãe? Essa gente não tem mesmo vergonha na cara. Depois dessa troca tão agradável, ela, que em todos os finais de semana mandava um bolo pronto para a tia Olma, nunca mais mandou. Um castigo.

O quarto dos pássaros foi um cômodo que organizei para que minhatia pudesse se recuperar depois da cirurgia. Chama-se quarto dos pássaros porque foi decorado com pássaros. Ela gosta de pássaros. Sente falta do canto quando eles o recusam.

Não. Tia Olma não era mãe dela. Ou mãe dos irmãos dela. Talvez fosse mãe no não receber pagamento para cuidar de um bando de crianças ranhentas, no não receber pagamento para limpar a casa lavar passar fazer comida aguentar reclamações mau humor dores tudo tudo para que a mãe branca da visitante e de seus irmãos pudesse estudar e, depois, exercer ofício de magistério, e para que o pai dela e deles jogasse dinheiro fora tranquilamente. Quando a tal senhora chegava em casa, já estava tudo pronto, filhos limpos, filhas limpas. Tia Olma me falava com certo orgulho. Parece que isso lhe concedia lugar que ela não tinha, quase de superioridade. Mas, tia, por que a senhora trabalhava de graça para essa gente? A mãe delas não tinha dinheiro para pagar, era professora. E não tinham pai? O pai jogava. E a senhora, ganhava bastante? Tinha outra fonte de renda que não o seu outro trabalho braçal no lanifício para poder servi-los de graça? Por que a senhora tinha que servir essa família como uma escravizada? A josefina por acaso limpava sua casa cuidava dos seus filhos e filhas em contrapartida ao que a senhora fazia para ela e para o marido? A josefina ganhava pouco. Mas, naquela época em que a senhora não podia estudar, as professoras não ganhavam tão pouco assim, tia. Além do mais, a josefina tinha herança de família. Foi quando gente como nós passou a frequentar as escolas públicas que a remuneração do magistério diminuiu. É? Por que ela pode estudar e a senhora não? Eu tive que trabalhar muito cedo, cuidar deles.

Pode ser até que estivesse encoberto pelo cansaço da viagem de mais de dez horas dentro de um ônibus vindo num trote da cidade com nome de santa até a cidade dos ajuntados, mas tia Olma parecia não guardar ressentimento, exceto quando diz que era a negrinha da casa. Quem sabe o ressentimento agora fosse menos importante, advindas tantas dores divididas comigo. A ressentida sou eu.

Lembro que uma vez ou outra a filha postiça da cartinha amorosa bateu à porta da casa do expaimeu para visitá-lo. A conversa entre ele e ela fluía rápida. Ela me parecia alta elegante rica. No dia em que foi visitar tia Olma na minha casa, pareceu-me bem menos que uma mulher branca comum quase ordinária com sua sobrancelha de henna pela metade máscara anticoroado vermelha botinhas rasteiras de pelúcia.

Querida Olminha! A vida prega muitas peças para nós. Depende de nós, da nossa fé em Deus e nos espíritos bons que nos rodeiam, a nos livrarmos dela. E tu conseguiste! Sinto muita dor em não estar contigo, fisicamente, mas no espírito somos uma só. Te amo muito, muito... pra sempre. Até quando já tivermos em outro plano. Olminha, Deus te abençoe. Amor para sempre é o nosso.

A cartinha com tal mensagem maravilhosa de amor eterno foi escrita e entregue a minhatia Olma pela filha postiça de quem falo. A tia havia deixado o hospital quando a recebeu. O papel ficou abandonado numa gaveta do quarto dos pássaros. Que o deus de que fala a filha postiça livre minhatia da convivência-subserviência com ela no outro plano. Que piada é essa de "amor para sempre" enquanto minhatia morava numa casinha caindo aos pedaços no rincão da carolina depois de servi-las por anos em substituição ao corpo de trabalho de minhavó? A frase correta é "labor para sempre". Já ia me esquecendo de dizer que a limpeza das estantes foi o quarto trabalho de minhavó herculana na casa dos avós da postiça.

❖

Consegui me deserdar da tradição do vício do serviço à família cuña ou a qualquer outra coberta pelo sangue das vacas ou das ovelhas ou sustentada pelo sangue das gentes empretecidas da cidade com nome de santa. Suponho ter quebrado ao menos essa maldição que vitimou minhancestras. A maldição das casas de família, que bem daria filme de terror. Algo do desvio devo à minhavó, matadora de leões, e à minhamãe. Talvez eu também tenha me associado ao amoródio do expaimeu a essa gente. Tal associação me livrou da promiscuidade amorosa das casas de família, que nos emparedava entre a humanidade vacum e a bovinidade humana. Algo devo ao expaimeu, mas não tudo.

O prédio enorme, de dois andares, estilo neoclássico. O piso inferior tomado por mesas retangulares que se estendiam do início ao fim do salão. As mesas compridíssimas cercavam-se de várias cadeiras. Encostadas nas paredes, as estantes dominavam todo o lugar, parecia que seríamos devoradas por elas. Decifra-me ou te devoro!

Íamos em grupo à biblioteca fazer os trabalhos de escola, especialmente de geografia, cuja professora com nome de rainha degringolada se mostrava muito exigente. Tínhamos que desenhar mapas políticos e de relevo e de hidrografia. Eu tinha um colega que apresentava mapas maravilhosos. Nunca consegui apresentar os meus com toda aquela elegância. Tínhamos que saber por que não chovia no nordeste do país das maravilhas, por que era quente a zero grau de latitude, por que nevava na morada da neve. Tudo isso a biblioteca respondia. Nunca tivemos que pesquisar nada sobre pobreza, desigualdade social ou coisas parecidas. Não precisávamos saber por que éramos pobres. Não sabíamos nada sobre a história do ventre dos povos. Esse ventre não tinha história, apenas geografia. Às vezes íamos à biblioteca apenas para retirar ou devolver livros. Chão mesas cadeiras, tudo muito limpo, com certeza por uma mulher negra para quem a biblioteca foi a substituta das casas de família. Subíamos rindo os quatro ou cinco degraus de entrada do prédio.

Como na casa em que o expaimeu me inquilinava, no interior do prédio tínhamos que fazer silêncio. Até havia numa das paredes o retrato de uma mulher branca que lembrava uma enfermeira norte-americana nos impondo silêncio com o dedo indicador em riste sobre a boca, unha pintada de vermelho dos imperadores.

Não me lembro das funcionárias que nos atendiam no balcão. A memória da mulher branca de unha vermelha abafando minha voz as sufocou. No entanto, me lembro de uma mulher negra retinta como eu com um pano na mão e um balde limpando as escadas que davam acesso à parte superior do prédio. Ela está me olhando agora como um dia eu a olhei e pensei: não quero ser mais uma mulher negra faxineira. Acho que ela quer saber se cumpri meu intento e se ainda me persegue a vergonha de ter me identificado com ela pela negação.

ana me diz que muitas das minhas queixas advêm do não quero ser faxineira não quero ser cozinheira não quero ser lavadeira não quero ser o que foram minhantepassadas, não quero ter dívidas. Sim. Uma vida que se construiu a partir da negação, a minha, talvez por não ter como construí-la a partir da afirmação de quero ser professora como foi minhavó quero ser advogada como foi minhamãe quero ser amável como meu pai foi.

Dos livros que limpava minhavó decorava poemas. De tanto ouvi-la recitar ao descascar as batatas para a salada do domingo, minhaprima, afilhada por ela, aprendeu que viver não é necessário o que é necessário é criar aprendeu que não conto gozar a minha vida nem em gozá-la penso só quero torná-la grande ainda que para isso tenha de ser o meu corpo e a minha alma a lenha desse fogo só quero torná-la de toda a humanidade ainda que para isso tenha de a perder como minha cada vez mais assim aprendeu que penso tudo quanto penso tudo quanto sou é um deserto imenso onde nem eu estou.

Encontraram textos concebendo a escravidão dos povos africanos como algo lógico e legítimo de autoria do poeta cujo minha alma a lenha desse fogo minhavó declamava. Um dos investigadores de sua obra o defende da acusação de racista, já que, desde 1980, diz, se publicam centenas de coisas que o poeta nunca pensou publicar, e muitos leitores não distinguem entre o que ele deu ou pretendia dar à estampa e o que atirou simplesmente ao baú que guardava o que escrevia, mesmo certas parvoíces que rabiscava em papeizinhos, eventualmente com uns copinhos já bebidos. Parece que o poeta não atirava nada fora e até poderia ter escrito outros papeizinhos dizendo o contrário. Parece que isso lhe acontecia muito frequentemente. Parece que a defesa da escravidão consistia "numa espécie de exercício dialético ou retórico íntimo, às vezes irritado, sempre provocatório". Quem sabe!

O corpo da minhavó realmente funcionava como a lenha do fogo da gente de quem ela foi criada e com quem ela foi criada como criada, não como criança. Seu serviço os tornava grandes frente a si próprios e à sociedade local. Tal sentimento de grandeza surge quando temos alguém a quem considerar pequeno, alguém que sirva de bengala para que apoiemos nossas fraquezas. Como todo sentimento em geral, em geral é enganoso. Ouvi isso de ana. Mas acho que Shatta não pensava sobre a relação entre eles e ela, seu corpo no movimento do dia a dia era o próprio pensamento. Quem pensa isso sou eu. É um espinho que me incomoda desde a infância.

Shatta também não poderia ser um deserto como referido no poema. Ainda que quisesse desertar, uma voz de mando a surpreendia com ilusões acerca de sua granditude. Shatta, me traz um pouco de água? Não sei se seus olhos ficavam entediados arregalados ou molhados com essa ilusão da qual fazia parte.

A professora com nome de rainha degringolada também nos fazia pensar sobre desertos da patagônia atacama gobi Saara. Enquanto falava na parte da frente da sala de aula, retorcendo a boca e apontando o mapa com uma caneta especial, iluminada na ponta, os meninos meus ímpares me jogavam no rosto papéis da bala, com o nome da marca escrito *Neguinha*. E riam. Depois viravam seus pescoços para a frente e faziam de conta que prestavam atenção nos desertos enquanto se olhavam uns aos outros, canto de olho, orgulhosos do ato. Riam, eles riam.

Estava num deserto cercada de gente branca, que eu sabia branca. Não sei se eles se sabiam brancos. Para mim não havia ilusões. Soube desde cedo. O expaimeu não me deixava me esquecer da minha negridão, que em razão do fardo teria que estudar mais e trabalhar bem mais que os brancos. Minhanalista diz que todos precisam trabalhar e estudar. Acho que nessa frase falta alguma coisa.

Não sei se havia outras cores, mas o papel de bala que meus ímpares me jogavam no rosto era amarelo. Algumas meninas riam com eles, como césaire riu com as mulheres brancas do homem negro abandonado no bonde que tentava se apequenar para não ser visto. Também me chamavam de macaca, situação tão comum quanto não ter a quem se queixar em casa ou na escola. Num lugar ou noutro, eu seria culpada.

Agora há pouco essa gente organizou um grupo no inhaí com todos e todas que foram colegas de turma da primeira à oitava série do colégio david canabarro, no centro da cidade com nome de ana. Na semana encharquilhada, tínhamos que formar fila para ouvir o hino da província de san pedro. Eu me sentia envergonhada na parte do povo que não tem virtude acaba por ser escravo. Então alguns de meus espinhos se viravam para dentro. Nas aulas de história eu aprendera que descendia de "escravos".

Mais tarde fiquei sabendo que o colégio onde estudei durante oito anos carregava nome de assassino, o que parte da história nega e ele mesmo negou até o fim de seus dias de dono de gente. O destino dos soldados negros foi um problema para que o governo imperial, representado pelo barão de caxias, e os chefes da república de san pedro acordassem o fim da revolução encharquilhada. bento gonçalves não aceitava proposta que não garantisse liberdade aos lanceiros. Foi afastado das negociações. Numa madrugada de novembro de 1844, numa trama entre caxias e canabarro, os lanceiros foram dizimados pelas forças imperiais no cerro dos porongos. Os soldados estavam segregados no acampamento entre brancos, negros e indígenas.

Os imperiais atacaram especificamente o acampamento negro. Os demais soldados fugiram.

No grupo de inhaí dos orgulhosos descendentes de david canabarro há uma ou outra ímpar com quem frequentei a biblioteca pública. Estou como espiã. A meu contragosto, eles me acharam na rede social com nome de cara e me escreveram pedindo meu número e autorização para me colocarem no grupo. Fingi estar feliz com o contato deles, que fingiam também fingiam felicidade. Não há momento em que me sinta vinculada a essa gente, meu interesse é apenas saber se os brancos daquela época continuam não sabendo que são brancos embora sempre tivessem sabido que sou negra.

Em geral, limpo a conversa, apago o magote de mensagens e vídeos sem nenhuma atenção depois de tê-los silenciado por uma semana. Além de piadas sobre mulheres brancas e pessoas gordas, certo dia me deparei com uma pérola que fiz questão de arquivar e trazer na íntegra para este futuro livro. A pérola demonstra que a boa vontade branca avança no máximo até entender que uma pessoa pode se ofender ao ser chamada de magrelo ou de negão, jamais até entender que a questão em jogo no caso do negão não se circunscreve ao campo da ofensa.

Eu silenciava quando os guris me atiravam papéis de bala *Neguinha* e as gurias riam e a professora não via ou fingia que não via. Fazia como sempre fiz, dobrava meus espinhos para dentro e me concentrava naquela dor de corpo para não ter de me haver com a dor da palavra. Chegava em casa sangrando. O expaimeu e Alesọ não ouviam. Estavam trabalhando para a família de alguns colegas descendentes do valoroso david canabarro ou queriam mesmo não ver. O que fariam com isso? Poderiam desvirar meus espinhos?

❖

"Me perdoem os amigos..conhecidos..E a quem magoar... Mas é a mais pura verdade! GERAÇÃO 2000 CHATAAAAA pra carambaaaaa... 😫 😫 😫

Geração cheia de mimimi, que sempre quer mostrar conhecimento de coisas que não viveu, que se magoa com qqr coisa, que acha que td é bullying, racismo, preconceito, que tem que viver se reafirmando, entre tantas outras coisas!

Aí Geração nutella pega essa visão...

Na escola, Não ganhávamos uniformes, o #UNIFORME era comprado...se fosse sem uniforme não entrava na aula... Se chegasse atrasado assinava o livro preto....Não tínhamos telefone celular nessa época, éramos acostumados a usar o famoso #ORELHÃO... As pesquisas eram na Biblioteca hahahaha... como era divertido ir até a biblioteca.

O trabalho era escrito a mão e na folha de papel almaço..

Tinha dever de casa e a EDUCAÇÃO FÍSICA era esperada por todos!

Na escola tinha o #CICATRIZ,o #GORDO, o #MAGRELO o #ZOREIA, #QUATROZÓIO, #CABEÇÃO, #BAIXINHO, #OLÍVIAPALITO o #NEGÃO o #PATO e nada disso era uma ofensa!

Todo mundo era zoado, às vezes até brigávamos, mas logo estava tudo resolvido e seguia a amizade... Era brincadeira e ninguém se queixava de #BULLYING. Existia o #VALENTÃO/#VALENTONA, mas também existia quem nos #DEFENDESSE kkkkk.

Antes de iniciar as aulas, a gente cantava o #HINONACIONAL.

A rede social da época eram os cadernos de pergunta e resposta que circulavam pela sala para contarmos sobre nós e também sabermos um pouco mais um dos outros!

íamos para a escola à pé, na saída, adorávamos quando alguém fazia aniversário... ERA #OVO, #FARINHA, o que tinha pela frente.

Final de ano, não víamos a hora de acabarem as aulas, para que os colegas escrevessem nas nossas camisetas para guardarmos de recordação!

A frase 'PERAÍ MÃE' era para ficarmos mais TEMPO NA RUA e não no COMPUTADOR ou no CELULAR como hoje... Colecionávamos FIGURINHAS, SELOS, PAPEL DE CARTA, CARRINHO DE ROLEMÃ, tínhamos ioiô e outras brincadeiras mais. As brincadeiras eram saudáveis, os meninos brincavam de bater figurinhas, não nos colegas e professores como atualmente. Adorava quando a professora usava MIMEÓGRAFO e aquele cheiro do álcool tomava conta da sala... Na rua era, ESCONDE ESCONDE, PULAR CORDA, ELASTICO, TACO, AMARELINHA, QUEIMADA, PIPA e etc...

Comíamos na rua mesmo, bebíamos água da torneira, andávamos descalços e vivíamos no sol sem protetor.

Não importava se nossos amigos eram #NEGROS #BRANCOS, #PARDOS, #RICOS, #POBRES, #MENINOS ou #MENINAS.

Todo mundo brincava junto e como era bom. Bom não, era #MARAVILHOSO! Filmes só assistíamos na tv e não víamos a hora de passar a sessão da tarde.

Que saudades dessa época em que a chuva tinha cheiro de terra molhada!!! Podíamos tomar banho nela sem ficar doente... Época em que nossa única dor era quando passávamos MERTHIOLATE nos machucados KKKK.

#EDUCAÇÃO era em casa, até porque, ai da gente se a mãe tivesse que ir à escola por aprontarmos.

Nada de chegar em casa com algo que não era nosso, desrespeitar alguém mais velho ou se meter em alguma conversa.

Fico me perguntando!!! QUANDO FOI QUE TUDO MUDOU??? E os valores se perderam e se inverteram dessa forma???

Quanta saudade, quantos valores, que pra esta geração não valem nada.

Saudade de tudo que hoje não tem mais valor!!!

Fui dessa época com muito orgulho, e que saudades... 😎

Cadê a galera que engoliu chiclete e não morreu"

❖

O que vocês acabaram de ler é a maravilhosa demonstração do modo branca classe reinante de estar no mundo, um modo de estar de quem nunca se deu conta do que se passava no entorno porque era, e deve continuar sendo, um entorno todo branquinho fofinho cheirosinho. Fiquei com dúvidas em trazer a mensagem veiculada num grupo particular de inhaí para o futuro livro. Parecia algo desonesto, uma traição. Mas a quem eu estaria traindo? À ímpar que fala do alto do seu lugar de verdade, como se sua experiência bem particular fosse a experiência de todas? Realmente me impressionam os lugares míticos que não se sabem mitológicos.

Porém, caí do porco. Ao revisar esse texto, ainda com dúvida sobre a ética em publicar a mensagem ímpar, descobri que há vários, inclusive com frases iguais, na internet. E eu achando que fosse algo original ou inédito. Só mesmo fumando outra ponta.

Durante os oito anos de colégio me lembro de ter sido convidada uma única vez para um único aniversário. Não fui. Porque não me deixaram, pois teria que gastar com roupa, presente, transporte; ou porque não quis, pois nunca me senti à vontade com essa gente que somente me queria por perto para que eu os ajudasse a tirar boas notas.

"Não importava se nossos amigos eram #NEGROS #BRANCOS, #PARDOS, #RICOS, #POBRES, #MENINOS ou #MENINAS", porca-espinha que sou, ler esse trecho da lavra de minha cara ex-colega me dá vontade de descer rolando de rir o cerro de palomas com o meu pelo enegrecido gritando que todos somos humanos. Chegando lá embaixo, ao pé do cerro, a polícia estaria me esperando porque fora avisada de que uma negraloca descia o morro gritando e perturbando a vizinhança.

E outra, eu detestava educação física, havia um professor barrigudo e nojento que quase nunca nos dava exercícios para fazer durante as aulas e, quando o fazia, era para nos deixar sem poder caminhar direito durante uma semana. A pessoa dona do texto que relato parece que é dona de uma academia, então até entendo sua saudade dessas aulas.

Mais uma. O cheiro de álcool do mimeógrafo me lembrava do cheiro de cachaça do expaimeu. Eu não tinha nenhuma adoração por esse odor.

E outra. Isso de gostar de ir e vir a pé deveria ser bom para quem, como ela, morava nas cercanias do colégio. Eu morava longíssimo, tinha que caminhar mais de uma hora para ir e mais de uma hora para voltar, o que era especialmente difícil nos dias de chuva até porque não podia permanecer em casa sob pena de ser chamada de preguiçosa ou vagabunda por vocês-sabem-quem.

Para a nobre colega descendente de escravizadores, realmente a única dor deve continuar sendo a do merthiolate e a de envelhecer, não apenas na idade. Me impressiona sua forte crença no mundo que criou para si e para as outras, como se não houvesse nada de diferente de seu país das maravilhas, nem ontem e nem hoje.

Outra colega se deu ao trabalho então de responder à saudosista. Eu só tiraria desse texto a parte do uniforme comprado (só quem tem poder aquisitivo pode comprar...) e a parte dos apelidos/bullyingentão... a gente é que acha que as pessoas não sofriam com esses apelidos... talvez muitos não, mas vai saber se o "Gordo" não sofria com isso... o "Negão" não se sentia discriminado... não acho que seja mimimi. Acho que as pessoas têm que se respeitar. Sei lá... eu nunca me senti ofendida por me chamarem de baixinha, Mônica baixinha dentuça (by XXXXX kkkk), pintora de rodapé, salva vidas de aquário, quatro olho cinco piolho... mas cada um tem uma forma de lidar com isso e, dependendo do tipo de preconceito que sofre, o apelido pode ferir, sim... O resto... só saudades do "nosso" tempo!

Novamente a escritora do primeiro texto se manifesta: "Então XXXX... Naquela época íamos uniformizados e todos estavam iguais, quanto a se incomodar com os apelidos naquela época é quem sabia levar na esportiva.. que nem vc e eu...TB tive vários apelidos.... Que não me "ofendi" então é disto que me refiro... Tudo era mais leve... Hj em dia as agressões são piores, são com ódio, isso não tinhamos era brincadeira se tinha o negão tinha a branquela, se tinha o gordo (a) tinha o seco... E por aí vai... Só quero que entendas que não era tão assim como é hj, até pq se ultrapassava os limites assinava o livro preto ou verde...😂".

O uniforme não fazia ninguém igual a ninguém, a menos que já fosse considerado igual, branco, filho de estancieiro ou de comerciantes bem-sucedidos na exploração do trabalho das outras, ou pertencente às classes médias que se achavam superiores ainda que fossem vassalas dos mesmos senhores. Nunca deixei de ser considerada negra por usar uniforme igual ao que as alunas brancas e alunos brancos usavam. O tal uniforme nunca foi uma pele branca para mim. Quanto a levar na esportiva, francamente não há o que dizer. A não ser que a ímpar esteja falando de racismo recreativo. Será isso? Quanto maior a besteira, mais difícil escrever sobre ela.

Mais uma. Eu assinava o livro preto há anos.

"Claro que entendo, @XXX! Sei que o ódio, hoje em dia, a maldade, a exaltação à superioridade (e por isso, à inferioridade) são muito mais fortes do que na nossa época. Isso se reflete na sociedade, não só na escola. O que quis dizer é que eu não incluiria isso nesse texto, se eu fosse escrevê-lo, pois é um tema bem mais profundo (no meu ponto de vista). Sim, todos tínhamos apelidos... Mas não acho que isso não magoasse alguns... As pessoas não tinham espaço pra expor o que sentiam sobre isso... sei lá. O importante é que nos amamos! Kkkk"

Essa ex-colega que foi chamada de baixinha, de mônica baixinha dentuça pintora de rodapé salva vidas de aquário quatro olho cinco piolho, e que dialoga com a saudosista, me foi bastante próxima. Talvez não tenha se importado com os apelidos que recebeu no colégio por não haver no país das maravilhas um sistema de opressão contra as mônica baixinha dentuça que se estende por mais de quatrocentos anos. Não posso negar que, na infância, passei algumas tardes agradáveis em sua casa, embora constantemente acompanhada pelo medo de que me descobrissem negra. Sua mãe, ainda que parecesse incomodada com minha presença espinhosa, nos fazia chocolate gelado, que tomávamos com um canudinho, e uns sanduíches de lamber beiços. Acho que um dia me descobriram, já que nunca mais fui convidada a retornar. Soube no ano em que escrevo esse futuro livro que a ex-colega era judia, não sei se isso significa algo para ela, mas significa para mim.

Quanto a nos amarmos, ela deve estar brincando ou falando apenas por ela que é pessoa de bom coração. O meu é cheio de espinhos, razão pela qual não compartilho desse amor pelo próximo nem pela próxima.

Me sinto meio Carolina Maria de Jesus, a minha geração deve ser a do quarto de despejo, escrevendo aqui o que leio no grupo de inhaí e falando aqui o que não digito lá – "[...] Vou escrever um livro referente a favela. Hei de citar tudo que aqui se passa. E tudo que vocês me fazem. Eu quero escrever o livro, e vocês com estas cenas desagradáveis me fornecem os argumentos".

IV

[...] indo depois assumir as funções de Zeladora do Grupo Escolar [...]

Jornal *A Nação*

O casamento que ela planejara por tanto tempo, insistindo para que se casassem como livres, rapidamente desandou em chicotadas e salgaduras. Realizado em janeiro de 1855, terminou um ano e meio depois, quando Henriqueta solicitou a um padre a separação eclesiástica, pois seu marido, como seus antigos senhores, adquirira o mau hábito de lhe marcar o corpo com arranhões. Testemunhas descreveram seu rosto peito braços e pernas cheios de feridas. Mas as feridas mais doídas em Henriqueta foram as dívidas contraídas por ele e pagas por ela, já que comprava a crédito frutas e verduras para revender, sendo indispensável manter a confiabilidade de seu nome. A separação serviu para proteger tanto seu bom nome quanto seu bem-estar. A propriedade adquirida com o dinheiro do trabalho dela na constância do matrimônio foi vendida e metade do valor, repassado ao exespososeu. A metade que coube a ela foi quase totalmente consumida pelas dívidas que assumiu.

Houve uma época em que o senhor vitinho e a senhora isabel cuña não tinham comida nem para eles nem para os filhos e filhas. Não que estivessem pobres, apenas não dispunham de comida nem dinheiro para comprá-la. Não foi um dia de falta do que comer, foi uma época de vacas magras, como aquele sonho contado a josé pelo faraó do Egito. Saíram do Nilo sete vacas gordas e belas, depois saíram do mesmo rio sete vacas feias e magras, que foram para junto das primeiras e as comeram por inteiro. Contudo, mesmo em época de vacas magras, o senhor continuava as jogando e perdendo as jogando e perdendo. A situação dele era mais ou menos como a do marido de Henriqueta, que atolava o dinheiro não nascido do trabalho dele no pagamento das dívidas de jogo. No caso do marido da quitandeira, o dinheiro crescia do trabalho dela; no caso do marido da senhora, o dinheiro não nascia do trabalho dele nem do dela, mas da herança da família amealhada com o trabalho alheio. Eles formavam o rebanho de vacas magras que se alimentavam do trabalho de minhancestras.

Henriqueta, que não teve nem deixou herança, é parentaminha cujo rastro se perdeu. Henriqueta é parentaminha cujo rastro foi comido pelas vacas magras. Sinto sua presença corpórea na vermelhidão madura das maçãs melancias tomates. A pele dessas frutas, quando fendidas, têm algo das fendas das dívidas de Henriqueta.

O casal cuña da terceira geração, isabel e vitinho, se conheceu num baile a fantasia de final de ano no clube campestre, aquele mesmo em que o avômeu não podia pisar os pés. O senhor vitinho se fantasiou com as roupas referidas ao orixá ogum e a senhora isabel com as roupas referidas à orixá Iansã.

O pai e a mãe da senhora isabel cuña haviam sido contrários ao matrimônio, pois o pretendente, viciado em jogos de azar, trabalhava como mascate. Fosse caixeiro-viajante se pareceria menos a um negro com suas trouxas às costas. Não se trata de aspecto físico, o noivo era quase loiro; contudo, de forma diversa aos caixeiros-viajantes, que faziam suas viagens de negócios acompanhados de um talão de pedidos e catálogos com descrição das mercadorias, os mascates conduziam suas mercadorias consigo, desfazendo-se delas ao longo do caminho, o que não era bem-visto pelas classes reinantes locais. A atividade do caixeiro-viajante possibilitava juntar dinheiro sem possuí-lo, já o mascate possuía o que levava consigo, mais ou menos como Henriqueta, o que, às vezes, era quase nada.

O interessante, e me sirvo dessa palavra por não ter outra mais interessante, é que apesar de não ter comida nem dinheiro para comprá-la, a família permanecia tendo criadas – minhavó e sua filha mais nova e mais pretina, tia Olma. Sim, tia Olma, que era considerada a negrinha da família. Mas de qual família, tia? Ora, das duas.

Vovó alimentava dois filhos e duas filhas com sua única frigideira torta que não era dela. Uma das filhas, perfeita em sua quase branquidão, provavelmente de origem nobre, não precisava sofrer com a pretidão que não tinha. Quando eu era criança, me admirava bastante dessa tia mais velha ser tão menos preta e tão diferente dos meus outros tios tão escuros e tão altos quanto o avômeu, o tuba. Será que o corpo ensaboado exposto ao sol funcionara para ela? Minha admiração talvez fosse não pela diferença dela relativamente a outras tias e tios, mas por sua brancura em si, um ideal para mim.

Gostaria de ser como minhaprima Xuela. Amava tudo que lhe pediam para odiar. Amava o cheiro da sujeira fina atrás de suas orelhas, o cheiro da sua boca não lavada, o cheiro que vinha do meio das suas pernas, o cheiro de antimônio divino de seus sovacos, o cheiro de seus pés não lavados, tudo isso ela amava. Minhaprima amava até não amar seu pai. Mas eu não, eu não conseguia amar o que o expaimeu odiava em mim e odiava até odiá-lo.

Enquanto a tia menos preta fora criada para os estudos, a tia mais preta tinha sido criada para o trabalho de seus brancos. Essas foram confissões feitas a mim nos corredores de espera do hospital num dia em que ela, a mais preta, falou o que nunca havia falado. Que nunca mais falará.

Sua irmã Ebema, tia menos preta ou mais branca, ainda muito jovem teve o corpo transladado para as dependências da casa, não do senhor vitinho e da senhora isabel cuña, mas da casa dos pais da senhora isabel. Titulando o sobrenome como brasão do continente da mulher que amou (ou foi estuprada por) um boi da cara branca, a senhora cuña-mãe era tida por muito boa para com pobres e negros, que praticamente tinham a mesma cara. Chamava-se josefina, de família criadora de ovelhas-ideal, neta de maria augusta. Assim, com pés de pluma sobre os tapetes de lã de ovelha, se podia dar ao luxo de reconhecer-se bondosa. No entorno do pescoço, sempre um colar de pérolas. Três voltas. Brincos e anel também do chagrin das ostras. Seu cabelo, de um loiro armado, lembrava o capacete do primeiro homem que pisou na lua. Seus dedos finos, suas mãos pequenas alongadas pela prática do piano. Seus olhos azuis.

Político e advogado na cidade dos ajuntados, o senhor marido de josefina, não lembro o nome, funcionava como delegado na cidade com nome de ana. Não tinha atrativo especial que não seus títulos de homem branco estudado da capital que não precisava do próprio trabalho para viver. Uma vez fiz concurso para delegada de polícia. Rodei na prova física. Eram dez apoios e fiz apenas um ou dois. Não tive força de vontade para fazer mais. Não tive em quem me apoiar para fazer os tais exercícios de apoio.

Minhanalista assinalou que, nessa mais uma reprovação, meu desejo fora mesmo ser reprovada. No ponto, acolho sua leitura. Não me permiti ocupar lugar reservado aos brancos na caçada aos negros. Talvez eu quisesse ocupar um lugar no sistema de injustiça onde, como os donos dos frigoríficos e das charqueadas, me fosse dado sujar menos as mãos com a mortandade dos pretos iguais a mim, o que fatalmente ocorreria fosse eu aprovada.

Ebema era alguns anos mais nova que isabel cuña. Ebema podia estudar e não tinha deveres de negra para com a família que a abrigava.

Minhamãe tinha dois rostos e uma frigideira onde me cozinhou, uma frigideira minha, me disse tia Olma. Já os livros, aqueles que estavam lá organizados nas estantes que sua mãe, minhavó, limpava, pertenciam à Ebema.

Muito estranhas as visitas à tia Ebema na infância. Sua residência, pequena para seis pessoas, ficava lá do outro lado da praça principal da cidade com nome de santa, numa vila de casas iguais. Meus primos e primas, uns mais velhos e outros mais novos que eu, todos menos pretos, nunca estavam quando chegávamos. Se estavam, logo saíam. Tia Ebema nos recebia a contragosto, com cara de sono.

Num dia, já adolescente, fui sozinha à casa dela. Ela também estava sozinha. O marido, de apelido conde, fora fulminado, anos antes, por um ataque do coração enquanto dormia. Ficamos falando algo de algo agora esquecido. Seu braço se esticou e retirou da prateleira um livro. Eu ainda o tenho. Chama-se nossos 20 anos, de clara malraux.

Na época, eu tinha mais ou menos essa idade. Acabo de abri-lo. Há uma dedicatória *Para Cuandu com carinho da tia Maria Ebema. Feliz Ano-Novo.* Que grande álbum de fotos é este que folheio hoje, sem álbum, sem fotos e sem presenças... Um trecho desse livro.

Tia Ebema não sabia ou não gostava de cozinhar. Nisso, eu também me aparentava a ela – não gosto e não sei cozinhar. Seu marido conde respondia pela comida. Os dois se conheceram na cidade de açúcar quando Ebema lá fez um curso de especialização numa área da biologia. Durante meses ficou na casa de Doca, minhatiavó, de quem falei logo no início da segunda parte. Doca vivia num bom apartamento. Casara-se com um homem branco, de dinheiro, que a tratava como princesa. Tinha empregadas, sequer levantava uma palha do chão ou precisava se preocupar com a comida do dia ou as contas de amanhã. Vestia-se com roupas caras da moda. O casal não tinha prole.

Tia Ebema poderia ter sido filha tardia do casal, mas preferiu se casar com o conde cuja fama nada nobre era conhecida por Doca que avisou minhavó que se tocou da cidade com nome de santa para a cidade de açúcar impedir o casório. De nada adiantou. Ebema fugou para a casa do noivo, num bairro muito afastado das áreas centrais da cidade de açúcar. Acabaram casando e retornando para a cidade com nome de ana. Perguntei a tia Olma se o conde era negro. Ela pensou um pouco e respondeu, o conde era sarará. Depois perguntei em que ele trabalhava, ela imediatamente me respondeu que o conde não trabalhava, vivia às custas de minhatia Ebema. Assim como o marido de Henriqueta, o conde tinha dívidas de jogo cuja responsabilidade pelo pagamento fora atribuída por ele a ela, que trabalhava e ganhava muito bem, então deveria pagar algum tributo à nobreza.

Antes de morar na vila de casas iguais em sua tristeza amadeirada, Ebema vivia num lugar onde as enchentes levavam o tudo do pouco. Volta e meia eu ouvia Alesọ comentar que Ebema estava no olho da rua com as quatro crianças pequenas, pois as águas das últimas chuvas haviam invadido sua casa, na beirada dos trilhos. Eu não entendia como alguém tão estudiosa, com graduação e especialização em biologia na cidade de açúcar, trabalhava num laboratório e ainda dava aulas podia ficar desabrigada, como alguém assim podia morar numa casa onde a água da chuva furava a madeira. Seria essa a parte preta de minhatia quase branca?

Eu temia que esse destino fosse o meu. Eu tão estudiosa que não sabia cozinhar. Acho que não tive filhos também por isso, pelo medo de ficar desabrigada com eles no colo no meio de uma enchente com o expaimeu me azucrinando a cabeça e me chamando de negra vagabunda.

Ebema nunca quis comprar imóvel, receava que, ela morta, os quatro filhos se digladiassem pela divisão do bem. Sempre morou inquilinada.

Minhamãe tinha dois rostos e um pote quebrado onde escondia uma filha perfeita que não era eu. Versos da unicórnia preta. Tia Olma pensava assim, esses versos poderiam ser seus. Quando minhavó ajudava Ebema com algum dinheiro ou comida, a filha imperfeita ficava com raiva, afinal de contas, Ebema é quem deveria ajudar a família, já que pôde fazer o que a ela, Olma, não fora permitido. Minhavó carregava essas duas mulheres sobre suas costas. Cada uma delas carregava consigo raiva própria.

É provável que o avômeu também achasse que sua filha Ebema fosse perfeita, até por saber que, de certa forma, não era sua, embora ela não quisesse que ele fosse seu. Naquele dia de inverno nas cadeiras de espera do hospital, perguntei à tia Olma que razão teria Ebema para se envergonhar da paternidade do tuba. A irmã se envergonhava da pretidão do pai, disse ela. Achei esquisita essa vergonha porque minhavó, inclusive, era bem mais escura que o avômeu e não havia me chegado notícia de que Ebema se envergonhasse dela, pelo menos não de forma pública.

Uma vergonha trocada, me disse ana.

A fome da família branca, isso também minhavó aplacava. Naquela época de vacas magras, quando morriam de fome, herculana encurralou num canto do pátio uma das cinco galinhas do vizinho que lindamente passeava no território das inimigas sem saber da panela que a esperava. Com pés de bronze e penas de ouro, não voava nem o mínimo para uma galinha. Xodó do vizinho, dormia na cama com ele. Shatta a perseguiu durante horas até suas penas douradas se acantonarem num bueiro na esquina da rua. Sem trégua, vovó lhe atirava baldes de água quente para de antemão amolecer as penas. Ferida, a galinha saiu do esconderijo diretamente para as mãos de minhavó, que a cozinhou com arroz e matou a fome da família rica.

isabel, a sinhá, não se separou do marido mascate como fizera Henriqueta, a ex-escravizada que tinha de manter o nome limpo para trabalhar no comércio. Talvez isabel o amasse muito, mesmo na fome. Na verdade, a questão é esta: não passava fome, pois tinha minhavó e tia Olma para caçar e cozinhar galinhas para sua família nobre. Enquanto assim fosse, podia suportar o amor dos jogos de azar.

❖

Já contei que Doca fora levada para a cidade de açúcar ainda criança, para servir a outro ramo da família cuña. Shatta permaneceu nos pagos, pagando o que não devia, assim como Henriqueta pagou o que exespososeu devia. Aos quinze anos minhavó teve anunciada sua primeira gravidez, conhecida.

Quando viu que a barriga crescia, o senhor marido da senhora josefina determinou a seus delegatários revirarem a cidade com nome de santa à procura do homem que lhe teria feito o "mal". O acusado nem sabia do crime nem se estava escondendo. Foi procurado nos prados cassinos clubes. Tratava de um motorista que viera da cidade de açúcar para a cidade com nome de santa no intuito de ensinar o delegado a dirigir automóvel. Tranquilaço, passara uma tarde de domingo chuvoso na casa do contratante, apreciando churrasco de carne de ovelha, bom vinho italiano e livros limpos das estantes.

Encontrado do outro lado da linha que dividia um país do outro, com a boca mais interessada num pancho do que em promessas, o suposto malfeitor não aceitou a condenação que lhe impunha casar com minhavó embarazada. No dia posterior ao desaceito, apareceu bucho furado, corpo fincado nos espinhos de uma cerca de arame farpado, crivado de balas na cabeça, num campo onde ovelhas-ideal pastavam.

Depois da notícia fúnebre a todos lamentável, o senhor cuña enviou seus delegatários à porta do frigorífico roma com proposta de casamento e recompensa. O avômeu aceitou, sem o que perder. A promessa de dinheiro ficou na promessa. Esclerosado, mas não tão velho, como disse tia Olma, no final se sua vida o vovô trazia o assunto à tona para a galhofa de alguns de seus netos.

Se para mim o avômeu soava akhenaton, minhavó pouco ou nada tinha de nefertiti. Não me refiro à beleza da rainha de Kemet, mas do que se supõe ter sido a relação amorosa entre os faraós. Ambos atenderam às ordens das tradições de se unirem em matrimônio. Mais ou menos foi o caso de minhavó que atendeu à ordem do delegado da cidade com nome de santa. A diferença entre o casal da décima oitava dinastia e eles é que entre Shatta e tuba não houve casamento. Esse detalhe me fez supor a precariedade da tese de que o senhor cuña estivesse preocupado com a honra da Shatta. Talvez até se considerasse que mulheres negras nem tivessem honra, então, de fato, não haveria motivo para preocupação.

Acabo de ter uma visão. O delegado sentado na sua poltrona de couro na biblioteca, em casa, pernas cruzadas, lendo um livro de machado de assis, pés sobre o tapete de lã de ovelha. Cai sobre sua cabeça letrada uma folha de samambaia. josefina a retira delicadamente. Depois, como se tivesse tido uma ideia maravilhosa, ele se levanta da poltrona e chama minhavó. Entre as várias ordens domésticas que dele emanam, informa a ela ter encontrado um bom homem negro a quem deverá se ajuntar para seu próprio bem. A senhora do colar de pérolas olha para ambos e deixa cair no tapete de lã de ovelha a folha de samambaia. Minhavó a recolhe.

Ainda que houvesse motivo para preocupação com a honra da minhavó, nunca entendi suas precisas dimensões a ponto de o marido da senhora josefina mandar assassinar um homem branco e prometer recompensa em dinheiro a um homem negro. Se tratava de um espírito casamenteiro, com certeza.

Nunca se viu um ato de carinho entre o tuba e Shatta. A relação ficou marcada por esses antecedentes de morte e promessa descumprida. Mas me equivoco totalmente quando falo em matrimônio. Minhavó apenas foi transladada da casa do senhor marido da senhora josefina, no centro da cidade, onde prestava serviços compulsórios, inclusive sexuais, para a casa do avômeu no rincão da carolina, onde seguiu prestando serviços compulsórios, inclusive sexuais.

Não sei se a relação da minhavó com o senhor branco foi consentida. Uma bela noite, porém, o senhor cuña, que era homem de sangue esperto e orçava então pelos seus trinta e cinco anos, sentiu-se em insuportável estado de lubricidade. Era tarde, mas havia, na casa-enorme, criada que lhe pudesse valer. Lembrou-se da mulher, josefina, mas repeliu logo a ideia. Tal cena se repetiu como uma página de livro que se volta a ler da mesma forma.

Desconfio que entre minhavó e o senhor cuña não houvesse "relação" no sentido comum da palavra. Havia ato unilateral, monocrático, que ela apenas suportava. Me custa pensar que ela o pudesse ter amado, ainda que de modo torto. Me custa pensar que ela, se não o amou, tenha gostado de transar com ele.

O senhor cuña não odiava sua boa esposa. A coitada era boa demais. Para não lhe estragar a bondade, preferia se servir da minhavó. Muito jovem, muito sozinha, com certeza sem amparo. Moralmente nada diminuía a vontade dele de invadir a pecinha das empregadas onde ela permaneceu criada. Não sei se onde há subordinação e sentimento de dever poderá haver consentimento.

Já que puxei do fundo da bolsa vazia o sentimento de dever, me lembro de ana ter comentado que a vergonha da tia menos preta relativamente ao avômeu, a vergonha trocada, era mais de se saber filha de pai branco que não a assumiu como herdeira de sua condição de gente, do que propriamente do tuba, ajuntado à minhavó quando Ebema ainda crescia no ventre. O tuba entra no jogo como aquele que a acolheu e contra o qual sua raiva pôde vir à tona porque, ainda que borracho e sem dinheiro, ele era a figura que ela tinha para chamar de pai.

Soube que vovó jamais falou do assunto em casa, soube que Ebema jamais teria questionado acerca de seu pai e das condições de seu nascimento. Tudo se concentrou na vergonha do tuba, vergonha de ser filha de um homem branco chefe da casa onde sua mãe foi criada vergonha de ser filiada por um homem negro a quem não se dava nada, nem a possibilidade de conquistar uma mulher. Vergonha, quem sabe, de ter nascido de um estupro abafado pela morte e pela promessa de dinheiro nunca pago.

Não sei se havia alguma forma de amor entre minhavó e avômeu, pelo menos amor romântico. Talvez se tivessem um ao outro na conta de essa-gente-da-qual-se-pode-tão-somente-desconfiar ou essa-gente-como-nós-a-quem-aprendemos-tão-somente-desprezar. Quem sabe, feito minhaprima Xuela, considerassem o amor desvantagem para si e vantagem para outrem.

Bebia muito muito o avômeu. Tinha grande amor pela cachaça. Quando tocava seu clarinete nos bailes bares clubes como integrante de conjunto musical com alguns dos seus tios postiços, o pagamento que recebia não era em dinheiro. Os artesãos construtores das pirâmides de Kemet recebiam seus pagamentos na forma de pão e cerveja. Fizeram até greves para que o faraó lhes pagasse o devido. Tal como eu o pensava faraó, o avômeu se pensava artesão. tuba soprava o clarinete a noite inteira e parte da madrugada em troca de cachaça. Os músicos brancos talvez recebessem dinheiro. tuba tocava porque amava o clarinete e porque foi ensinado amar a cachaça. Vovó não gostava das madrugadas líquidas.

Houve épocas em que ela o abandonou na casa no bairro da carolina. Bebia muito muito o avômeu. Tomava tanta cachaça que, por mais pacienciosa que fosse minhavó, não o aguentou. Havia um mundo na garrafa de caldo de cana fermentado, melhor, havia um submundo povoado pelas palavras afogadas que ele não disse ela não disse ninguém disse. Tal pacto se dava especialmente em torno do nascimento de minhatia Ebema. Uma palavra qualquer que fosse dita, se romperia a família tal qual concebida, tanto a negra como a branca. Ebema é a estranha familiar em qualquer uma delas. Quem sabe por isso nunca quis casa sua, quem sabe tinha medo de perder essa condição.

Numa de suas separações, vovó preferiu morar com os quatro filhos e filhas na casa destinada à zeladoria num colégio no centro da cidade onde o senhor cuña marido da senhora josefina lhe conseguiu vaga. Foi responsabilizada pela limpeza de toda a escola secretaria biblioteca banheiros sala dos professores pátio. O pó do giz formava cerros debaixo do quadro verde de cada sala de aula. O prédio não era bem limpo fazia uns trinta anos. Herculana avançou contra ele com baldes de água panos vassouras nunca suficientes para a remoção da sujeira encrustada nas coisas.

Na época das eleições, não lembro para que cargos públicos, vovó fazia os melhores pastéis da cidade com nome de santa para vender a mesários e eleitores cujas sessões se localizassem na escola. O trabalho começava dias antes com a compra de farinha fermento passas de uva ovos óleo sal carne moída cheiro-verde cebola alho tomate panelas frigideiras.

No dia do pleito, ela vendia tanto que não sobrava um pastel para contar a história. O fato lhe possibilitava juntar um bom dinheiro que geralmente usava para quitar as dívidas feitas com a compra dos ingredientes, as contas atrasadas luzágua, inclusive dos filhos. O "lucro" ela dividia com Aleṣọ, que a ajudava na feitura dos comes e do café.

Quando da época das eleições, sinto o cheiro da uva-passa que elas misturavam com guisado para recheio da massa do pastel. Dizem que o olfato é um dos sentidos mais primevos. Eu ficava no entorno do fogão vendo as duas trabalharem na fritura, de vez em quando recebendo um pouco do recheio em minha boca com a colherinha que vovó depois lavava bem, para tirar o babujo. Fui sentindo aí o cheiro do trabalho o cheiro das dívidas impagas o cheiro do feito para os outros sem a justa paga. O dinheiro da vovó durava até o dia seguinte, o cheiro dos pastéis dura em mim até hoje.

Eu novamente cometi um equívoco, pois antes de ser transladada para a casa do avômeu, Shatta foi passar uma temporada na casa do novo casal cuña, isabel e vitinho, não como hóspede, obviamente, mas como criada, a fim de ensinar à recém-casada os segredos das lides domésticas.

❖

Tia Olma queria a abolição do serviço doméstico. Fora concebida, se criou e vivia sob a égide de panelas frigideiras panos de chão cuidados e mais cuidados, afora consigo mesma. Acompanhara Shatta, a quem chamava Shatta, nos serviços na casa dos cuña. Depois foi criada da filha dos cuña, isabel, depois de seu próprio marido e filho b, de quem, parece, se libertou faz pouco.

Isso tia Olma não queria para si. Havia uma freira da congregação das irmãs teresianas, trineta do general david canabarro, o mesmo da traição de Porongos, que lhe dava alguma atenção aos domingos quando morava junto ao tuba e à Shatta. Em troca, a freira pedia ouvido à palavra de deus. Se é que se pode negociar com a palavra de deus, a troca durou alguns anos até que minhatia resolveu ser também freira, trocando um senhor por outro. Com as poucas economias que fez, pegou um bonde para a capital sem o consentimento de Shatta já que tuba tinha apenas boca para cigarro e cachaça.

Na infância de tia Olma, tuba plantava. Ela o ajudava. O pai abria uma fila de ventres na terra com a pá ou as mãos; a filha ia atrás, engravidando-os com sementes de tomate melancia maçãs cenoura, coisas que Henriqueta venderia. Depois, o tuba vinha na direção inversa, fechando com terra os buracos semeados. Minhatia o seguia, apertando o hálux do pé direito no ventre que seu pai fechara. Esse ritual oficiado por pai e filha tinha por ebó os vegetais à terra. A terra minhancestra Henriqueta.

Foi-se o tempo de semear. Não veio o de colher. O tuba não mais plantava. Recebia seu salário do frigorífico, comprava um fardo de arroz e outro de alguma coisa que não me lembro agora. Fosse feijão seria ótimo, mas não era, e bastava. Comprava apenas isso, como se outros ingredientes para a cozinha brotassem da terra não mais semeada, inclusive sal farinha açúcar maizena.

Fica implícito que tuba deveria sustentar a casa ou explícito que, por não falar, até o que poderia adquirir com seu dinheiro de final de mês, sua comida, estava se tornando um fardo. Não tinha mais palavras além do fardo de arroz branco. O expaimeu morava com minhamãe na casa do vovô nessa época do não semear nem colher. Porém, nem arroz branco ele comprava com seu dinheiro de final de mês. Recebia e ia diretamente para os bailes, deixando Alesọ com os filhos pequenos sem ter o que comer por mais de mês. Shatta mãe do expaimeu chegou a perguntar a Alesọ como ela conseguia suportá-lo.

O expaimeu gostava de abrir bem a boca para reclamar que Anagilda e boaventura, mãe e pai de Alesọ, não quiseram o casamento deles. Acho que minhavó e avômeu tinham razão, mas não sei o que Alesọ achava, se estava com esse homem porque o amava por costume por não ter opção ou porque tinha filhos e não queria que crescessem sem pai. Casou grávida do irmãomeu. Bom que já tinha mais de trinta anos, não passou a juventude acorrentada ao expaimeu, pôde dançar namorar se divertir, teve até outro noivo antes de ingressar e quase não mais sair da fortaleza.

Quem foi à casa no bairro da carolina falar com tuba e Shatta sobre a gravidez de minhamãe foi tia Eluma, de quem o expaimeu tinha verdadeiro pavor. Ele chorou muito quando, nesse dia, foi decidido que se casariam.

Certa vez, eu ainda não nascida, o expaimeu voltou de mala e cuia para a casa na carolina. Disse à vovó que abandonara Alesọ. Fincando pé, vovó retrucou que aí ficaria apenas com a esposa e o filho. O expaimeu não fez causo, deu as costas à minhavó dirigindo-se à área mais interna da casa. Quando retornou, vovó lhe sampou um tapa bem dado na cara. Depois disso, ele sumiu da cidade com nome de santa, mas não para sempre. Não sei se vovó fez bem ou mal. Não sei o que minhamãe sentia. Quando criança, eu queria que fossem separados. Ele viveria em outra casa, e nós, certamente ficaríamos com Alesọ, de modo que a vida pareceria menos infeliz.

Tia Olma não fincou pé. Os cuña arrumaram para ela um serviço no lanifício na cidade com nome de ana. Ela deveria limpar as salas escritórios servir cafezinho para os donos e administradores da empresa. Vovó se tocou de bonde para o convento na capital e trouxe minhatia com tal promessa de trabalho.

Tia Olma não fincou pé. Os cuña arrumaram para ela um marido que também trabalhava no lanifício na cidade com nome de ana. Ela deveria limpar a casa dele lavar as roupas dele fazer a comida dele transar com ele cuidar dos filhos que ele já tinha de outro casamento servir cafezinho para ele. Vovó se tocou de bonde para o convento na capital e trouxe minhatia com tal promessa de casamento.

Tia Olma deveria ter montado num porco, mas não montou. Fez isso uma única vez quando criança. Havia um porco bem gordão e bem deitado no pátio da casa na carolina. O expaimeu e tiomeu antom ficavam passando, de longe, um galho de amoreira nas fuças do bicho, não sei se algo que o tonteava. Quando viram que ele estava mais para lá do que para cá, ajudaram tia Olma a montá-lo como se cavalo fosse. Assim que ela subiu no lombo do bicho, ele levantou as quatro patas de uma só vez e saiu corcoveando pátio afora, rua afora com tia Olma em sua garupa. Seus irmãos definhavam de rir.

Ela também não montou num porco quando o então seu marido, por compaixão, teve um caso com minhatia Ebema logo em seguida à morte do conde. Tia Olma sabia, mas se mantinha calada. Talvez também tivesse compaixão por sua irmã e pelo extiomeu. Até as camisas dele para o encontro amoroso ela passava.

Tia Olma fora bonita. Alta como tuba, ossuda como Redugéria, pele escura como de sua mãe.

Ele também era alto cabelo preto muito preto liso pele não muito escura. Músico como o avômeu. Tocava saxofone. Seguia-a pelas ruas do centro da cidade com nome de ana até que ela chegasse ao lanifício onde trabalhava. Seguia-a não apenas com as péspernas, mas com a música soprada de seu instrumento de viento. Durou um ano o cortejo diário até ele pedir para fotografá-la. Ela, por sua vez, pediu autorização a josefina não apenas para ser fotografada, como ser fotografada por ele e no jardim da casa dessa senhora a quem também servia. Vó josefina, que não é minhabisa nem avó dela, permitiu. Estou com uma fotografia dessa fotografia no meu celular. Não sei se a palavra belíssima alcança minhatia. Está sentada sobre o chão cimentado do jardim entre folhas tombadas das árvores. Vestido azul de corte seco reto até a altura dos joelhos dividido verticalmente por botões redondos de um azul mais escuro que o do tecido e algo como um lenço branco cobrindo sua cabeça perfeita. Não consigo saber se seu cabelo fora alisado. Ela não olha para a câmera. Ela não olha para o fotógrafo-músico. As bochechas de seu rosto recusam a câmera e encontram uma criança. Ela abraça a criança. Um menino branco vestido de branco. Com botinhas pretas.

Me pergunto por que tia Olma teve que buscar o menino de botinhas pretas para dividir com ela o centro da cena, como se não pudesse ser flagrada livre do serviço do cuidado de algum branco, como se apenas isso conferisse a ela um sentido de existência ou mesmo de beleza.

Na única fotografia que tenho de minhavó Shatta a cena se repete. Shatta, até mais jovem que sua filha Olma, usa vestido azul de corte seco reto até a altura dos joelhos dividido verticalmente por botões redondos de um azul mais escuro que o do tecido e algo como um lenço branco cobrindo sua cabeça pequena. Ela divide a cena com uma criança branca, obviamente alguém a seus cuidados de menina negra. Contudo, na condição de herculana, minhavó entrega o rosto para a câmera.

A criança branca com quem Olma divide a cena é filha da então criança branca com quem minhavó divide a cena.

Tia Olma estava gostando do músico-fotógrafo. Ele a convidou para juntos se irem da cidade com nome de ana. Ela teve medo do que não conhecia. Ele se foi floreando o saxofone. Ela casou com o extiomeu, embora preferisse o convento ao casamento. Era um lugar muito bom o convento, ela me disse. Se servia a deus, não aos homens. Se trabalhava por fé, não servidão. O extiomeu já tinha quatro filhos quando se casou com minhatia. Sua então esposa falecera. E por que a senhora casou com ele, tia? Compaixão.

terceira parte

❖

O expaimeu me proibia falar com a língua ou com os olhos, me proibia caminhar mover os braços as mãos o dedão do pé esquerdo. O movimento do ar em meus pulmões o perturbava. Ele queria que eu parasse de respirar. Até pouco depois da infância, eu não sabia abraçar, não sabia beijar, nem no rosto. Eu não podia rir, não podia mostrar o branco de meus dentes. Ele queria que eu fosse uma não alguém que vivesse o mínimo e morresse o máximo na cidade com nome de santa. Uma cidade de casas sólidas feitas de pedras e porcelanas. Uma cidade em que, com as porcelanas utilizadas para fabricar os pratos nos quais se servia a comida para a classe reinante, se fabricavam seus penicos de merda. Uma cidade de ruas de chão batido e paralelepípedos onde as latas de lixo transportavam de dentro para fora das casas de família sobras daquelas que não existiam. Sendo essa que morre eu não lhe daria trabalho, não o incomodaria. Seria uma estátua de mim mesma.

Ele não queria que eu fosse como Alesọ, que *viveu* antes de se matrimoniar com ele, a partir de quando foi desaparecendo à medida que desapareciam coisas. A caixa azul com a alma das flores do mundo fogão fogareiro pente quente lençóis de linho branco colchas xícaras panelas tomate melancia maçãs cenoura sal farinha açúcar maizena leite manteiga geladeira vermelha arroz feijão armário de seis portas cor-de-rosa sabão bolachas bolachinhas salgadas café com farinha latas grandes rádio televisão a válvula. Até lenha para o fogo desaparecia à medida que Alesọ ia desaparecendo. Desapareceu também um conjunto de espelho e escova com pé feminino. Desapareceram panelas e frigideiras. Desapareceu a bacia arredondada de louça com bordas irregulares verde-água onde minhavó iniciou a tradição de dar o primeiro banho. Desapareceu a saia de seda bordada de corte elegante traje total conforto. Desapareceu o vestido azul de bolinhas de tia Firmina. Desapareceram as peças de louças das quais tia Eluma era donatária, desapareceu o armário antigo de madeira de lei onde se guardavam.

Minhamãe ia desaparecendo à medida do desaparecimento das coisas.

Eu queria ser como Alesọ, mas não totalmente. Eu não queria receber as palavras fermentadas dele como Alesọ recebia. Eu não queria falar apenas com o invisível como Alesọ o fazia. Sempre fui de pouca conversa, mesmo com quem se via. Assim eu era como o expaimeu queria, calada e a serviço do servício de limpar lavar cuidar, coisa para o que Alesọ também muito bem servia. Apesar de me querer calada, a cremação das minhas palavras também o inquiria.

A palavra certa para mim seria criada muda, como foi para minhatia Eluma para minhatia Olma para minhavó Shatta para minhavó Anagilda.

O apego, dizem haver entre pai e filha, não existia entre mim e o expaimeu, afora se eu me aceitasse sua criada muda. As páginas da minha vida nasceram com o desejo de morte. Havia ódio e desconfiança e medo constante. Eu estava sempre à beira de um poço seco prestes a me jogar ou a jogá-lo. Na presença do expaimeu eu pisava cacos de louças com pés descalços enquanto ele protegia os seus por sapatos de couro e galochas de aço. Pés protegidos por sapatos fortes. Qualquer folha caída ou canto de pássaro poderia desencadear sua fúria. Eu tinha a impressão de usar diante dele uma camisa de força preta, comprida, espécie de mortalha encobrindo meu pescoço, braços, seios, joelhos, encobrindo meus pés. Como diz minhaprima Xuela, eu era do povo dos derrotados, dos vencidos; ele também, mas acho que não soube até o dia em que o venci.

O expaimeu não usava uniforme de polícia ou brigada como o pai de minhaprima Xuela ou o barnabé usavam. Seu uniforme um macacão azul-escuro de operário. Ainda que fosse daquele outro tipo mais formal de traje, era igualmente cruel dentro de sua casa, com sua mulher e prole. Ele queria que lhe demonstrássemos a humildade dos derrotados, algo que as gentes embranquecidas da classe reinante também exigem de nós diante de suas presenças iluminadas.

Alesọ foi esposa do expaimeu. Foi minhamãe. Caiu num poço de pedras quando se matrimoniou com ele. Eu já nasci nesse poço, tentando sair por baixo, embora fosse por cima a única saída. Alesọ estava cansada dele, cansada de nós, cansada dela conosco e com ele. Alesọ não queria mais o legado das contas, o legado do sapato de salto apertado. Ela encontrou para si um lugar fora da morte e também fora da vida.

Certo dia o expaimeu viajou a trabalho e a deixou em casa para continuar cuidando das coisas como sempre cuidava. Nesse tempo, não limpou não varreu não cuidou. Alesọ sumiu, sumiu com a montanha de objetos que tinham desaparecido. Alesọ renunciou ao final supostamente pequeno supostamente mesquinho num hospital onde tudo falta numa cidadezinha do interior que não se decide entre o nome de santa o nome de ana ou de liberdade. O que ela vinha suportando era mais do que poderia suportar. Então decidiu se tornar algo que não se vê.

Alesọ não era mais a esposa dele, não varria mais o chão, não preparava mais a comida, não lavava mais as roupas, não estava mais entre os vivos nem entre os mortos. Ela não mais ouvia as reclamações do expaimeu.

Irritado com o corpo desaparecido daquela que fora sua mulher, ele a amaldiçoou. Onde quer que ela estivesse teria uma vida sempre instável, suas palavras não teriam rosto, teria problemas de geração a geração, as filhas dela, que éramos eu e minhirmã, não prosperariam. Eu, especialmente eu, levaria no corpo o peso de todas as mulheres wérewère da família.

Desconfio que minhamãe tenha sofrido alguma grande tristeza. Uma dessas que fazem com que não tenhamos mais vontade de tomar banho, pentear o cabelo. Uma dessas que fazem com que não tenhamos mais vontade de sair de casa. Quem sabe quanto tempo ela vinha com essa dor que lhe percorreu o corpo como a agulha fura a roupa. Quem sabe.

Alguém me disse que fui uma mulher negra louca que afugentava as pessoas com meu modo de falar de caminhar de me vestir. Alguém me disse que eu lembrava um monstro, como o expaimeu fora para mim, como ele queria que Alesọ fosse para mim. Por isso e mais um pouco acho que descendo apenas de Alesọ. Mas às vezes me olho no espelho e vejo na minha cara a cara dele e temo que sua morte não tenha sido suficiente para impor uma muralha de pedras entre nós.

Antes da decisão de desaparecer, Alesọ nos orientou que deveríamos usar um objeto no corpo se quiséssemos falar com ela. Esse objeto nos protegeria contra as pragas rogadas pelo expaimeu. Ela já sabia que ele iria praguejar contra nós. Meu primeiro objeto, um porco-espinho de porcelana, o clementino fez para mim quando eu ainda era criança. Eu o usava como broche. Diziam que era muito feioso. Quando Alesọ desapareceu, esse brinquedo de criança perdeu seus espinhos e serviu para que eu não ficasse wérewère como o zé, de quem eu temia ser contaminada.

Para ficar mais perto de Alesọ, eu adotei o costume de colocar mais e mais objetos no corpo, como mais uma camada de tecido. Eu passei a adorar dispor de muitas coisas sobre mim além dos panos das roupas. Às vezes me chamavam de mendiga. Tudo o que via, eu colocava no corpo, eu parecia uma louca. Mas eu não era uma wérewère.

Na maior parte do tempo, eu nem quero viver, não me sinto pertencente a esta terra, assim como não me sinto pertencente a nada no meu entorno ou mesmo fora dele. Tudo nesta terra me é enormemente pesado, como as mãos da Dona Nida sobre os meus ombros, me achatando, me aterrando, tudo me é tormentoso, as manhãs são louças de dureza que se espatifa e me corta. Carrego um sentido de desmundo, onde tudo se quebra e nada se abre.

Eu o matei. Fiz a luz branca se apagar dos seus olhos de claridão. Eu vi o ar abandonar seus pulmões, suas narinas. Senti sua pele escura se enregelar. Seu corpo foi aquietado. Sua crueldade foi aquietada. Escolhi a roupa com que ele foi enterrado. Tive permissão para fazê-lo, pois minhamãe não mais estava. Não estava Alesọ.

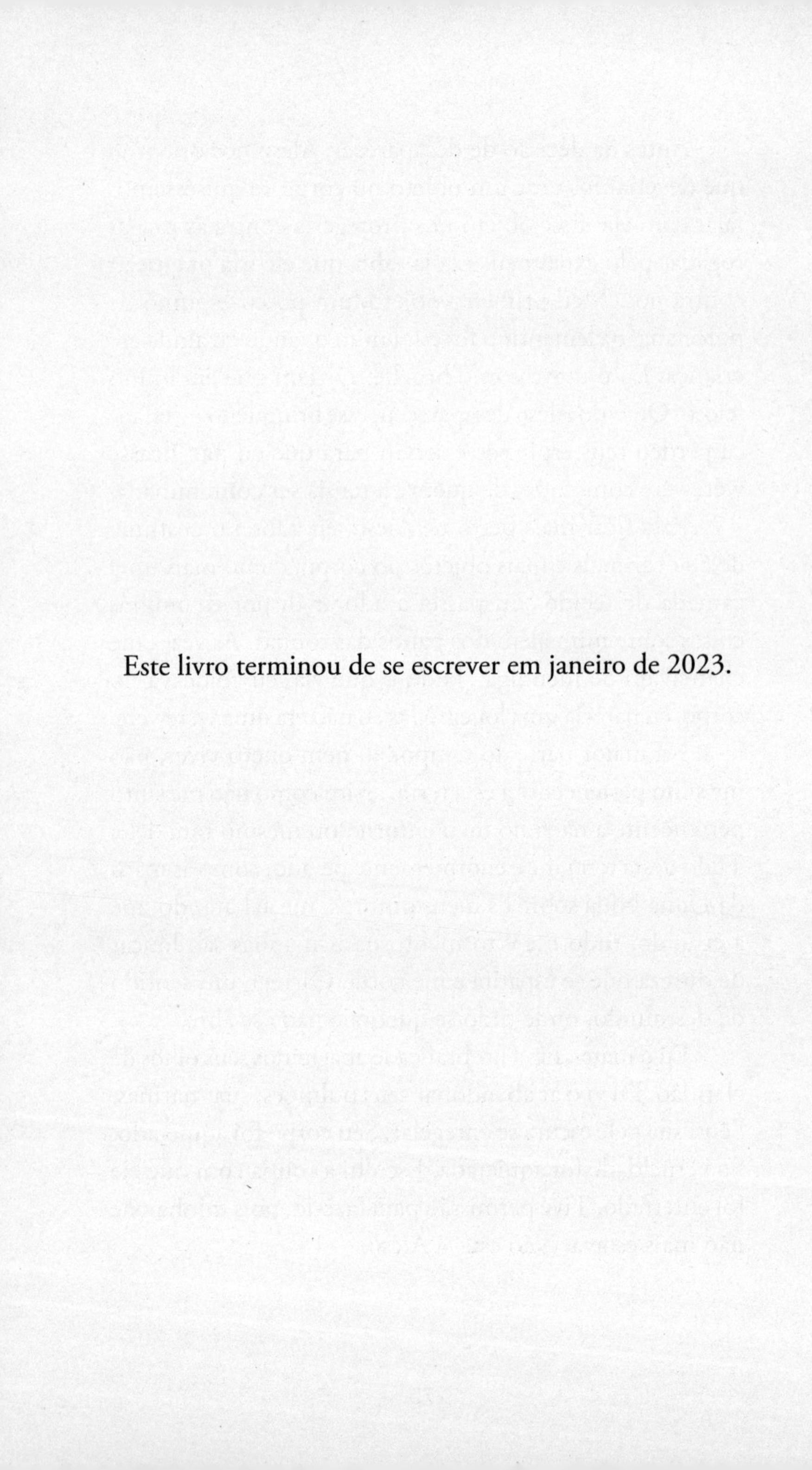

Este livro terminou de se escrever em janeiro de 2023.

Agradecimentos

Muito obrigada a Marcela Villavella, Michele Zgiet, Adriano Migliavacca, Adriana Kabbas e Eugenia Ribas que pelearam do meu lado para que este livro existisse.

Este livro foi composto com tipografia Adobe Garamond Pro e
impresso em papel Off-White 70 g/m² na Formato Artes Gráficas.